오토바이로, 일본 책방

조경국 지음

어느 헌책방 라이더의 고난극복 서점순례 버라이어티

유유

오토바이를 타고 일본으로
책방 여행을 떠난 이유

2013년, 소소책방을 열면서 세 가지씩 버킷리스트를 쓰기 시작했다. 별다른 이유는 없었다. 세상의 유혹 따위에 흔들리지 않는다는 '불혹지년' 마흔 살이 되었고 드디어 아버지께서 남겨 주신 빚으로부터 탈출할 수 있었다. 꽤 오랜 세월 빚을 갚기 위해 내 마음대로 살지 못했으니 지금부터라도 '하고 싶은 일 하며 살자'고 호기를 부렸다. 버킷리스트는 결심을 옮기기 위한 방아쇠 같은 것이었다. 가벼운 것부터 시작했다. 가장 먼저 하고 싶었던 일은 콧수염 기르기였다. 어머니, 아내, 아이들까지 반대했지만 꿋꿋이 버텼다. 두 번째는 오토바이 면허증을 따는 것이었다. 125시시cc 이상 배기량을 가진 오토바이를 타려면 2종 소형 면허가 필요했다. 그때까지 내가 타고 다니던 것은 아무리 액셀러레이터를 쥐어짜도 시속 60킬로미터도 내기 어려운, 공짜로 얻은 50시시 고물 스쿠터였다. 나는 오랜 시간 꿈꾸었던 대로

라이더가 되기로 마음먹었다. 책방을 하며 영화『세상에서
가장 빠른 인디언』의 실제 인물 버트 먼로 같은 할아버지로
늙는 것도 그리 나쁘지 않겠다고 생각했다.

버트 먼로는 1920년형 고물 인디언 스카우트를 개조
해 뉴질랜드에서 미국 보너빌로 갔다. 뉴질랜드에선 더 빠
르게 달릴 곳이 없었기 때문이었다. 1962년 소금사막 보너
빌에서 열린 레이스에서 그의 인디언은 시속 288킬로미터
를 기록했고, 그때 그의 나이는 64세였다. 그 이후로도 그
는 계속 기록을 갱신했다. 가장 빠르게 달린 기록은 시속
331킬로미터. 75세에 건강이 악화되고서야 그는 달리기를
멈췄다. 철없던 시절 처음 이 영화를 보았을 때는 버트 먼로
가 말한 "때로는 평생을 사는 것보다 5분 빠르게 달리는 것
이 더 소중할 때가 있단다"에 꽂혔는데 불혹이 되고 보니
"꿈을 좇지 못한다면 넌 식물인간이나 다름없다"라는 말에
더 가슴이 울렁거렸다. 20대까지만 해도 하야부사* 정도는
타야 한다는 '망상'을 버리지 못했다가 슬슬 철이 들면서 두
바퀴로 달릴 수만 있다면 어떤 것도 괜찮다고 생각하게 된
것과 비슷한 느낌이랄까. 아버지의 연료통에 납작 엎드려
바람을 맞던 코흘리개 시절의 행복했던 기억이 머릿속에 생
생하게 남아 있다. 하지만 라이더가 되려던 시도는 번번이

* 1997년 출시된 양산형 중 최초로 시속 300킬로미터를 돌파한 스
즈키의 오토바이. 배기량 1,299시시, 최고 출력 127마력의 놀라운 성
능을 뽐냈다.

가족의 반대와 금전 문제에 부딪혔다.

　그래도 여윳돈이 생기기만 하면 제어하기 힘들 정도로 속도를 낼 수 있는 '리터급'** 오토바이를 검색하곤 했다. 사실 이전에 오토바이를 살 기회가 세 번 있었으나 ① '반강제로' 브리태니커 백과사전을 구입하느라*** ② '무리하여' 도로시 스탕 수녀 평전 판권을 구입하느라**** ③ '막무가내로' 책방 잡지를 만드느라***** 눈앞에 온 기회를 모두 발로 차 버렸다.

　하여간 그해 콧수염, 2종 소형 면허증, 책방 찾아 세계여행이라는 세 가지 버킷리스트를 세웠고 중국 칭다오에서 출발해 포르투갈 포르투에 있는 렐루서점 www.livrarialello.pt 까지 육로로 가겠다는 '행만리로'****** 는 아내의 호출로 인해 7개월 여정을 끝으로 싱가포르에서 집으로 돌아오면서 미완으로 남았다. 돌아와서 다시 세 가지 버킷리스트를 썼다. 오토바이를 사고, 책방 전국 일주를 하고, 헌책방을 여는 것이었다. 여행의 목적은 딱 한 가지, 책방을 열기 전에 최대

** 배기량 1,000시시 이상의 고성능 오토바이를 라이더들은 흔히 '리터급'이라 부른다.
*** 모 공기업의 사옥 로비에 있는 북카페에 구입가 10분의 1 값에 팔았다.
**** 도로시 스탕 수녀는 아마존 열대 우림을 지키다 세상을 떠났다. 번역까지 마쳤으나 책을 만들진 못했다.
***** 어떤 결과가 나올지 뻔히 예상했다. 딱 1,000권의 『소소책방 책방일지』를 2년 만에 겨우 다 팔았다.
****** 중국 청나라 학자 고염무는 '만 권의 책을 읽고 만 리 길을 여행하라'讀萬卷書 行萬里路는 말을 남겼다.

11

한 많은 선배 책방지기를 만나는 것이었다. 오토바이를 사서 전국 책방 일주를 떠나기 전 먼저 책방을 열었다. 그리고 몇 달 후 가진 돈을 탈탈 털어 중고 스쿠터*를 구입하곤 계획대로 짐을 싸서 전국 책방 일주를 떠났다. 부산 우리글방, 강원도 고성 서울서점, 인천 아벨서점, 목포 장미서점……. 해안을 따라 책방을 찾아다니다 제주도까지 다녀왔고, 제주도를 제외하고 최대한 해안선을 따라 달린 거리는 약 2,200킬로미터였다.

군이 오토바이로 여행을 떠난 이유는 단순하다. 가장 빠르고 저렴한 비용으로 내가 원하는 곳에 갈 수 있기 때문이다. 물론 태생이 가볍고 갑갑한 걸 싫어하며 싸돌아다니길 좋아하는 탓도 오토바이와 연을 끊을 수 없는 가장 큰 이유 중 하나다. 7일 동안 전국 책방 여행을 다니며 내가 썼던 경비는 30만 원 정도였다. 연료비로 든 돈은 8만 원이 채 되지 않았다. 규정 속도로 주행할 경우 리터당 40킬로미터 이상 달릴 수 있는 오토바이 덕분이었다. 책방에 있을 때보다 오토바이를 타고 달릴 때 더 행복했다. 행복을 저울에 올려 무게를 잴 수 있다면, '책방에서 일하고 있을 때 < 책방에서 한가로이 책 보고 있을 때 < 오토바이를 타고 달릴 때 < 오토바이를 타고 다른 책방에 놀러갈 때' 순이지 않을까 싶다.

---

* 2011년식 혼다 PCX. 배기량이 124시시인 소형 스쿠터로 연비가 아주 뛰어나 인기가 높다. 2017년 국내에서만 7,000대가 넘게 판매되어 단일 모델로 최고 판매량을 세웠다.

그리고 다시 일본으로 책방 여행을 떠난 이유는 벽에 부딪혔기 때문이다. 책방을 꾸린 지 딱 2년 만이었다. 시작할 때부터 큰 기대를 하지 않았지만, 내심 3년쯤 '버티면' 어렴풋하게라도 답이 보일 것이라 믿었다. 책방을 열기 전 단골로 다니던 헌책방 책방지기님들께 인사를 드리러 갔었다. 그때 한 책방지기님과 나눈 대화다.

"3년쯤 버티면 답이 보이지 않을까요?"

"네? 10년째 버티고 있는데도 답이 보이지 않는 걸요."

책방을 열고 시간이 지나 그때 나눈 대화가 어느 순간 현실로 다가왔다. 헌책방을 찾는 사람은 예상했던 대로 적었다. 나름대로 세운 '책방 운영 원칙'을 고수하는 한, 책 팔아 돈을 벌기가 하늘의 별 따기보다 힘들다는 사실을 깨닫기까진 그리 오래 걸리지 않았다. 답은 보이지 않았으나, 어쨌거나 몸은 책방에 서서히 적응해 갔다. 책을 팔아 돈을 벌수 있다는 수많은 조언을 한 귀로 듣고 한 귀로 흘리며 '이리저리 기웃거리지 않고 가늘고 길게 버티겠다'라는 (여덟 가지 책방 운영 원칙 중) 제5원칙을 들먹였다. 하지만 '자본' 혹은 '돈'이 답이라는 사실을 부인할 순 없었다. 버틸 수 있는 답이 바로 거기에 있었다. 여러 책방지기님과 만난 후 현실에 맞닿은 답은 다음의 두 가지였다.

① 임대료를 내지 않는 공간을 갖는다(결국 건물주가
　 되어야 한다).
② 온라인으로 헌책을 팔아야 한다.

　나로선 그 두 가지 필요조건을 충족시킬 수도 없고, 실
행에 옮길 마음도 없었다(과연?). 누가 뭐라 해도 내 방식대
로 가겠다는 고집을 쉽게 내려놓을 수 없었다. 내심 『어느
책중독자의 고백』(돌베개)에서 톰 라비가 말한 "책방 주인이
지 상업의 화신이 아니"라는 말을 위안 삼았다. 내가 만난
선배 책방지기님의 열에 아홉은 죽을 쑤더라도 오랫동안 책
방을 유지하기 위해서는 자기 공간을 가져야 한다고 충고했
다. 죽을 쑤더라도 책방을 하고 싶었을 만큼 의욕에 차 있던
시기였으니 까짓 내 공간이 없더라도 책방만 할 수 있다면
그건 상관없었다. 그런데 이 깨달음이야말로 진리에 가깝다
는 사실을 이제야 뼈저리게 느끼고 있다. 이제 책방을 하고
싶다는 분들을 만날 때 묻는다. "건물주이신가요?"
　어쨌거나 책방에 있는 시간이 길수록 책 읽을 시간도
메말라 갔다. 완벽한 책방 주인은 개뿔! 그럼에도 불구하고
책방지기(책방 주인)가 행복하고 매력 있는 직업인 것은 확

실하다. 책과 함께할 수 있다는 것이 유일한 이유다. 하지만 '완벽한 책방 주인'이 존재할 수 있는 '무위無為의 책방'은 어디에도 없었다. 책방을 유지하기 위해 온갖 아이디어를 짜내고 이런저런 일을 만들어야 하는 갖은 노력 없이도 있는 듯 없는 듯 책방의 자리만 지키면 되었던 시절이 과연 존재했던가. 요즘 같은 시절에 완벽한 책방 주인이 되기 위해선 '상업의 화신'이 되기 위한 노력도 게을리해선 안 된다.

이 결론에 가까워진 순간 내가 가진 고집은 벽에 부딪혔고, 머릿속에서 이런저런 고민이 파리 떼처럼 윙윙거릴 때 신문에서 이와타서점의 일만엔선서一萬円選書를 언급한 기사*를 읽었다. 고객의 독서 취향을 인터뷰해 1만 엔어치 책을 우편으로 보내는 이 서비스에 대한 기사를 읽고선 이와타서점에 가 보고 싶다는 생각에 사로잡혔다. 가장 큰 난제는 아내를 설득하는 일이었다. 아내가 기분 좋을 때마다 일본으로 오토바이를 타고 책방 여행을 다녀오고 싶다는 이야기를 은근슬쩍 '자주, 계속' 꺼냈다. (어느 누가 단박에 이 일을 아내에게 허락받을 수 있단 말인가!)

"허락을 구하기보다 용서받는 편이 낫다."

친구가 자신이 다니는 오토바이숍 사장님께 들은 이야기를 전했다. 이 말을 듣고 무릎을 쳤다. 일단 저지르고 보는 것이다.

스쿠터로 그 먼 거리를 한 달 내에 다녀오는 건 무리니 배기량이 큰 오토바이를 사는 것이 첫 번째 목표가 되었다. 오토바이는 일본을 돌아볼 가장 저렴한 교통수단이기도 했다. 나름대로 장기 프로젝트를 세웠다. 장거리 여행에 적합한 배기량 250시시 멀티퍼퍼스multi-purpose* 중고 오토바이를 구하기로 마음먹고 한 달 여행 경비 250만 원(뱃삯과 연료비, 숙박비, 식비 등을 모두 포함해 실제론 약 270만 원이 들었다)을 포함해 600만 원의 자금 모으기에 들어갔다. 말로 설명하기 힘든 지난한 과정이었다. 책 팔아 여윳돈을 만들기란 참으로 어려운 일이니 여러 아르바이트를 할 수밖에 없었다. 일본 여행이 어느 정도 가능하겠다 싶자 아내를 조르기 시작했다. 그런데 가장 어려울 줄 알았던 '허락'이 너무 쉽게 떨어졌다.

"이번엔 일본이야? 그래, 갔다 와."

아내는 아무렇지도 않게 다녀오라고 했다. 아내에게 소리쳤다. "경애하오, 유 동지!" 아내의 허락을 받고 난 이후에는 일사천리로 일이 진행되었다. 물론 문제가 없었던 건 아니었다. 돈이란 고여 있지 않고 항상 자기 빠져나갈 곳을 찾는 법이다. 아무리 조심해도 불상사가 터지는 건 순식간이

---

* 오토바이는 모양과 쓰임새에 따라 스쿠터, 네이키드, 레이서 레플리카, 투어러, 크루저, 오프로드, 언더본 등 다양한 명칭이 있다. 멀티퍼퍼스는 온로드와 오프로드를 자유롭게 다닐 수 있는 오토바이다. 대표적인 모델이 바로 BMW의 GS 시리즈다.

다. 그러다 해결할 방법이 의도하지 않은 곳에서 나타나기도 하고.

　　여러 우여곡절이 있었지만 함께 여행을 떠난 동무 은식(규슈 지역만 함께 달리고 은식은 아쉽게도 먼저 귀국했다)과 진주문고 여태훈 대표님의 도움으로 생각보다 훨씬 좋은 오토바이를 구할 수 있었다. 중고 오토바이 거래 사이트에 '2011년형 BMW F650GS TWIN'이 올라온 것을 보고 연락해 구입했다. 장거리 여행에 적합한 기종이기도 하고, 필요한 모든 장비를 장착하고 있었다. 시세보다 훨씬 싼값이었다. (처음 계획했던 오토바이보다 훨씬 배기량도 크고 예산도 초과했지만) '우주명차'로 소문난 오토바이를 타 보고 싶은 욕망이 나머지 걸림돌을 모두 잊게 만들었다. 오토바이 값을 건네고 키를 넘겨받아 광주에서 진주로 돌아오던 가을의 그날 길은, 적절한 비유인지는 모르겠으나 돈키호테가 로시난테를 타고 둘시네 공주를 만나러 가는 그 기분과 비슷했다. 으하하하! 조금 낯간지러웠지만 오토바이 이름도 '로시'라고 지었다.

　　오토바이도 구했겠다, 이와타서점이 있는 홋카이도까지 가는 마당이니 이왕 가는 길에 다른 책방도 둘러보자고 계획했다. 책방을 열 때와 마찬가지로 치밀한 계획 따윈 세우지 않고 부산에서 배를 타고 시모노세키로 건너갔다. 그러곤 홋카이도 이와타서점을 반환점으로 정하고 무작정 달렸다. 억수같이 비가 쏟아지던 날 이와타서점에 도착했고, 책방지기 이와타 도오루 씨를 만났다. 26일 동안 일본 내에서 달린 거리만 약 6,200킬로미터. 대부분 시간을 길에서 보냈고, 하룻밤 쉬는 곳에선 책방을 찾았다. 가는 길 오는 길에 꽤 많은 책방을 보고 들렀다. 길을 가다 책방 간판만 봐도 멈추었다. 예전에 방문했던 곳을 다시 찾기도 했다.

　이 책은 일본 책방 견문록이기도 하고 길 위에서 보낸 시간에 대한 여행기이기도 하다. 낯선 길 위를 달리면서도 (비 오고 춥고 배고프고 연료 경고등이 뜰 때를 제외하면) 책방과 책에 집중하려 노력했다. 사실 이미 답을 가지고 있으면서 떠난 여행이었다. 한눈팔지 말고 가늘고 길게 오래도록 버텨야겠다는 마음은 여행을 다녀와 더 굳어졌다. 책방을 열기 전부터 상상하고 바랐던, 좁고 긴 동굴 같은 공간을 찾아 미로처럼 책을 쌓아 두고 손님이 오든 말든 책방 맨 구석에 웅크려 있는 '게으른 책방지기'로 살고 싶은 꿈을 버릴 수가 없다. 그것보다 중요한 것이 뭐 있나. 그리고 언젠가 로시와 함께 더 멀리 가 보고 싶다. 최종 목표는 시베리아를 횡단해 렐루서점을 보고 유라시아 대륙의 가장 서쪽

로카곶까지 가는 거다. 전국 일주와 일본 여행은 말하자면 전초전과 전반전인 셈이다. 실현될지 아직 알 수 없으나 시베리아를 달리는 상상만으로도 마음이 벅차다.

함께 여행을 준비하고 많은 지식을 전해 준 동무 은식, 노잣돈을 보태 주신 진주문고 여태훈 대표님, 아무런 조건 없이 타이어를 내주신 신코타이어 김영호 부사장님, 20년 만에 만나 일본에서 가장 맛있는 밥을 사 준 덕성 선배, 자료를 제공하고 원고의 부족한 부분을 살펴 준 은경 선배, 급할 때마다 일본어 통역과 번역을 지원해 준 정애 선배에게 이 글을 빌려 감사 인사 올린다.

2017년 6월
진주 소소책방에서
조경국

일본 여행을 함께한 '우주명차' BMW 2011년형 G650GS TWIN.

—

이 책에는 지난 2015년 9월부터 10월 사이 약 한 달간
오토바이로 일본을 여행했던 내용을 담았다. 최대한 최근
정보를 담기 위해 노력했고, 여행 이후 다시 일본에 다녀왔던
내용도 추가했다.

—

방문했던 책방 주소는 위도와 경도 좌표로 대신했다.
구글맵이나 맵스미 등 지도 애플리케이션을 이용했을 때
일일이 주소를 검색해서 넣는 것보다 좌표를 입력하는 편이
더 편하고 정확했기 때문이다. 홈페이지 주소도 적어 넣었다.
영업일이나 영업시간은 바뀔 수도 있어 굳이 본문에 따로
넣지 않았다. 혹시 이 책을 읽고 책방을 방문하고 싶은 분은
홈페이지에서 정보를 찾아보는 편이 더 정확하리라.

—

오토바이의 정확한 명칭은 '모터사이클'이나 오토바이로
부르는 쪽이 편해 '오토바이'로 통일했다.

—

특정한 회사의 오토바이로 먼 거리를 달렸으나 그 회사와
아무런 관계가 없다는 사실을 미리 밝힌다. 나의 이동
수단이었기 때문에 아끼고 사랑했을 뿐이다.

여행 경로

숫자는 오토바이와 페리를 타고 이동한 순서이다.

㉓ 왓카나이

㉔ 스나가와
㉒ 삿포로

㉑㉕ 하코다테

⑳㉖ 아오모리
⑲ 오다테

㉗ 센다이

㉘ 후쿠시마

⑰ 나가노
⑱ 우에다

㉙ 도쿄
㉚ 후지산

진주 ①㊱ ②㉟ 부산

⑯ 교토
㉜ 나라

㉛ 나고야

③㉞ 시모노세키
④ 기타큐슈

㉝ 히로시마

후쿠오카 ⑦
다케오 ⑧
나가사키 ⑨

⑤ 우사
⑥ 아소산
⑩ 구마모토

⑮ 마쓰야마

⑭ 미사키
⑬ 사가노세키

⑫ 기조

⑪ 사쿠라지마

여행의 시작, 메텔을 만나다

기타큐슈 만화박물관

1.

    눈을 뜨니 이미 시모노세키항 가까이 배가 정박하고 있었다. 부산을 출발해 하룻밤 사이 대한 해협을 건넜다. 드디어 여행을 시작한다고 생각하니 마음이 설렜지만 시모노세키항에 도착하고도 여행을 시작하기까진 과정이 복잡했다. 통관 수속을 따로 밟고 보험을 들어야 했으며 오토바이에 실린 짐을 모두 풀어 세관원에게 검사받아야 했다. 오토바이를 타고 일본을 여행할 수 있는 기간은 30일. 시모노세키에서 출발해 홋카이도까지 갔다 돌아오는 시간으로 충분한지 아닌지 감이 잡히지 않았다. 여행을 떠나기 전 인터넷으로 일본 여행을 다녀온 라이더의 기록을 찾았지만 나와 비슷한 목적을 가진 이가 남긴 글은 보지 못했다. 하기야 오토바이를 끌고 책방을 찾아다니는 것이 그리 매력 있는 여행은 아니다. 오토바이와 책방의 관계는 억지를 써도 이을 수가 없다. 오토바이는 여행의 이동 수단일 뿐이고, 책방은 목적지일 뿐이다. 이동하며 책을 읽을 수 있는 탈것이야말로 책방 여행에 가장 어울린다. 역시 기차 여행이 최고인 듯싶다. 버스도 비행기도 배도 기차가 가진 매력을 따라갈 수 없다. 각 이동 수단을 타고 책 읽는 모습을 상상해도 기차가 가장 그럴듯하다. 그중에서도 밤을 달리는 완행열차.

나의 유년 시절에 가장 많은 영향을 끼친 '예술가'를 꼽으라면 마쓰모토 레이지와 미야자키 하야오다. 『은하철도 999』*와 『미래소년 코난』**을 빼놓고 어떻게 그 시절을 말할 수 있는가. 당시엔 철이와 코난을 만든 이가 일본 만화가인 줄 꿈에도 몰랐다. 일요일 아침이면 『은하철도 999』와 『미래소년 코난』을 보지 못할까 얼마나 마음 졸였는지 모른다. 딱 방송 시간과 겹쳤던 새마을 청소***가 얼마나 싫었

* MBC에서 1982년 1월부터 약 1년 동안 총 113화 전편이 방영되었다.
** KBS에서 1982년 6월부터 이듬해 6월까지 방영했다. 『은하철도 999』가 인기를 얻자 KBS에서 시청률 경쟁을 위해 급하게 편성했던 것이 아닐까.
*** 1980년대 중반까지만 해도 일요일 아침이면 모든 학생이 모여 마을회관 주변을 청소했다. 토요일에는 새마을 깃발을 들고 줄을 맞

는지. 일본 만화영화라고 말하는 동네 형이 있었지만 나나 친구들은 그 사실을 믿지 않았다. 그 말이 진짜라는 건 도시에 있는 중학교로 전학한 다음에야 알았다. 나에겐 그 사실이 충격(?)이었다.

마쓰모토 레이지와 미야자키 하야오 두 작가 중에 마음이 기우는 쪽은 언제나 마쓰모토 레이지였다. 결국 지구를 탈출하지 못하는 『미래소년 코난』보다 우주를 종횡하는 『은하철도 999』가 어린 마음에 더 멋져 보였다. 『은하철도 999』뿐 아니라 『우주해적 캡틴 하록』, 『천년여왕』 등 끝없이 확장되는 상상력과 복잡하지만 철저하게 계산된 주인공들의 관계를 만들어 낸 그의 치밀함에 경도되었달까. 무엇보다 인간이 기계 몸을 가져 영원히 살 수 있다는 '파격적인' 설정이 마음에 들었다. 지금은 기계인간이라는 개념이 별것 아니지만 자동차를 제외하고 외부와 연결된 문명 이기라곤 텔레비전과 전화****뿐인 산골 소년에게 텔레비전 화면 속 『은하철도 999』는 대단한 파격이었다. 그리고 아름다운 메텔은…… 진정 첫사랑이었다. 그녀의 긴 속눈썹은 너무 이상하다고 생각했지만 그래도 『미래소년 코난』의 라나보다는 훨씬 예뻤다.

시모노세키에 내리자마자 바로 기타큐슈 만화박물관

北九州市 KITAKYUSHU MANGA MUSEUM
漫画ミュージアム

常設展観覧料　　　15年　9月14日
　一　般：400(320)円　中高生：200(160)円
小学生：100(80)円
※(　)は30人以上の団体料金

当日に限り有効（常設展の再入場可）
入館の際、本券を係員にご提示ください。
本券では企画展は観覧できません。

「銀河鉄道999」ⓒ 松本零士

메텔이 그려진 기타큐슈 만화박물관의 입장권.

33.887382, 130.884840 @ www.ktqmm.jp으로 향했다. 기타큐슈는 시모노세키에서 혼슈와 규슈를 잇는 간몬대교를 건너면 금방이다. 간몬대교를 건너며 비싼 통행 요금에 잠시 정신이 아득했지만 오토바이를 타고 고속도로를 달릴 수 있다는 사실에 즐거워졌다. 근대 일본의 항구 모습이 남아 있는 모지코 항은 그냥 지나쳤다. 첫날부터 허투루 시간을 쓸 수 없다는 강박이 밀려왔다.

기타큐슈는 마쓰모토 레이지가 규슈 출신이고, 기타큐슈 만화박물관(그가 명예관장을 맡고 있다)에 『은하철도 999』 상설전시관이 있다는 정보를 알았던 덕분에 일본 여행의 첫 번째 행선지로 딱이었다. 마쓰모토 레이지의 작품을 볼 때마다 나는 자신만의 세계관을 만들고 이야기를 끌어갈 수 있는 그의 능력은 어디서 나온 걸까 궁금했다. 『은하철도 999』가 1933년 서른일곱 살에 요절해 세월이 지나서야 작품의 가치를 인정받은 미야자와 겐지의 『은하철도의 밤』에서 아이디어를 얻었다는 사실도 나중에야 알았다. 마쓰모토 레이지는 소식이 끊긴 아버지를 기다리는 조반니와 그의 친구 캄파넬라의 은하여행(우주여행이라고 하기엔 왠지 어색하다) 이야기를 읽으며, 만화잡지 편집자를 만나기 위해 밤을 지나는 도쿄행 완행열차에 몸을 실었던 경험이 『은하철도 999』의 바탕이 되었다고 했다.

　『은하철도999』는 데즈카 오사무의 아톰이나 도미노 요시유키의 건담, 요코야마 미쓰테루의 철인28호와 확연히 다른 결을 가진 SF만화로, 로봇이 인간과 구별되지 않고 완벽하게 인격을 갖춘 존재로 나온다. 엄마를 기계 백작의 손에 잃고 스스로 기계인간이 되고자 메텔과 함께 천년여왕이 있는 프로메슘으로 떠난 여행은 아직 끝나지 않은 상태다. TV판 마지막회에서 철이는 기계인간이 되길 포기하고 지구로 돌아가고 메텔은 은하철도777을 타고 철이의 곁을 떠난다. 마쓰모토 레이지는 끊임없이 『은하철도999』의 확장된 이야기를 만들고 있다. 철이가 지구로 돌아간 이후에도 『은하철도999』는 종결되지 않았다. 마쓰모토 레이지는 '999'라는 숫자가 미완성을 뜻한다고 말했다.

　'999'는 미완성을 상징한다. 철이도 나도 꿈을 향해 가고 있기에 '철이'가 곧 나다. 꿈의 장소를 찾아 여행하는 메텔과 철이의 모습을 계속 그리고 싶다. 은하철도 999도, 나도 영원한 여행을 하고 있다.✱

　기타큐슈 만화박물관은 JR고쿠라역 앞에 있다. 오토바

✱「『중앙일보』, 2017년 3월 27일 자「'은하철도999'는 미완성, 꿈 찾아 영원한 여행」

양철 아톰 장난감. 가격이 상당하다.

JR고쿠라역 앞에 있는 철이와 메텔 동상.

이를 역 근처 공용 주차장에 세우고 고가도로를 따라 박물관을 찾아가는 길은 어렵지 않았다. 가는 길에는 하록 선장, 철이와 메텔 동상이 있었다. 만화박물관은 단순히 전시 공간만 있는 것이 아니라 5만 권의 장서를 갖춘 만화도서관과 서점, 피규어 매장이 있는 복합빌딩이었다. 만화박물관에 들어가기 전, 피규어 매장을 구경하다 깜짝 놀랐다. 태엽을 감아 움직일 수 있는 오래된 양철 고질라 장난감 가격이 무려 78만 엔이었다. 우리 돈으로 환산하면 약 900만 원. '철완'이라고 부르기엔 조악한 아톰 양철 장난감도 비싸긴 마찬가지. 낡은 피규어 중에 몇만 엔을 넘기는 것이 수두룩했다. 역시 마니아의 세계는 예측 불가능이다.

만화나 피규어 마니아가 아니더라도 만화박물관은 하루 내내 시간을 보낼 수 있는 곳이다. 마쓰모토 레이지의 상설전시관(메텔 복장을 한 직원이 반겨 준다!)에는 그의 작품이 연대별로 전시되어 있고, 인터뷰 영상을 볼 수 있는 시설도 갖춰져 있다.

전시물 중에 가장 눈에 띄는 것은 마쓰모토 레이지의 작품이 아니라 규슈 출신 만화가 세키야 히사시의 낡은 책상과 서가를 그대로 옮겨 온 공간이었다. 펜과 물감, 스케치북, 조명까지 작가가 어떤 환경에서 작업했는지 고스란히 보여 주었다. 뿐만 아니라 그가 남긴 육필 원고 16,000점도 함께 소장되어 있었다. 일본 만화의 저력은 작가를 사랑하고 사소한 것까지 챙기는 꼼꼼함에서 나오는 것이 아닐까 생각했다. 비교하긴 싫지만 우리에게도 이렇게 작품과 기록과 그가 남긴 물건이 남아 있는 만화가가 있나, 만약 있다면 이렇게 정성 들여 꾸민 공간이 있나 머릿속으로 떠올려 보았지만 아쉽게도 기억 속에 들어 있지 않았다. 물론 부천에 한국만화박물관이 있지만 기타큐슈 만화박물관이나 예전에 가 보았던 교토 국제만화박물관과 비교한다면 부족한 것이 사실이다.

　유년을 포함해 내 청춘의 독서 중 8할은 만화였다. 대학 시절에도 만화방에서 밤을 새우며 만화를 보았고 지금도 좋아하는 작가의 만화책은 구입하는 편이다. 책방을 운영하지만 끝까지 팔 수 없는 작가들의 작품도 있다. 오세영, 백성민, 박건웅, 김수박……. 명작으로 꼽을 만한 오세영의 『부자의 그림일기』(글숲그림나무), 백성민의 『장길산』(풀빛), 박건웅의 『나는 공산주의자다』(보리), 김수박의 『아날로그맨』(새만화책)은 모두 절판이라 책방지기를 하고 있을지언정 내가 아쉬워 책을 팔 수 없다. 만화책은 드라마나 영화로 만들어지지 못하면 아무리 작품성이 있어도 초판 이상 찍기 힘드니 초판이 절판되면 영영 구하기가 어렵다. 이곳 만화박물관의 도서관과 서점의 서가 앞에서 긴 한숨을 내쉬는 이유는 솔직히 이들이 부럽기 때문이다.

주차장으로 돌아오는 길에 역 앞에 있는 메텔 동상 옆에 앉아 기념사진을 찍었다. 겨우 한나절이 지났을 뿐인데도 시간이 오래 지난 듯했다. 옛 추억을 곱씹으며 박물관을 둘러보았기 때문일까. "기차가 어둠을 헤치고 은하수를 건너면 우주 정거장엔 햇빛이 쏟아지네." 『은하철도 999』 주제가를 흥얼거리며 다음 목적지로 떠나기 위해 오토바이 시동을 걸었다. 메텔은 곁에 없지만 계속 달려야만 한다. 이번 여행의 프로메슈이자 최종 목적지는 홋카이도의 이와타서점이니까.

2.

후쿠오카 북스 큐브릭

책방지기마다 추천하는
동네 서점

서점은 향수점이다. 고깃집이고, 제과점이다. 맛과 향이 그윽한 가게이다. 그 맛과 향을 통해서 책의 향기와도 같은 어떤 것, 냄새와도 같은 어떤 것을 짐작하고 추측하며 예견할 수 있다. 거기에 몸을 내맡기거나 아니면 책의 이데아가 무엇인지에 대한 이런저런 생각들, 그에 대한 대략적인 그림, 그와 유사한 어떤 것, 혹은 그것이 암시하는 것이 무엇인지 찾을 수 있다. 책은 아마도 우리가 찾는 것에 대해, 우리가 기대하는 바에 대해 이야기해 줄지도 모른다.

철학자 장-뤽 낭시의 『사유의 거래에 대하여 — 책과 서점에 대한 단상』(도서출판 길)(이하 『사유의 거래』)에 나오는 글이다. 북스 큐브릭Books Kubrick 33.584658, 130.388686 @ bookskubrick.jp에 대한 첫 인상이 딱 그랬다. '맛과 향이 그윽한 가게.' 후쿠오카에서 열리는 북페스티벌 북쿠오카www.bookuoka.com의 '한 상자 헌책방'에 우리가 난전을 펼친 곳은 북스 큐브릭 출입구 바로 왼쪽 처마 밑이었다.* 해외에서 참여한 유일한 책방이라 주최 측에서 가장 좋은 자리를 내준 덕분이었다. 북스 큐브릭의 '향'은 행사가 끝날 때까지 계속되었는데 오이 미노루 씨가 오른쪽 처마 밑에서 커피와 빵을 팔았기 때문이다. 북스 큐브릭 대표인 오이 미노루 씨의 첫인상은 점잖고 교양 있는 동네 아저씨 같았다(나중에 '유머 감각이 뛰어난'을 덧붙일 수밖에 없었다). 그의 간이 커피 매점은 '한 상자 헌책방'의 오아시스 같은 곳이었고 그의 곁은 끊임없이 무언가 이야기를 건네는 사람으로 북적였다.

북스 큐브릭은 그리 크지 않은 동네 책방이지만 동네 주민에게 많은 사랑을 받고 있었다. 특히 후쿠오카에서 만

* 북쿠오카의 '한 상자 헌책방' 행사에 참가한 이야기는 4장 "후쿠오카까지 와서 적자라니!"에 자세히 풀었다.

44

북스 큐브릭 앞 인도에서 '한 상자 헌책방'이 열리고 있다. 오른쪽에
앞치마를 두르고 이야기를 나누고 있는 이가 오이 미노루 대표다.

후쿠오카 북스 큐브릭

난 책방지기들은 북스 큐브릭을 가장 가 볼 만한 책방으로 추천했다. 쓰타야서점蔦屋書店이나 기노쿠니야서점紀伊國屋書店 같은 대형서점을 입에 올리는 경우는 보지 못했다. 헌책방을 하고 있는 탓에 헌책방도 함께 추천받았는데 또 하나같이 하이카이도徘徊堂 33.574399, 130.373647를 가장 멋진 책방이라고 말했다. 책방지기마다 눈높이가 다를 텐데 대부분 일치하는 것을 보면 두 서점이 후쿠오카에서 가 볼 만한 책방인 것은 분명했다. 하이카이도는 행사 뒷날 찾아갔으나 아쉽게도 본점과 분점 모두 문을 닫은 터라 주변을 '배회'만 하고 돌아왔다. 후쿠오카의 책방들을 이렇게 돌아보기 힘들 줄은 상상도 못했다.

북스 큐브릭의 서가는 어른이 손을 뻗으면 편안하게 책을 꺼낼 수 있을 정도의 높이였다. 중간에 있는 서가들도 모두 가슴께 높이라 답답하지 않았다. 책방을 하는 처지에서 보면 서가의 높이는 항상 딜레마다. 서가를 높이면 책을 많이 둘 수 있어 그만한 장점이 있지만 그게 과하면 답답하고, 반대로 편안을 강조해서 서가를 낮추면 책을 둘 공간이 줄어든다. 북스 큐브릭은 합리적인 높이를 찾은 듯했다. 책방에 많은 손님이 드나드는 걸 밖에서 빤히 볼 수 있었는데 복잡하다는 생각이 들지 않았던 건 모두 서가 높이와 간격 덕분인 것 같다. 무엇보다 마음에 들었던 건 '북스 큐브릭'이라는 책방 이름과 간판 디자인이었다. 스탠리 큐브릭 감독의 영화 『2001 스페이스 오디세이』*의 디스커버리호 내부를 오마주한 듯한 간판 디자인을 보곤 처음엔 SF 장르만 다루지 않을까 짐작했는데 실제로는 모든 분야를 '섭렵'할 수 있는 책방이었다. 『2001 스페이스 오디세이』에서 인류에게 문명의 지혜를 전하는 검은 무자비無字碑 모노리스가 의미하는 것은 결국 문자를 품은 책이 아닐까 감독의 의도를 나름대로 해석한 적이 있다. 오이 씨는 스탠리 큐브릭 감독을 너무 좋아해 책방 이름도 북스 큐브릭이라 지었다고 했다. 책방을 연 해가 2001년인 것은 우연인지 아닌지 따로 묻지 못했다.

북스 큐브릭은 문학, 인문, 예술, 잡지를 고루 갖추었다. 지역 관련 책과 작가를 배려하는 노력도 엿보였다. 서가를 살펴보다 세상을 떠난 지 20년이 된 사진가이자 여행가 호시노 미치오의 책이 여럿 진열되어 있는 걸 보았다. 그가 알래스카에서 쓴 에세이는 그의 사진만큼이나 훌륭해서, 그의 『여행하는 나무』(갈라파고스)나 『알래스카, 바람 같은 이야기』(청어람미디어)는 국내에서도 여행 분야 스테디셀러다.

---

* 끊임없이 재해석되고 오마주되는 SF영화다. 감히 SF영화의 역사는 『2001 스페이스 오디세이』 전후로 나뉜다고 생각한다. 영화 속에서 인간을 위협하는 인공지능 HAL9000의 존재는 곧 다가올 미래의 모습인 듯하다. 스토리뿐 아니라 1968년에 만들어진 영화라곤 믿을 수 없을 만큼 세련된 촬영 기법을 사용했다. 나도 스탠리 큐브릭 감독의 팬이다.

모든 분야의 책을 골고루 갖춘 북스 큐브릭의 서가는 놀지 않고 소박했다.

호시노 미치오는 불과 열여섯의 나이에 북아메리카를 여행하고 열아홉 살 때 알래스카를 향해 떠났다. 그가 알래스카로 떠난 이유는 진보초의 한 헌책방에서 내셔널 지오그래픽 사진가 조지 모블리의 알래스카 사진집을 보았기 때문이다. 1952년생인 그가 헌책방에서 발견했던 사진집은 아마 내셔널 지오그래픽에서 1969년에 출간한 『Alaska』였을 것이다. 그는 사진집에 나온 시스마레프 마을 촌장에게 마을을 방문하고 싶다는 편지를 보내고, 몇 개월 후 답장을 받고, 고향을 떠나 3개월 동안 알래스카에서 머물다 돌아온다. 알래스카에서 돌아온 이후에는 철저하게 알래스카의 아름다움을 사진에 담기 위해 자신을 담금질했다. 대학을 졸업한 후 야생동물 사진가 다나카 고조의 스태프로 일하며 실력을 쌓았고, 다시 알래스카로 떠났다. 그리고 20여 년 동안 알래스카의 모든 것을 사진에 담았다. 그는 알래스카의 사람, 자연, 동물 등 모든 것을 사랑했다. 알래스카와 인연을 맺게 했던 『내셔널 지오그래픽』에도 기고했고 훗날 그를 알래스카로 이끌었던 조지 모블리도 만났다. 그리고 1996년에 취재차 떠났던 러시아 캄차카 반도에서 불곰에게 물려 세상을 떠났다.

국내에 번역 출간된 책 가운데 유일한 어린이책 『곰아』

(진선출판사)의 원서 『クマよ』를 찾아보았으나 아쉽게도 서가에는 없었다. 『곰아』는 그가 촬영한 곰 사진과 남긴 메모들을 편집해 그가 세상을 떠난 3년 뒤 출간되었다. 나는 절판된 『곰아』를 오랫동안 찾았지만 헌책방에서 만난 적이 단한 번도 없다. 언젠가는 구하겠거니 하고 마음속에 담아 두는 책은 웬만하면 결국 찾기 마련인데 그리 찾는 사람이 없을 것 같은 어린이용 사진책인 『곰아』는 어떻게 된 일인지 흔적조차 찾기 어려웠다. 물론 원서는 아직도 절판되지 않았고 구할 수 있다.

결국 북스 큐브릭에서 고른 책은 『긴자 이토야 문방구 BETTER LIFE』銀座·伊東屋 文房具 BETTER LIFE였다. 예전 도쿄에 갔을 때 이토야에 간 적이 있다. 문구도 예술품처럼 전시하고 판매할 수 있다는 새로운 사실을 이토야에서 깨달았다. 책방에서 책과 함께 팔 물건이라면 문구류가 가장 어울린다. 일반적인 문구가 아니라 이 책에 소개된 것처럼 여러 가지 기발하고 독특한 문구류를 책방에서 판다면 도움이 될까.

'한 상자 헌책방'이 끝난 뒤 '서점인의 밤'에서 다시 오이 씨를 만났고 동행한 정애 선배의 통역으로 더 이야기를 나눌 수 있었다. 내가 책방을 열기 전 예전에 단골로 다니던

책방에 인사드리며 격려와 조언을 청했을 때, 대부분의 선배 책방지기는 "어려울 텐데 굳이 이 일을 왜 하려느냐"라고 말씀하셨다. 그리고 "건물주가 아니라면 시작하지 않는 편이 낫다"라고 조언하셨다. 금수저를 물고 태어나거나 자산을 불리는 데 특출한 재능이 없는 이상 월급쟁이로 건물주가 된다는 건 애초 불가능한 일이니 조언대로라면 책방은 아예 시작조차 할 수 없었다. 그런데 이 조언을 후쿠오카에서도 들을 줄이야. 북스 큐브릭이 오랫동안 한곳에 성공적으로 자리 잡을 수 있었던 이유를 묻자 오이 씨의 답이 명쾌했다.

"버블경제가 꺼지고 부동산 가격이 하락했을 때 지금의 책방 공간을 얻었어요."

일본의 버블경제는 1989년경 최고조에 달했다 1990년대 들어 급속도로 침체되기 시작했다. 1990년대는 버블경제의 후유증에 시달린 '잃어버린 10년'이었다. 부동산 경기도 마찬가지였는데 도시 부동산 가치는 버블 시기에 비해 3분의 1 이하로 떨어지기도 했다. 오이 씨는 그 기회를 놓치지 않은 셈이다.

하지만 임대료를 내지 않는 공간이라 해도 제대로 운영하는 것은 별개의 문제다. 오이 씨는 후쿠오카 토박이로 자랐지만 대학은 교토에서 다녔고 도쿄에 있는 광고 기획 회사에서 직장생활을 했다. 직장을 그만둔 후에는 이탈리아로 떠나 새로운 경험을 쌓았다. 도쿄와 이탈리아 밀라노에서 예술가들과 교류했던 경험이 훗날 책방을 운영하는 데 크게 도움이 되었다고 한다. 특색 있는 작은 가게들이 주민의 교류 공간으로 자리 잡고 있는 이탈리아의 독특한 문화를 보고, 그는 가정과 직장 사이에 존재하는 제3의 공간이 사람에게 삶의 여유를 가져다준다고, 일본에서는 서점이 그 역할을 할 수 있는 공간이라고 생각하게 되었다. 그는 서른일곱 살이 되던 해에 고향으로 돌아와, 2001년에 북스 큐브릭을 열었다. 지금까지 내가 만난 대부분의 책방지기가 독립하기 전 서점원으로 일한 경력을 가지고 있었지만 그는 그런 경력이 전혀 없었다. 오히려 그런 점이 더 편하고 자유롭게 운영할 수 있는 밑거름이 됐다. 책방을 시작할 때부터 지금처럼 세련된 공간이었는지 물었다. 오이 씨가 웃으며 아내에게 모든 공을 돌렸다.

"아내가 디자인 일을 했었어요. 책방을 꾸미는 일은 전적으로 아내가 도맡아서 했죠. 그때는 연애하고 있던 때라

발 벗고 나서서 해 줬을 겁니다. 지금 해 달라고 하면……. 하하하."

2006년부터 북쿠오카를 기획하고 지금껏 이끌어 오고 있는 그는 2008년에는 카페를 겸한 북스 큐브릭 하코자키점을 열고 북토크, 공연, 전시 등 다양한 이벤트를 개최하고 있다. '이벤트'에 대한 그의 관심과 정열은 어린 시절 오사카 만국박람회에서 시작되었다고 했다. 단순히 책만 팔아선 책방으로 사람들의 발길을 돌릴 수가 없다고 했다. 그는 젊은 이에게 책을 건네는 일이 자신이 해야 할 일이라고 믿고 실천하고 있었다. 장-뤽 낭시는 『사유의 거래』에서 책방지기에 대해 이렇게 정의했는데, 내겐 오이 씨가 그 정의에 가까운 인물 같았다.

서적상은 단순히 책을 파는 상인이 아니라고 말하는 것은 정당하다. 추호의 모호함도 없이 말해 보자면, 서적상은 서적 전달자livreur des livres이다. 서적을 가져오고 전시하고, 서적이 주체적인 역할을 할 수 있도록 적절한 상황을 만들어 주는 사람이다.

특색 있는 독립 서점, 동네 서점 붐이 일본에서 시작된

지 아직 10년이 되지 않았다는 이야기를 들었는데 오이 씨는 선견지명이 있었다. 이야기를 나누는 동안 후배 책방지기들이 그에게 와서 인사하고 또 의견을 나누었다. 후쿠오카의 책방지기들에겐 든든한 맏형 같은 존재였다. 오래, 책만 팔았다고 해서 얻을 수 있는 신뢰가 아니었다. 그는 자신의 경험을 후배 책방지기와 나누고 또 지원하고 싶은 마음을 담은 책 『로컬 북스토어 후쿠오카 북스 큐브릭』ローカルブックストアである 福岡ブックスキューブリック*을 준비하고 있다고 했다. 만약 오이 씨처럼 '어렵다'는 말 말고 에너지와 영감을 줄 수 있는 선배 책방지기를 만났다면 이리저리 흔들리는 일은 없었을 텐데. 그와 작별 인사를 나누며 아쉬웠다.

* 일본에선 2017년 1월에 출간되었고 국내 한 출판사에서 판권을 구입해 출간 준비 중이라는 소식을 들었다.

3.

꼭꼭 숨어 있는 작고 예쁜 책방

니린칸2りんかん 33.584067, 130.438314 @ www.driverstand.com은 천국이었다. 오토바이에 대한 모든 것을 모아 놓은 쇼핑몰이라니. 책방 이외의 공간에서 이렇게 강렬한 소비 욕구를 느껴 본 적이 얼마 만인가. 사진으로만 보았던 멋진 헬멧도 써 보고 장갑도 껴 보고 옷도 입어 보고 부츠도 신어 보고 그랬다. 국내보다 훨씬 저렴한 물건이 많았다. 후쿠오카로 출장이나 여행 오는 라이더는 다른 일은 제쳐 두더라도 성지처

대형 오토바이용품 쇼핑몰 후쿠오카 니린칸. 다양한
오토바이용품을 만날 수 있다.

럼 니린칸이나 납스ナップス 33.555700, 130.408193 @ www.naps-jp.com
를 찾는다. 운이 좋아 세일 기간에 오면 비행기 티켓 값을
뽑고도 남는다는 후기를 인터넷에서 심심치 않게 보았다.
직접 와서 보니 정말 그럴 수도 있겠다 싶다. 유행 지난 이
월 세일 상품 몇 가지만 검색해 봐도 국내 가격보다 훨씬 저
렴했다. 새 제품으로 구입할 생각이면 굳이 일본으로 출발
할 때 바리바리 챙겨 오지 않아도 후쿠오카에서 충분히 해
결할 수 있겠다. 보호대가 두툼하게 들어간 방수 부츠가 마
음에 쏙 들었지만 계획에 없던 지출은 할 수 없었다.

우리도 오토바이에 대해 편견이 없다면 일본이나 대
만 못지않게 시장을 키우고 수출할 수 있는 기반을 마련할
수 있을 텐데 오토바이에 대한 뉴스를 볼 때마다 아쉽다. 대
부분 폭주족, 교통사고, 고속도로 주행 위반 뉴스만 나오고,
오토바이에 대한 긍정적인 뉴스는 거의 없다. 국내 대표적
인 오토바이 회사 KR모터스나 대림자동차는 내수 시장에
서 일본과 대만 회사에 밀린 지 오래다. 특히 몇 년 사이 가
격 대비 성능이 뛰어난 대만제 스쿠터가 국내에서 크게 인
기를 끌고 있다. 우리로 봐선 오토바이 수요가 큰 중국과 동
남아 국가와 지리적으로 가까운 만큼 충분히 기술력을 키워
일본이나 대만과 경쟁할 수 있는 산업인데 워낙 오토바이에

대한 인식이 나쁘다 보니 싹조차 틔우지 못했다. 오히려 중국 제품을 수입해 국내 브랜드로 파는 게 현실이다. 내수 시장에서 기술을 다지고 완성품을 검증받을 수 없다면 어떤 산업도 몸집을 키울 수 없고 경쟁도 불가능하다. 많은 사람이 오토바이에 부정적인 인식을 가진 데다 도로 체계(고속도로를 통행할 수 없는 것은 둘째 치고 자동차 전용 도로는 어찌 그리 많은지)부터 오토바이 문화가 정착되기 힘든 구조니 아쉬울 밖에.

책방보다 니린칸에 마음을 쏙 빼앗겼던 때문인지 후쿠오카에서 본격적으로 시작한 책방 탐방은 그야말로 헛걸음의 연속이었다. 계속 비가 내렸고 마음먹고 찾아간 히토쓰보시는 문을 열지 않았다. 나중에야 주말에만 문을 연다는 사실을 알았다. 루모는 찾지 못하고 돌아왔다. 후쿠오카에 있는 동안 다녀온 책방은 이리에서점 入江書店 33.587669, 130.395174 과 쓰타야 텐진점이 전부였다. 후쿠오카에 있는 내내 비가 내린 것도 열심히 책방을 찾아보지 않은 이유 중 하나였다. 결국 지난해(2016년) 후쿠오카를 두 번 더 찾은 다음에야 히토쓰보시와 루모도 찾을 수 있었다.

히토쓰보시 ひとつ星 ('개밥바라기별'이라는 뜻) 33.587187, 130.400606 @ www.onestar.cc의 입구는 주의를 기울여야 보인다.

근처에서 얼마나 헤맸는지 모른다. 엘리베이터가 없는 낡은 빌딩 4층에 있는데 1층에서 간판을 찾기가 힘들다. 분명 지도에선 바로 앞에 있다고 나오는데 둘러보아도 간판이 보이지 않았다. 우편함에 작게 붙어 있는 이름을 발견하곤 4층 405호를 찾아갔다. 문이 닫혀 있었다. 혹시나 저번처럼 오늘도 허탕 치는 것이 아닐까 불안했지만 다행히 영업 중이었다.

히토쓰보시는 책과 여행을 좋아하는 이의 서재를 그대로 옮겨 놓은 듯 편안하고 아기자기했다. 그리고 좁았다. 5평이나 될까. '놀이', '살다', '여행', '빠지다' 같은 책방지기의 독특한 감성으로 서가를 분류했다. 책방지기가 앉아 있는 책상 옆 서가에는 표지가 보이도록 『내셔널 지오그래픽』과 여러 여행서가 놓여 있고, 후쿠오카에 있는 책방들의 명함과 행사 팸플릿이 가지런히 입구 쪽 테이블에 정리되어 있었다. 이렇게 책방을 꾸밀 감성이라면 여성 책방지기가 아닐까 짐작했지만 편견이었다. 편견 없이 관찰하겠다는 다짐은 항상 무너지고 만다. 편견과 어깨동무하고 있는 것은 어쭙잖은 지식이다. 완벽하게 소화하지 못한 지식의 파편이 대상을 섣불리 판단하는 편견을 낳는다. 우연히 편견과 사실이 일치했을 때 불행이 싹튼다. 자신의 능력을 과신하고 또 그것이 옳은 양 생각하여 또 다른 편견을 부른다. 책 읽는 사람들이 가장 경계해야 할 것은 어쩌면 편견이 아닐까.

히토쓰보시는 주말에만 문을 여는 책방이다. 평일에도 문을 열 거라 믿고 찾았던 것이 잘못이었다. 책방지기 시라이시 다카요시 씨와 야마구치 겐 씨는 주중에는 웹디자이너로 일하고 주말에는 친구와 둘이서 번갈아 책방을 맡는다. 히토쓰보시를 찾았을 때는 야마구치 씨가 책방을 지키고 있었다. 그야말로 자유로운 영혼이 만나 만든 '변두리 비밀기지' 같은 책방이었다. 그들은 자신의 책방을 이렇게 표현했다.

현대를 살아가는 우리에게 언뜻 헛돼 보이는 여행이나 책이야말로 삶을 즐길 가치를 만들어 주는 게 아닐까요. 기분 좋은 휴식과 반짝이는 물건, '최고의 쓸모없음'을 갖춘 여행과 헌책을 위한 작고도 작은 셀렉트숍.

서가를 구경하는데 에도가와 란포의 '소년 탐정단 시리즈'*를 발견했다. 에도가와 란포의 본명은 히라이 다로인데, 에드거 앨런 포의 이름을 가져와 필명을 지었다. 이 시리즈에 등장하는 주인공 아케치 고고로는 가난하지만 책을 좋아

* 에도가와 란포의 소설은 여러 출판사에서 소개되었으나 '소년 탐정단 시리즈'는 왓북에서 전자책으로 번역해 내고 있다. 에도가와 란포 책은 검은숲에서 나온 '에도가와 란포 결정판 시리즈'가 가장 추천할 만하다.

벽두리 비밀기지 같은 히토쓰보시. 컴퓨터 왼쪽으로 보이는 책들이
에도가와 란포의 '소년 탐정단 시리즈'다.

하는 청년으로, 작가로 데뷔하기 전 온갖 일을 하며 생계를 이었고 직장을 잃고서 어쩔 수 없이 절치부심하여 작품을 썼다. 잡지에 투고했던 단편 「2전짜리 동전」이 인기를 끌면서 작가의 길로 들어서게 되었다는 아케치 고고로는 에도가와 란포의 청년 시절이 그대로 투영된 주인공이리라. '소년 탐정단 시리즈'는 일본에서만 1,500만 부 이상 팔린 초베스트셀러였고, 많은 작가가 그의 작품을 보며 추리소설가의 꿈의 키웠다. 미야베 미유키, 히가시노 게이고, 호시 신이치 등 국내에도 많은 팬을 가진 작가들이 그가 기금을 내어 만든 에도가와란포상을 받고 작가로 성공했다.

소소책방 서가에는 에도가와 란포의 대표작인 『외딴섬 악마』(동서문화사)가 아주 깨끗한 상태로 꽂혀 있었지만 오랫동안 팔리지 않았다. 책방을 열기 전에는 추리소설과 SF소설이 잘 팔릴 줄 알았는데 적어도 내가 사는 동네에서는 장르 소설 마니아를 만나기가 어려웠다. 책방지기가 좋아하는 책이 잘 팔리는 것은 아니라는 사실을 뼈저리게 느끼고 있다.

작은 책방에서 구경만 하고 그냥 나오기가 아무래도 미안해 서가를 뒤지다 발견한 문고판 『19세기의 공예미술』19世紀の工芸美術을 구입했다. 단돈 300엔이었다. 작은 책방에 가

면 그냥 나오기 어렵다. 무엇이든 한 권이라도 책을 구입해야만 마음이 편하다.

루모LUMO(에스페란토어로 '빛'이라는 뜻)33.584722, 130.392117 @ www.gallery-lumo.com도 히토쓰보시처럼 골목길 빌딩 2층에 숨어 있다. 빌딩 입구에서는 이곳에 예쁜 책방이 있으리라곤 상상할 수 없었다. 인테리어에 감탄했던 책방은 정말 많았지만 루모는 여느 책방보다 한 수 위였다. 북스 큐브릭이나 히토쓰보시와는 또 다른 매력을 가진 공간이었다. 입구에 놓인 '루모 오리지널 북커버' 매대부터 마음에 쏙 들었다. 이렇게 예쁜 북커버를 자체 제작할 정도의 능력을 가진 책방지기라니. 배지나 책갈피를 제작해서 팔거나 손님에게 무료로 나눠 주는 경우는 보았지만 이렇게 '작품에 가까운' 북커버를 만들어 파는 경우는 보지 못했다. 한쪽에는 약간의 의류와 소품이 있고, 사무실 칸막이 서가에는 진귀한 물건들이 전시되어 있었다. 오래된 열쇠와 약병, 암석 샘플, 화석, 버섯 일러스트, 지표면 모형……. 물건들 곁에는 그와 관련된 책이 함께 있었다. 세심하게 주의를 기울여 전시한 작은 박물관 같은 느낌이었다.

루모는 갤러리로 시작했다가 옆 사무실을 함께 임대해 2013년에 책방을 열었다. 10평 남짓한 공간에 장서는 약

1,500권이다. 책이 많다고 해서 좋은 책방이라 할 수 없다는 사실을 루모에 와서 다시금 깨닫는다. 10권이든 1만 권이든 그걸 어떻게 큐레이션하고 손님에게 다가갈 것인가에 대한 고민은 책방 문을 닫을 때까지 끝나지 않을 듯하다. 큐레이션을 하려면 장서를 줄이고 선택한 책을 위한 공간을 만들어야 한다. '많은 책'이냐 '고른 책'이냐를 놓고 책방의 색깔을 정해야 한다면 나로선 '많은 책'을 가진 책방의 책방지기이고 싶다. 책 욕심은 끝이 없고 공간은 한정되어 있으니 항상 어려움에서 벗어날 수 없다. 루모처럼 세련된 책방을 보면 부럽고 본받고 싶지만 열정이 있다고 해서 쉽게 따라할 수 있는 일도 아니다.

　루모의 책방지기 후치가미 고지 씨는 디자이너이자 일러스트레이터로 광고, 출판 쪽에서 오랫동안 경력을 쌓았다. 책방과 갤러리는 그의 경력에서 아주 일부인 셈이다. 그는 여전히 현역으로 일하며 루모를 꾸리고 있었다. 책방 한쪽에 그가 작업한 그림책 『채드와 클라크의 도시 대모험』チャドとクラーク都会で大ぼうけん이 놓여 있었다. 원숭이 채드와 개 클라크의 우정과 모험을 담았다. 후치가미 씨에게 사인을 부탁하니 책방에 유일하게 남은 시리즈의 첫 번째 책 『채드와 클라크의 모험 섬』チャドとクラークのぼうけん島까지 챙겨 주었

책방지기 후치가미 씨의 책 『채드와 클라크의 도시 대모험』

히토쓰보시에서 구입한 『19세기의 공예미술』

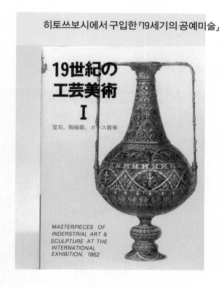

갤러리와 함께 운영하고 있는 루모는 책과 함께 의류나 소품도 판매한다.

매장 중심에 '무지북스'를 들인 무인양품 캐널시티점.

다. 루모와 후치가미 씨를 보면서 멋진 책방을 만들 수 있는 능력을 가진 사람을 꼽는다면 책을 좋아하는 디자이너이거나 디자인 감각을 가진 애서가가 그 조건에 가장 가깝지 않을까 생각했다.

숙소로 돌아가기 전 후쿠오카의 유명 쇼핑몰인 캐널시티의 무인양품無印良品 33.590794, 130.410653 @ www.muji.com/jp/shop/045849에 들렀다. 잡화와 가구를 파는 무인양품이 서점으로 변신 중이라는 소문을 들었기 때문이다. 소문대로였다. 무인양품은 과감하게 서점과 카페를 전진 배치했다. 사람들에게 필요한 거의 모든 것을 파는 무인양품이 다루는 품목은 7,000여 종이 넘는다. 국내에도 스무 곳이 넘는 매장이 있고, 성장세가 가파르다.* 일본을 포함해 27개국에 진출하여, 약 3조 원의 매출을 올리는 글로벌 기업으로 성장했다. 자동차와 유통기한이 짧은 야채와 육류를 제외하곤 아주 사소한 것까지 무인양품에서 구할 수 있다. 심지어 주택까지 주문이 가능하다. 쓰타야가 책을 중심에 두고 잡화를 진열한다면, 무인양품은 잡화 곁에 책을 함께 둔 모양새다. 서재 가구가 있는 곳에 독서와 인테리어 책을, 조리 도구가 있는 곳에 요리책을 두는 식이다. 책을 인테리어 도구로 사용한 기분을 지울 수 없지만 편안하게 시간을 보내

---

* 2016년 국내 매출 786억 원, 영업익은 약 29억 원이었다. 2015년 대비 40퍼센트나 증가한 수치다.

며 책을 살펴보고 생필품을 사야 한다면 무인양품은 쇼핑하기 즐거운 공간이다. 쓰타야가 공간을 가득 채운 반면, 무인양품은 어디를 가든 여유가 있다. 어느 쪽이 더 낫다고 할 수는 없다. 무인양품 캐널시티점의 장서 규모는 웬만한 중형서점을 능가했다.

무인양품은 1980년 일본 대형 슈퍼마켓 체인 '세이유'의 자체브랜드PB로 시작해 40여 가지 물건을 팔았고, 30여 년이 흐르는 동안 미니멀한 디자인과 기능을 발전시키며 끊임없이 변화했다. 종이책이 점점 영향력을 잃고 있는 시대를 거슬러 과감하게 '무지북스'를 매장 안으로 끌어들인 이유는 그것이 '브랜드가 아닌無印 라이프 스타일'을 팔고 싶은 그들의 전략에 가장 적합하기 때문이다. '무지북스'가 단지 일본에만 머물지 지금은 알 수 없다. 하지만 일본에서 '무지북스'가 성공한다면 그들은 반드시 현지화 가능성을 따져볼 것이다. 출판 시장 규모와 언어의 문제가 걸림돌이겠지만 만약 미래에 무지북스가 국내에 진출한다면 기존 대형서점도 긴장할 수밖에 없을 듯하다. 그래도 작은 동네 책방들은 히토쓰보시나 루모처럼 반짝이며 자신의 자리를 지키고 있겠지.

4.

"후쿠오카까지 와서 적자라니!"
북쿠오카 '한 상자 헌책방' 참가기

"후쿠오카에서 헌책 파는 행사가 있대. 북쿠오카. 참가
비는 1,000엔."

책방에 온 정애 선배가 말했다. 참가비 1,000엔이란 말
에 혹했다. 부수적으로 들 여행 경비는 생각지도 않고 참가
신청을 부탁했다. 무조건 저지르고 보는 짓은 엔간하면 하
지 않으리라 굳게 결심한 터라 잠시 고민에 빠졌지만 소용
없었다(타고난 가벼운 천성을 어찌 고치리오). '한 상자 헌

책방'이라는 벼룩시장이 너무 궁금했다. '서점인의 밤'에도 참석하기로 결정했다. 참가일은 2016년 11월 5일.

무엇보다 북쿠오카에 가고 싶었던 이유는 오토바이를 타고 떠났던 지난 2015년 여행에서 후쿠오카를 제대로 돌아보지 못했기 때문이다. 어렵사리 찾아간 히토쓰보시는 문이 닫혀 있었고, 루모는 어디 있는지 찾지도 못했고, 가장 유명한 북스 큐브릭은 존재조차 몰랐다. 후쿠오카에 있는 동안 비가 내내 내렸고 그나마 돌아본 곳은 이리에서점과 쓰타야 텐진점이 전부였다. 이번 기회에 제대로 돌아볼 수 있으리란 기대가 컸고 '서점인의 밤'에 참석하면 자연스레 일본 책방은 어떤 상황인지 알아볼 수 있으리라는 계산이 섰다.

'한 상자 헌책방'에 대해서는 오래전에 이야기를 들은 적이 있었다. 도쿄 야네센에서 2004년 시작된 '한 상자 헌책방'은 금세 다른 지역으로 전파되었다. 도쿄, 후쿠오카만이 아닌 70여 곳에서 같은 이름을 딴 행사가 열린다. 그중에서도 후쿠오카의 '북쿠오카'(북+후쿠오카)는 시민의 참여가 높기로 소문이 나 있다. '한 상자 헌책방'이 열리는 날만 5,000명이 넘는 시민이 찾는다. 북쿠오카는 11월 1일 시작해 보름 넘게 여러 가지 행사(1960년대 미국에서 제작한

「ポルノ・ムービーの映像美学」長澤均のトーク

エディソンからアンドリュー・ブレイクまでダイジェスト映像40分

ポルノ・ムービー・エステティカ@ブックオカ

II/2Osun

詳しくはブックオカHPへ
http://bookuoka.com/

북쿠오카의 정식 프로그램 중 하나인 '포르노 영화 상영회' 안내문.

'미학적 완성도가 높은' 포르노 영화를 보는 프로그램도 있었다!)를 여는데 그중 '한 상자 헌책방'이 가장 호응도가 높은 이벤트이다.

『책과 사람이 만나는 곳 동네서점』(필북스)을 편집한 은경 선배와 번역하는 정애 선배, 본업인 건축보다 문화 기획에 관심이 많은 범주 선배까지 네 명이 함께 가기로 의기투합(?)했다. 후쿠오카로 떠나기 전날 밤 여행가방을 팔 책으로 가득 채웠다. 비행기 수화물 반입 최대 중량인 25킬로그램에 딱 맞췄다. 얼마나 팔릴지는 알 수 없었지만 구색은 맞춰야 했다.

우리 일행이 후쿠오카에 도착하자마자 찾아간 사람은 북쿠오카를 처음부터 기획하고 이끌어 온 니시닛폰신문西日本新聞 출판부의 스에자키 미쓰히로 씨였다. 출판부 사무실에서 북쿠오카에 대해 여러 가지를 물었다. 행사를 진행하며 정부나 지방자치단체, 기업에서 지원을 받는지 궁금했다. 스에자키 씨는 딱 잘라 "지원 없이 모든 걸 스스로 해결한다"라고 답했다. 내심 부러운 동시에 부끄러웠다. 책과 관련된 행사를 아무런 '지원' 없이 10년 넘게 꾸준히 운영하는 건 쉬운 일이 아니다. 책과 관련된 행사가 아니더라도 문화 행사의 경우 수익을 내기 힘든 터라 기획 단계부터 미리

지원금을 염두에 두는 실정을 생각하면 그가 내놓은 '정답'은 신선했다. 오랫동안 북쿠오카를 진행하고 있지만 지원받을 생각은 애초에 없었다고 한다. 서점과 출판사는 물론이고 출판업계의 모든 사람이 함께 재밌는 일을 벌여 보자고 생각했을 뿐 거창한 계획 같은 것을 세운 적은 한 번도 없었다고. 그들의 자유로움이 북쿠오카를 지금껏 이끈 가장 큰 힘처럼 보였다. 스에자키 씨는 북쿠오카를 위해 정기적으로 만나지도 않는다고 했다. 벚꽃이 필 때쯤 '이제 한번 모일 때가 되지 않았나' 싶어지면 서로 연락하고 맥주를 마시며 북쿠오카를 어떻게 진행할 것인지 자유롭게 이야기 나눈다. 아이디어를 내고 책방에서 할 수 있는 여러 가지 행사를 각자 준비하는데 행사를 돕는 스태프도 모두 자원봉사자라고 한다.

스에자키 씨의 이야기를 들으며 과연 내가 사는 진주에서도 이런 행사가 가능할까 호기심이 일었다. 후쿠오카 정도의 규모(인구 100만 명)가 되어야 가능하지 않을까 하는 부정적인 생각도 스멀거렸지만 욕심을 내지 않는다면 소박하게 시작할 수 있을 것도 같았다. 하지만 당분간은 마음속에만 담아 두는 걸로. 그동안 앞뒤 재지 않고 저지른 일을 수습하는 것만으로도 너무 많은 에너지를 써 버렸다. 지금은 적당히 여유를 갖고 시간이 가길 기다리는 수밖에 없다.

　11월 5일 아침 8시 30분, 책을 가득 채운 캐리어를 끌고 '한 상자 헌책방'이 열리는 게야키 거리의 북스 큐브릭 앞에 도착했다. 나는 11년 동안 진행된 '한 상자 헌책방' 최초의 해외 참가자라는 이유로 가장 좋은 자리(북스 큐브릭 처마 밑)를 배정받았다. 각 판매자에겐 돗자리 하나를 펼 만큼의 공간을 내준다. 캐리어에서 주섬주섬 책을 꺼내 진열하기 시작했다. 미처 알아 두지 못해 몹시 안타까웠던 점은 각자의 헌책방을 꾸미는 개성 넘치는 광고판을 미리 준비해야 한다는 것! 아쉬운 대로 정애 선배의 도움을 받아 책 제목을 일본어로 번역하고 책값을 메모해 일일이 책에 붙였다. 책방 개업 3주년을 며칠 앞두고 멀리 후쿠오카에 와서 난전을 펴고 책값을 매기고 있으니 기분이 묘했다. 자영업자 3년 생존율이 50퍼센트가 겨우 넘는 험악한 상황에 사양업종인 헌책방을 하면서 이렇게 무턱대고 엉뚱한 짓(?)을 하고 다니는 나 자신이 조금 한심스럽기도 했다. 하지만 꾸벅꾸벅 졸며 책방을 지키는 것보단 훨씬 재미있지 않느냐고, 지금껏 잘 버티고 있지 않느냐고 스스로 위로했다.

　책을 펼쳐 놓을 때만 해도 팔릴까 걱정했지만 기우였다. 한국에서 건너온 책에 관심을 가지는 손님도 가끔 있었고 팔기도 했다. 제일 처음 책을 사 준 이는 히토쓰보시 책방지기 야마구치 씨였다. 지난번 책방에 갔을 때 책을 샀던 걸 기억하고 있었던 걸까. 너무나 고마웠다. 중간중간 선배들에게 자리를 떠맡기고 다른 책방은 어찌하나 유유자적 구경하러 다녔다. 타고난 책방지기인 듯 그 작은 공간도 예쁘고 세련되게 꾸민 판매자가 많았다. 책방뿐 아니라 일반 참가자도 많았는데 자신이 소장하던 책과 소품을 내놓고 팔았다. 시민의 참여를 높이기 위해 책방을 돌아다니며 '한 상자 헌책방'의 스탬프를 찍어 오면 선물을 주는 이벤트도 열렸고, 인근 소학교에 다니는 아이들은 직접 만든 동네 이야기 책을 돌아다니며 팔기도 했다.

점심시간이 지나자 많은 시민이 '한 상자 헌책방'을 뒤지며 작은 행복을 누리는 풍경이 펼쳐졌다. 책을 파는 사람이나 사는 사람이나 즐거운 모습이었다. 다른 판매자의 헌책 상자를 구경하다 모로호시 다이지로의 『시오리와 시미코의 살육시집』(시공사) 원서를 발견하고 구입했다. 이 책의 주인공인 시오리의 집은 우론당이라는 헌책방이다. 모로호시 다이지로의 다른 책 『밤의 물고기』에는 책에 깔려 죽은 사람들의 이야기가 나온다.* 아쉽게도 『밤의 물고기』는 찾을 수 없었다. 출장 소소책방이 행사 마감 시간인 오후 4시까지 올린 매출은 9,400엔. 책 무게가 그렇게 많이 줄어들지는 않았지만 예상보다는 성과가 컸다. 하지만 이래저래 계산해 보니 매출보다 다른 책방을 다니며 책값으로 지출한 돈이 더 많았다. 멀리 후쿠오카까지 와서 적자를 본 책방지기도 내가 최초일 테다. 책 파는 재미보다 책 사는 재미가 더 쏠쏠하다는 사실은 부정할 수 없다.

'한 상자 헌책방'이 끝나고 저녁 식사를 겸한 '서점인의 밤'이 열렸다. 이 행사도 (당연히) 참가자가 각자 비용을 부담했다. 70여 명의 서점인, 출판인, 중개인, 작가, 디자이너, 일반 독자 등 다양한 사람이 한자리에 모였다. 멀리 도쿄에서 참석한 이들도 있었다. 물론 가장 멀리서 온 참가자는 우리였다. 사회자가 소개하고 앞에 나가 인사를 하자 내년에도 또 와야 하나 잠시 고민에 빠질 만큼 큰 환영의 박수를 받았다. 소개가 끝나고 좌담회가 시작되었다. 좌담회에는 히토야스미서점ひとやすみ書店의 시로시타 야스아키 씨, 미노우북스Minou Books의 이시이 이사무 씨, 가모시카서점カモシカ書店의 이와오 신사쿠 씨가 자신의 경험을 이야기했고, 북스큐브릭 오이 미노루 씨가 사회를 맡아 진행했다. 세 사람은 모두 책방을 시작한 지 얼마 되지 않은 젊은 책방지기였다. 일본도 책방이 어렵기는 마찬가지였다. 정말 솔직하게 자신

의 처지를 털어놓았다. 그중에서 가슴에 와 닿는 이야기를
옮긴다.

"내 서가를 채운다는 생각으로 매입한다. 손님이 주문
한 책이 없으면 근처 대형서점인 기노쿠니야에 가서 사 오
기도 한다."―시로시타 씨

"아직 미혼이다. 부모님께 얹혀살고 있다. 만약 결혼했
다면 서점을 운영하기 어려웠을 것이다."―이시이 씨

"반품되지 않을 책을 구비하는 게 가장 중요하다. 일반
서점보다 헌책방이 미래엔 더 경쟁력이 있을 것이다."―이
와오 씨

헌책을 팔아 돈을 벌 수 있다는 이와오 씨를 제외하곤
고만고만하게 버티는 수준이었지만 그들의 이야기에는 책
을 사랑하는 마음이 진정으로 묻어났다. 돈이 되는 것은 아
니어도 내가 좋아하는 일을 하고 있으니 그것만으로 자부
심을 가질 만하다는 여유가 있었다. 선배로서 새로 시작하
는 젊은 책방지기를 물심양면 돕는 오이 미노루 씨의 역할

'한 상자 헌책방'에서 구입한 모로호시 다이지로의
『시오리와 시미코의 살육시집』

"후쿠오카까지 와서 적자라니!"

'한 상자 헌책방' 행사가 열린 후쿠오카 아카사카 거리.

동네 식당에서 열린 '서점인의 밤'. 서점의 현재와 미래에 대한
진지한 이야기가 이어졌다. 맨 오른쪽이 진행자 오이 씨다.

도 내심 부러웠다. 지역에서 터놓고 이야기할 수 있는 선배 책방지기가 있고 없고는 새로 책방을 시작하는 이에게 실패 확률을 줄일 수 있는 든든한 버팀목이 있느냐 없느냐의 차이다. 이와오 씨는 "사회를 보고 있는 오이 씨에게 속아서 책방을 시작했다"라며 우스갯소리를 했는데 그 말 속에 오이 씨에 대한 믿음이 엿보였다. 좌담회가 진행되는 동안 어떤 아이디어가 있는데 먼저 오이 씨의 의견을 들어보고 싶다 혹은 도움을 받고 싶다는 이야기를 꺼내는 모습을 보며 후쿠오카에서 북스 큐브릭의 존재감을 더욱 확실히 느꼈다.

좌담회가 끝나고 자유롭게 이야기할 수 있는 시간이 이어졌다. 대형서점인 기노쿠니야에서 일하는 가무라 가나 씨는 언젠가는 독립해 자신만의 책방을 여는 것이 꿈이라고 말했다. 북스 큐브릭 대표 오이 씨를 포함해 '서점인의 밤'에 모인 모든 사람이 그녀의 꿈을 밀어주는 선배인 셈이다. 자신이 뿌리내린 지역에서 서로 도우며 주민과 함께 문화를 만들고자 하는 책방지기들의 모습이 좋았다. 나의 꿈은 이제 3년을 버텼으니 5년까지 버틸 힘을 갖자는 아주 원초적인(?) 것인데 말이다.

북쿠오카에 와서 많은 것을 보고 배우고 느꼈다. 우리나 일본이나 책방이 내리막길에 있는 것은 사실이지만 그

속에서도 단단한 꿈을 가진 사람들이 있으니 쉽게 저물지는 않겠다고 생각했다. 알베르토 망구엘은 『책 읽는 사람들』(교보문고)에서 "넓은 의미에서 독서라는 행위가 우리 인간이란 종을 정의한다"라고 했지만 끊임없이 진화하는 인간이란 종에게 '독서'는 가까운 미래에 '과거의 상징'으로 남을지도 모르겠다. 책방도 마찬가지고. 하지만 이 자리에 모인 진화를 거부하는 소수의 별종은 어떻게든 책과 함께 살아남을 것이다. 어려움 속에서도 어떻게든 버티는 것도 의미 있는 일이라 믿기로 했다. 버티다 보면 분명 재밌는 일을 벌일 수 있는 기회와 에너지를 얻을 것이다. 지난 3년 동안 '버티며' 능글능글한 내성을 쌓았으니 그까짓 5년을 채우는 것쯤은 그리 어려운 일이 아닐 수도.

+

덧붙임.

책과 책방의 미래는 과연 있는 걸까?

출판업계 사람들의 11시간 끝장 토론

2017년 6월에 출간된 『책과 책방의 미래』(필북스)는 여기에서 언급한 북쿠오카 10주년을 기념해 출판사, 도매상,

서점에 몸담고 있는 업계의 사람이 모두 모여 11시간 동안 책과 책방의 미래에 대해 솔직하게 나눈 이야기의 기록이다. 토론의 참석자이자 원서를 편집한 스에자키 씨에게 그 토론에서 가장 인상적이었던 점이 무엇이었느냐고 한국의 편집자가 물었다. 그의 대답은 "아, 정말 우리는 서로를 너무 몰랐구나 하는 것!" 모두 함께 똑같이 '책'을 다룬다고 생각했는데 서로의 입장과 처지를 너무 몰랐다는 것에 놀랐다고. 우리 출판 시장도 고질처럼 고치지 못하는 많은 문제가 있다. 문제의 해법을 찾기 위해서는 먼저 서로에 대해 알아야 하지 않을까.

젊은 시장과 쓰타야가 함께 만든
도서관의 미래

다케오 시립도서관

5.

내가 살고 있는 진주는 인구가 약 35만 명인 작은 도시다. 진주 관내에 있는 공공도서관은 연암도서관, 서부도서관, 진양도서관 등 모두 다섯 곳이다. 종합대학 세 곳과 단과대학 세 곳에 도서관이 있고, 작은 도서관을 운영하는 큰 아파트 단지도 많다. 도서관에서는 다양한 행사와 프로그램도 열린다. 가끔 도서관을 이용하면서 딱히 불만이랄 게 없었다. 도서관이 가능하면 사람들이 찾기 좋은 곳에 있으면 더 좋을 것 같다는 정도. 어린이전문도서관을 제외하곤 모두 약간 외진 곳에 있어 이용자 입장에선 다소 불편하다.

몇 년 사이 시 외곽에 혁신도시가 조성되면서 도심이 확장되었지만 구도심의 공동화 현상은 점점 심해지고 있다. 많은 사람이 찾았던 재래시장도 예전만 못하고 구도심에는 빈 건물이 늘고 있다. 가장 안타까운 건 새로 건물을 지어 이사 간 옛 공공기관 건물들이 폐허처럼 방치되거나 상업 용도로 쓰이고 있다는 사실이다. 창원 지방법원 진주지원도 덩그러니 방치되어 있고, 옛 진주역에는 식당이 들어섰다. 파출소가 통폐합되면서 시내에 있던 몇몇 파출소는 몇 년째 비어 있다.

진주역이 비었을 때 만화책 도서관을 만들면 어떨까 상상했다. 『아기공룡 둘리』의 김수정 작가, 『발바리의 추억』의 강철수 작가, 『송곳』의 최규석 작가의 고향이 진주라 알고 있다. 외연을 더 넓혀 서부 경남 출신 만화가의 작품을 소장하고 전시할 수 있는 공간으로 활용할 수 있다면 얼마나 좋을까 생각했다. 하지만 이런 바람은 진주역에 식당 간판이 걸리면서 깨졌다. 공적인 공간이었던 곳을 상업적인 목적을 가진 공간으로 굳이 바꿀 필요가 있을까. 관리를 맡은 지방자치단체가 조금만 아이디어를 내고 운영 방안을 고민하면 많은 주민이 혜택을 누리는 공간으로 탈바꿈할 수 있을 텐데 말이다. 무엇보다 비어 있는 곳들이 현재 도서관들보다 주민이 접근하기 좋은 위치에 있다는 사실 때문에 진주역의 '변신'이 더더욱 아쉬울 수밖에 없었다. 진주성, 논개, 유등축제 외에 이웃 통영보다 내세울 콘텐츠가 부족한 터에 그런 빈 건물을 이용해서 진주만의 새로운 이야기를 만들어 단점을 메우면 좋지 않을까 생각했다. 책을 중심에 둔다면 더할 나위 없고. 진주역사를 통해 훌륭한 선례를 만들었다면 다음 일은 훨씬 쉬웠을지도 모르겠다.

다케오 시립도서관 33.188856, 130.023746 @ epochal.city.takeo.lg.jp 에 들어서는 순간 내가 사는 도시에 대해 느꼈던 아쉬움이 더 가까이 다가왔다. 연간 방문객만 100만 명. 도서관 하나가 인구 5만의 소도시에 생기를 불어넣었다는 사실이 놀라웠다. 방문객 100만 명 중에 주민 방문객이 60만 명, 외부인이 40만 명이니 단순히 나눗셈을 해도 시민 전체가 한 달에 한 번은 찾는 셈이다. 다케오 시립도서관을 행선지에 넣은 것은 아름다운 내부 사진을 인터넷에서 우연히 보았기 때문이다. 흔히 보던 폐쇄적인 도서관 공간과 확연히 달랐다. 높은 천장, 한쪽 벽면을 가득 메운 서가, 닫힌 열람실이 아니라 카페와 서점 그리고 자유롭게 오갈 수 있는 통로

다케오 시립도서관 외부 전경.

를 더 중요하게 배치한 것이 마음에 들었다. 이는 모두 히와타시 게이스케 시장이 부임해 쓰타야와 손잡은 후 생긴 변화였다. 다케오 시립도서관의 장서는 약 20만 권. 쓰타야가 관리를 맡은 후 수장고에 쌓여 있던 책이 모두 밖으로 나올 수 있었다. 서가를 많이 설치한다고 해서 책이 살아나는 것은 아닌 셈이다. 콘크리트가 아니라 나무로 보와 서까래를 마감한 것도 정말 아름다웠다. 하지만 직접 확인하고 싶은 건 내부 공간이 아니라 실제로 그렇게 많은 방문객이 오는지 여부였다.

후쿠오카에서 아침 일찍 출발했다. 점심 먹을 때쯤 다케오 시립도서관에 도착했다. 소문이 거짓이 아니란 건 주차장에서 바로 알 수 있었다. 평일 오전인데도 넓은 주차장에 차가 가득했다. 외부에서 온 듯한 버스도 여러 대 서 있었다.

공공도서관과 대형서점이 이렇게 시너지 효과를 낼 수 있었던 것은 히와타시 게이스케 시장의 추진력 덕분이다. 그는 총무성 간부로 근무하다 2006년에 다케오시장*으로 부임했다. 취임하자마자 그가 시작한 일은 '영업부'를 만들고 다케오를 외부에 알리는 작업이었다. 그리고 페이스북 등 SNS를 통해 시민과 소통할 수 있는 '쓰나가루부'つながる部

---

* 2017년 사가현 지사 선거에 출마했으나 낙선했다. 다케오시에서 보여 준 과감한 민영화가 오히려 유권자의 반감을 일으켜 그의 발목을 잡았다는 지적이 있다.

2층에서 바라본 다케오 시립도서관 내부.

(연결부)를 신설해 시정과 시민을 '연결'했다. 생기 잃은 도시를 되살리기 위해선 홍보와 소통이 무엇보다 중요하다는 사실을 그는 간파하고 있었다. 그의 고민은 낙후된 시립도서관을 살리는 일로 이어졌다. 시의 행정력만으로 도서관을 활성화하기 어렵다고 본 그는 과감하게 도서관 운영을 민간 업체에 맡기기로 하고 쓰타야를 찾았다. 그도 처음부터 다케오 시립도서관을 바꾸는 일이 성공하리라 확신한 것은 아니었다. 쓰타야를 소유한 기획사이자 도서관 운영을 맡고 있는 기획사 CCCCulture Convenience Club의 마스다 무네아키 회장과 나눈 대화에서 그는 이렇게 말했다.

> 어떤 일이건 실제로 시도해 보면 95퍼센트는 실패합니다. 그러니까 어차피 모험을 할 바엔 성공할 수 있는 쪽, 언뜻 봐서는 있을 수 없을 것처럼 보이는 반대쪽, 즉 5퍼센트의 가능성에 거는 것입니다. 그리고 그 가능성을 최선을 다해 추구하는 것이 제가 생각하는 기획입니다. 실패만으로는 배울 수 없습니다. 성공을 해 봐야 배울 수 있지요.—『지적자본론』*

쓰타야와 과감하게 손을 잡은 히와타시 시장의 선택은

---

* 마스다 무네아키 회장의 『지적자본론』은 내가 일본 여행을 다녀온 직후인 2015년 11월에 민음사에서 번역 출간되었다.

그 5퍼센트의 가능성을 100퍼센트로 끌어올렸다. 자신의 계획을 실현시킬 가장 적합한 동반자를 가장 적절한 시기에 찾아낸 셈이다. 쓰타야에서도 도쿄 다이칸아먀 쓰타야의 성공을 지방에 이식할 장소를 물색 중이었다. 시설도 낡고 이용객도 나날이 줄고 적자 운영을 할 수밖에 없었던 시립도서관을 쓰타야가 맡아 새롭게 만드는 기간은 그리 오래 걸리지 않았다. 쓰타야가 맡아 시설을 정비해 재개관한 지 13개월 만에 방문객 100만 명을 돌파했다. 강연과 시민 참여 프로그램도 연 300회 이상 열렸다. CCC도 다케오 시립도서관과 협업 중인 쓰타야의 공공성을 홍보하고 브랜드 가치를 높이는 데 적극 활용했다.

도서관에 들어서니 오전 9시부터 밤 9시까지 '연중무휴' 운영된다는 안내문이 가장 먼저 눈에 들어왔다. 365일 문을 닫는 날이 없는 도서관이라니 주민으로선 굉장한 혜택을 누리는 셈이다. 1층 입구 왼쪽엔 스타벅스, 오른쪽엔 원형 공간에 음악·영상실이 있다. 그리고 쓰타야 서점 매대와 더불어 이용자가 커피와 음료를 마시며 편히 책을 볼 수 있도록 테이블과 의자가 구비되어 있다. 매대에 있는 잡지를 가져와 읽는 사람이 많았다. 사진보다 훨씬 훌륭했다. 가장 마음에 드는 건 역시 자연 채광을 충분히 활용한 개방감이었다. 시설을 리모델링한 후 수장고에서 먼지만 쌓이던 책도 1층에서 2층 천장까지 이어진 서가에 놓이며 빛을 보게 되었다. 부모와 아이가 편하게 책을 읽을 수 있는 공간도 마련되어 있다. 1층 맨 안쪽 역사자료관에는 다케오의 과거와 현재를 기록한 자료가 빼곡하게 전시되어 있다. 공공도서관의 역할은 단순히 책을 빌려주는 데 있는 것이 아니라 지역의 기록물을 수집하고 정리하는 것까지 포함해야 한다. 엄밀하게 따진다면 이 역할을 제대로 할 수 있어야 제대로인 공공도서관이라 할 수 있지 않을까.

다케오 시립도서관 쓰타야 점장 미야치 야스시 씨*를 만났다. 가장 궁금했던 매출에 대해 물었다. 서점(쓰타야)과 카페(스타벅스) 중에 어느 쪽이 더 수익이 높은지 궁금했다. 꽤 곤란한 질문일 거라 걱정했는데 그는 머뭇거림 없이 솔직하게 대답했다.

"책은 돈이 안 됩니다. 스타벅스 매출이 더 높죠."

쓰타야가 스타벅스를 중요시하는 이유가 확실해졌다. 서점이 책만 팔아선 생존할 수 없는 시대라는 걸 리더인 마스다 무네아키 회장은 꿰뚫고 있었다. 그는 고객이 가치를 느끼는 것은 책이라는 물건이 아닌 그 안에 들어 있는 '제안'이라고 보았다. 서점은 책 안에 있는 '제안'을 판매해야 하는

---

* 미야치 야스시 점장은 진주문고 직원들과 함께 다케오 시립도서관을 다시 방문한 2016년 5월에 만났다.

데 그런 부분을 모두 무시하고 "서적 그 자체를 판매하려 하기 때문에 '서점의 위기'라는 사태를 불러오게 된 것"이라고 말했다.

> 고객의 가슴을 파고들 수 있는 제안을 몇 가지 정도 생각해 내고 그 주제에 맞는 서적이나 잡지를 진열해야 한다. 이것은 고도의 편집 작업이다.—『지적자본론』

그는 전통적으로 서점과 도서관이 사용하던 십진분류법을 없애고 쓰타야만의 22종 분류법을 새로이 개발했다. 책을 앞세우지만 책을 파는 것이 아니라 '라이프 스타일'을 파는 쓰타야의 시도는 매장의 책을 새로이 '편집'하고 새로운 문화를 과감하게 매장에 끌어들이는 이노베이션에서 시작되었다. 그 성공 사례가 다케오 시립도서관과 도쿄 다이칸야마 쓰타야다.

도서관 이곳저곳을 구경한 다음 스타벅스에서 아이스커피를 주문하고 쓰타야의 매대를 살펴보다 일본 47개 지역에서 파는 면麵 제품을 소개한 『47 면 Market』47 麵 Market—47都道府県のローカルな麺から, 日本の食の個性を見る이 눈에 들어와 구입했다. 워낙 면을 좋아하기도 했고, 언젠가 진주에 있는

국숫집을 이런 식으로 소개하면 어떨까 아이디어를 얻을 수 있을 것 같았다.

　만약 진주에 있는 공공도서관에서 교보문고 같은 대형 서점에 운영을 맡기고 매장을 운영한다면, 주민 입장에선 환영할 일이겠다. 그러나 내가 운영하는 작은 책방은 그렇게 들어온 자본에 밀려 버티지 못할 것이 분명하다. 다케오에도 분명 쓰타야가 들어오기 전 작은 서점들이 있었을 텐데 어떻게 되었을까 찾아보진 못했다. 세상 모든 일에 밝은 부분이 있으면 어두운 부분도 존재한다. 아무리 부정하려 해도 어쩔 수 없다. 공공 분야에 거대 자본이 개입하는 순간, 경쟁력을 갖추지 못하고 겨우 버티던 것들은 파도에 휩쓸리듯 사라져 버리지 않을까. 어느 쪽이 '공익'에 가까운지 판단하기 어렵다. 가장 멋진 방법은 작은 것은 작은 것대로 큰 것은 큰 것대로 서로 역할을 분담하고 공생하는 것이다. 작은 것의 모자람은 큰 것이 채우고 큰 것의 넘침은 작은 것이 나누면서 말이다.

숲과 그림책으로 부활한 산골 마을

기조 그림책 마을

6.

이런 심산유곡에 정말 그런 곳이 존재한단 말인가. 규슈에 가면 기조 그림책 마을에 꼭 가 보라는 이야기를 지인에게 들었다. 일본에 가면 '이곳만은 빼먹지 말고 방문해야 한다'는 서점 몇 곳을 추천받았다. 도쿄 다이칸야마 쓰타야, 카우북스, 교토 게이분샤는 대부분 중복되는 곳이었다. 대도시의 유명 서점을 제외하고 기조 그림책 마을도 여러 사람이 이야기했더랬다. 규슈를 거의 한 바퀴 돌고 이제 시코쿠로 페리를 타고 넘어갈 일만 남은 상태였다. 규슈의 남쪽 활화산 지대 사쿠라지마를 보고, 동쪽 해안의 220번 도로를 따라 북쪽으로 올라갔다. 기조 그림책 마을을 보고 근처 캠핑장에서 규슈의 마지막 밤을 보낼 작정이었다. JR다카나베역에서 동쪽으로 오마루강을 곁에 두고 달렸다. 정말 이런 곳에 그림책 마을이 있는 걸까, 혹시 길을 잘못 들지는 않았을까 의심할 수밖에 없었다. 오가는 차도 없었고, 길 중간에 큼지막한 바위가 떨어져 내린 곳도 있었다. 다카나베역에서 산과 계곡을 옆에 끼고 15킬로미터쯤 달렸을까. 아이들이 줄을 맞춰 뛰고 있었다. 열심히 뛰는 아이들의 얼굴에 생기가 돌았다. 멀리 작은 운동장에서는 아이들의 함성소리가 들렸다. 주변이 온통 울창한 숲이었다. 숨을 쉴 때마다 맑은 공기가 폐를 돌아 나왔다. 잠시 벤치에 앉아 아이들이 뛰노는 모습을 보았다. 함께 달렸던 친구가 말했다.

"여긴 공기부터 다르구나."

한참 들숨 날숨에 집중했다. 깨끗한 공기 속에서 숨을 쉰다는 게 얼마나 행복한 일인가. 깨끗한 환경에서 숨 쉬고 먹고 자는 일만큼 중요한 일이 없지만 사람들은 도시를 떠나지 못한다. 숲은 가끔 들러 지금의 나처럼 '힐링'하는 곳으로 전락했다. 공기가 더러우면 공기청정기를 사고, 마실

물이 필요하면 정수기를 산다. 흙을 밟거나 만질 일이 없다. 모든 것을 돈으로 해결할 뿐이다. 인간의 몸은 점점 기계의 편리에서 벗어나지 못한다.

폐교된 소학교를 개조한 숙박 시설 왼쪽에 기조 그림책 마을32.222209, 131.416203 @ service.kijo.jp/~ehon/이 있다. 기조 그림 책 마을의 전체 면적은 24,000제곱미터로 열람실, 전시실, 식당, 원두막이 숲 속에 모여 있다. 열람실에 들어서자 책과 나무가 함께 향기를 풍겼다. 서가가 빽빽하지 않고 아이들 이 놀 듯 편하게 앉아 책을 읽을 수 있도록 하늘, 달, 별을 닮 은 책상과 의자가 배치되어 있다. 기계로 똑같이 찍어 낸 가 구가 하나도 없는 듯하다. 열람실 서가를 구경하다 고개를 드니 온통 숲이다. 열람실의 검은 미닫이문을 열면 바깥에 놓인 데크가 바로 무대가 되도록 설계한 점이 마음에 들었 다. 최대한 주변 경관을 볼 수 있도록 큰 창을 내고 키가 큰 서가가 시선을 가리지 않게 만들었다. 의자 등받이 구멍은 모두 별자리 모양이다. 그림책 마을 책방에선 책을 구입할 수도 있고, 차와 음식을 주문해서 먹을 수도 있다. 미리 예 약하면 오두막에서 숙박도 가능하다. 한국에서 온 방문객도 많다. 기조 그림책 마을 방문객은 한 해 3만 명. 하루 200명 이 넘는 방문객이 이 산골까지 숲을 즐기고 그림책을 보기

기조 그림책 마을 입구 간판.

위해 찾는 사실이 놀랍고 부럽다.

기조 그림책 마을의 장서는 약 16,000권이고, 부족한 장서는 공립학교와 연계해 보충한다. 일본 작가뿐 아니라 다양한 나라의 그림책이 구비되어 있다. 아이와 엄마가 함께 보면 좋을 동화책만 모은 '어린이 그림책' 코너도 따로 마련되어 있다.

한쪽에는 한국 작가의 그림책도 있다. 백희나 작가의 『구름빵』(한솔수북)도 보이고 황유리 작가의 『엄마 옷이 더 예뻐』(길벗어린이), 권문희 작가의 『줄줄이 꿴 호랑이』(사계절)도 있다. 내가 좋아하는 이영경 작가의 『넉 점 반』(창비)도 있다. 윤석중 님의 시에 이영경 작가가 그림을 그렸다. 윤석중 님은 「퐁당퐁당」, 「맴맴」, 「봄 나들이」 같은 동요를 지은 분이다. 어린 시절 우리가 흔히 불렀던 동요 중에는 윤석중 님이 지은 것이 많다. 1932년에는 『윤석중 동요집』과 1933년에는 『잃어버린 댕기』가 출간되었는데 각각 우리나라 최초의 동요집, 동시집이다. 나는 모두 인터넷에서 표지만 보았다. 헌책방에 무시로 다닐 때 1968년에 나온 윤석중 님의 동요동시집 『꽃길』을 구하려고 무던히 애썼던 적이 있었지만 결국 찾지 못했다. 일제강점기에 나온 책이야 쉽게 구하기 힘들겠지만 1960년대 말에 나온 동시집은 어쩌면 만날 수도 있지 않을까 기대했었다. 헌책방에 다니다 보면 아주 우연히 평소 마음에 두고 있던 책을 만나는 경우가 있다. 이 책의 표지 그림이 너무 예뻐 다시 펴내도 좋겠다고 생각하기도 했다. 산마루에 걸린 보름달을 향해 숲 속의 동물들이 꽃길을 걷는 그림이었다. 하얀 꽃이 핀 길을 나뭇가지 같은 뿔을 가진 알록달록한 사슴들이 걸었다. 그러고 보니 손에 쥔 기조 그림책 마을의 회원가입 안내서 표지에 있는 캐릭터도 '꽃사슴'이다.

정말 오랫동안 꾸준히 사랑받고 있는 하야시 아키코의 『달님 안녕』(한림출판사), 그림책보다 에세이로 더 독자에게 인기 있는 사노 요코의 『100만 번 산 고양이』(비룡소)와 『태어난 아이』(거북이북스)도 찾았다. 아이에게 조근조근 그림책을 읽어 주는 아빠를 보니 아이들에게 동화책 한번 제대로 읽어 준 적이 있었던가 반성하게 된다. 내 책 사는 데만 돈을 아끼지 않았지 정작 아이들 책을 사 주는 데는 무관심했던 듯싶다. 내가 잘했다는 건 아니지만 부모의 욕심이 넘쳐 읽지도 않을 책을 미리 집에 쌓아 두는 것도 바람직한 일은 아니다. 전집을 구입할 여유가 있다면 아이와 함께 서점이나 도서관에 가는 편이 훨씬 낫다고 생각한다. 억지로 책을 권할 필요도 없다. 아이가 읽고 싶은 책을 읽도록 그대로 두자.

일찍 독서 습관을 들이려 노력할 필요도 없다. 부모가 책을 좋아한다면 아이도 자연스럽게 '언젠가는' 책을 가까이하게 될 것이다. 믿거나 말거나!

어쨌거나 책방지기가 되고 난 이후 가장 많이 받은 문의 전화가 '어린이 전집을 팔 수 있는지'였다. 새 학년 새 학기가 시작되는 봄쯤이 가장 많다. 매입하기 어렵다 이야기를 꺼내면 열이면 아홉 '거의 보지 않은 깨끗한 책'이라는 설명을 덧붙인다. 아이에 대한 부모의 과한 욕심은 의도와 반대의 결과를 낳기 마련이다. 처음 책방을 열었을 때는 욕심을 부려 전집류도 매입했지만 기억을 되새김해 봐도 제값을 받고 판 적이 단 한 번도 없다. 책방 이사를 할 때 어마어마하게 많은 어린이 전집을 폐지 수집상에게 보냈다. 마음이 아팠지만 다른 방법이 없었다. 이사를 하고 난 다음에는 그냥 기증한다는 어린이 전집도 사양했다. 세월이 지나 아이에게 필요 없는 책이 있다면 주변에 나눠 주는 방법이 가장 좋다. 다시 한 번 강조하지만 큰돈 들여 전집류를 살 바엔 그 돈으로 아이와 동네 책방과 도서관에 한 번이라도 더 놀러가는 편이 낫다고 생각한다. 가까운 곳에 이곳처럼 아이들과 함께 갈 수 있는 아름다운 책 공간이 있다면 나도 그림책 읽어 주는 멋진 아빠가 되었을 수도…….(미안하다 얘들아.)

나의 고향도 기조 그림책 마을과 비슷한 곳이었다. 사방이 숲으로 둘러싸여 있었고, 젊은이는 마을을 떠나면 돌아오지 않았다. 면 소재지와 5킬로미터쯤 떨어져 있던 초등학교는 내가 졸업한 지 얼마 지나지 않아 결국 폐교되었다. 내가 졸업한 해(1987년) 입학생이 10명이 채 되지 않았던 걸로 기억한다. 졸업생은 32명이었다. 단 6년 사이 엄청난 인구 변화를 겪었고 다시 회복할 수 없었다. 도시로 나갔다가 다시 돌아온 젊은이도 버티지 못했고, 시골살이를 하러 들어온 귀촌인, 귀농인이 정착에 성공한 경우도 드물었다.

특히 아이가 있는 젊은 귀농인이 가장 힘들어하는 부분은 교육이었다. 폐교된 학교를 되살릴 수 있는 방법은 없었다. 유치원과 초등학교는 어떻게든 보낼 수 있어도 그다음이 문제였다. 도시 아이들을 따라갈 수 없는 교육 환경이 부모를 갈등하게 만들었다. 큰마음 먹고 도시 생활을 접고 고향으로 돌아온 선배들도 아이 교육 문제 앞에서 좌절했다. 벌이가 적은 것은 어떻게든 견딜 수 있어도 이 부분에서는 타협(?)하지 못하는 경우가 많았다. 나 역시 마찬가지였다. 기러기 아빠로 오랫동안 도시에서 월급쟁이 생활을 하다 가족에게 돌아왔을 때 잠시 시골에서 살까 고민한 적이 있었다. 하지만 전혀 터전(농사지을 땅)이 없는 처지에다 또래 아이가 없는 시골에서 아이들을 키우는 건 도저히 못할 일 같았다. 이런 상황에서 아무리 지원금을 준다 한들 어느 누가 다시 시골로 돌아올까. 아무리 계산기를 두드려 봐도 귀농귀촌은 형편이 넉넉하고 육아 부담에서 벗어난 은퇴자나 가능한 일이었다. 농사를 지어 수지 타산을 맞추는 일도 아이를 키우는 일도 쉽지 않은 일이란 걸 깨닫는 건 어렵지 않았다.

기조 그림책 마을도 마찬가지였다. 1996년에 문을 열기 전까지만 해도 사람들이 떠나기만 하는, 쇠락하는 시골 마을이었다. 일본도 농촌을 살리기 위한 여러 정책을 마련하고 천문학적인 지원금을 쏟아부었다. 돈만 지원한다고 사람이 떠나는 걸 막을 수는 없다. 책상머리에서 나온 지원책이 현실에서 통할 리가. 현장에서 뛸 의지와 통찰력을 가진 사람이 필요하다.

기조 그림책 마을이 성공한 이유는 촌장 구로키 이쿠토모 씨의 헌신과 추진력, 아이디어가 있었기 때문이다. 처음부터 '그림책'이 주제였던 것은 아니었다. 정부 지원금을 놓고 마을 사람들이 공동 사업을 벌이려 머리를 맞대고 여러 차례 회의를 거듭했지만 특별한 아이템이 없었다. 그때 구로키 이쿠토모 촌장이 낸 아이디어가 바로 '그림책 마을'이 그림책을 구입하고 식사를 할 수 있는 북카페 전경.

숲과 그림책으로 부활한 산골 마을

엄마와 아이가 볼만한 책만 골라 놓은 '어린이 그림책' 서가.

작은 색종이에 인쇄한 기조 그림책 마을 지도.

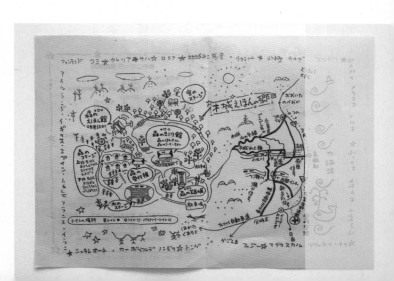

었고 이벤트로 기획한 것이 '슬로바키아의 브라티슬라바 세계 그림책 원화전'*이었다. 원화전은 그의 바람대로 열흘 동안의 전시 기간에 1만 명이 넘는 관람객을 불러 모았다. 대성공이었다. 그가 고향을 떠나지 않은 예술가(판화가)였기 때문에 이런 아이디어를 낼 수 있었으리라. 이 아이디어가 씨앗이 되어, 마을 사람들은 인내심을 가지고 함께 마을을 만들기 시작했고, 20년이 지난 지금은 세계 각지에서 사람들이 찾아오는 마을을 일구어 냈다.

　짧은 시간 머물렀을 뿐이지만 기조 그림책 마을이 편안하고 좋았던 이유는 책보다 자연과 사람을 먼저 생각하는 공간이었기 때문이다. 우리에게도 동네 사람이 직접 발 벗고 나서 만든 자연과 책이 공존하는 공간이 생길 법도 한데 아직 이름난 곳이 없는 걸 보면, 구로키 촌장과 기조 그림책 마을 사람들이 지금껏 해 온 일이 얼마나 힘들었던가 짐작할 수 있다. 김병록 님과 백창화 님이 꾸리는 충북 괴산의 '숲속작은책방'이나 최종규 님이 전남 고흥에 만든 사진책 도서관 '함께살기' 같은 곳에 힘을 모을 수 있다면 기조 그림책 마을 같은 곳을 충분히 만들 수 있지 않을까. 시동을 걸었다. 벌써 해가 서쪽 산마루로 빠르게 떨어지고 있었다.

❋슬로바키아의 수도 브라티슬라바에서는 세계 3대 그림책 축제인 '브라티슬라바 일러스트레이션 비엔날레'BIB가 열린다. 2011년에는 조은영 작가의 『달려 토토』가 한국인 작가 최초로 그랑프리를 수상하기도 했다.

| 사 | 기조 그림책 마을 가기
| 잇 | 전날 밤과 그날 밤에
| 글 | 있던 일

'라이더 왕국 – 플러그 포인트'에서 보낸 하룻밤
●

길을 잃었다. 분명 지도에 표시된 곳까지 왔지만 '라이더
왕국 – 플러그 포인트'31.444820, 130.857588 @ plugpoint.chesuto.
jp는 보이지 않았다. 가로등조차 찾기 힘든 시골길에서
맴돌았다. 연료 게이지는 바닥을 치고 있었고 비를 맞고
달린 터라 온몸이 욱신거렸다. 오토바이 여행자는 하룻밤
자는 데 500엔이라는 사실에 혹한 것이 잘못이라 자책했다.
이름까지 거창했던 것이 더더욱 마음에 걸렸다. '라이더
왕국'이라니 왕국이라면 적어도 찾기는 쉬워야 하는 것
아닌가. 몇 번이고 지도가 가리키는 지점을 돌았지만
주위에는 불 꺼진 농가 외엔 아무것도 없었다.
시동을 끄고 가로등을 찾아 지도를 자세히 살펴보는
중에 골목길에서 밤 마실 나온 동네 아저씨를 붙잡았다.
지도 위에 있는 '라이더 왕국'을 보여 주며 "고코와
도코데스카?"(여기가 어디입니까?) 하고 물었다. 그는
우리를 물끄러미 쳐다보더니 따라오라고 손짓했다.

처음에는 이리저리 가라고 손짓으로 알려 주었지만 "쓰라이데스네"(어렵네요) 하는 우리의 한마디에 앞장서서 길을 안내해 주었다. 나와 친구는 천천히 오토바이를 타고 뒤따랐고, 아저씨는 한참 어둠 속으로 난 길을 걸었다. 정확히 알고 가는 것인가 잠시 의심했다.

'라이더 왕국'은 실재했다. 다만 우리가 가진 지도가 영 엉뚱한 곳을 가리켰다. 라이더 왕국은 마을에서 꽤 떨어진 으슥한 골목길에 있었고, 동네 목욕탕을 겸하고 있었다. 500엔을 내고 라이더 왕국 여권을 발급받은 다음 숙소 문을 열고 들어서는데, 헉, 그녀가 나를 보고 웃고 있었다.

"오, 고리키 아야메!"

고리키 아야메는 드라마 『비블리아 고서당 사건수첩』,* 의 주인공이다. 드라마 속에서 그녀는 어디론가 사라진 엄마를 대신해 비블리아 고서당을 맡아 운영하는 책방 주인이다. 처음 드라마를 보았을 때 이런 미인이 책방 주인이라니, 이런 헌책방이 집 가까이 있으면 좋겠군 하고 바랐다. 그녀는 책에 관해서라면 모르는 것이 없다. 더구나 무엇보다 드라마 속 비블리아 고서당의 정경이 마음에 들었다. 빛이 사선으로 깔리고, 높고 어두운 긴 서가가 늘어선 고서점에 어마어마한 내공을 가진 어여쁜 책방 주인이 있다면, 주변 책방은 다 문을 닫아야 하지 않을까 하는 쓸데없는 걱정까지. 어쨌거나 원작 소설 속 주인공 시오카와 시오리코에 고리키 아야메는 잘 어울렸다. 이 드라마를 보기 전까지 고리키 아야메라는

✻ 2013년 디앤씨미디어에서 원작 첫 번째 권이 번역 출간되었다. 현재 6권까지 시리즈가 나왔다.

오토바이 포스터와 기념사진 그리고 고리키 아야메 브로마이드!

배우를 알지 못했는데 이 드라마를 보고 아오이 유우 이후
가장 좋아하는 배우가 되었다. 그런 그녀가 거의 곤죽이 되어
들어온 숙소에서 (물론 사진이지만) 웃으며 반겨 주다니
헤벌쭉해질 수밖에. 그녀의 얼굴을 보며 우리도 책방 주인이
주인공이었던 드라마가 있었나 기억을 되짚어 봐도 없다.
왕국에는 우리 말고 다른 여행자도 있었다. 낡은 혼다
스티드를 타고 규슈를 일주일 동안 여행 중인 대학생
다카아키 군과 이웃 마을에 살지만 아내에게 쫓겨나(?) 며칠
지내고 있다는 아저씨(이름을 알려 주지 않았다)와 술잔을
기울였다. 라이더 왕국의 국왕 다니모토 히사오 씨가 멀리서
왔다고 건넨 사케 한 병을 놓고 귤을 안주 삼았다. 얼마나

라이더 왕국-플러그 포인트의 여행자 숙소.

피곤했던지 달착지근한 사케가 목구멍을 타고 들어가자
금방 취기가 올랐다. 술과 오토바이 이야기만으로도 허름한
창고를 개조한 바이크 왕국의 여행자 숙소는 훈훈해졌다.
숙소에는 심심한 여행자들을 위한 만화책이 곳곳에 꽂혀
있었다. 국내엔 절판되어 구하기 힘든 『기린』도 있었다.
『기린』은 짧은 단편이 이어지는 옴니버스 형식인데, 각각
이야기의 주인공 이름이 '기린'으로 모두 같다. 라이더
사이에서는 '오토바이 만화의 지존'이라 불리는 하루모토
쇼헤이가 1987년부터 잡지 『미스터 바이크 BG』에 연재한
작품이다. 그는 세밀화에 가깝게 오토바이를 그린다. 일본
내에서만 시리즈가 600만 부 이상이 팔린 베스트셀러로,

국내에도 번역되어 나왔지만 라이더에게만 인기 있었다. 결국 중간에 연재가 중단되고 절판되었고, 전체 시리즈 구하기는 하늘의 별따기만큼 어렵다.『기린』의 1부 '포인트 오브 노 리턴'은 영화화되기도 했다. 오토바이를 너무 좋아해 아내에게 버림받은 중년의 샐러리맨 기린이 낡은 스즈키 가타나를 타고 3년 전 자신을 위험에 빠트렸던 포르쉐911과 경주하는 내용이다. 라이더가 아니라면 흥미를 느끼지 못할 단순한 스토리지만 영화에 등장하는 온갖 바이크만으로도 볼만하다. 고개를 끄덕이게 하는『기린』의 명대사.

"오토바이를 타는 것과 피터팬이 되는 건 다른 거야."

서가에서 찾은 하루모토 쇼헤이의『기린』

●

스마트폰과 내비게이션 없이 어떻게 여행을 했을까. 낭만과
모험의 시대는 1927년 린드버그가 '세인트루이스의 정신'을
타고 뉴욕에서 파리까지 논스톱으로 비행에 성공한 날로
끝났다. 지도와 나침반과 육감만으로 망망대해와 오지와
극지를 누비던 모험가를 존경한다. 스마트폰에 지도
애플리케이션만 설치하면 어떤 길에서도 친절하게 방향을
지시해 준다. 내가 하는 것이라곤 검색과 알려 주는 대로
핸들을 꺾는 것뿐이다. 문명의 이기가 발전할수록 점점
세계는 좁아지고 사람들은 자신의 울타리를 벗어나지
않는다. 모든 정보를 앉은자리에서 얻을 수 있는 시대에
사람들은 불편한 걸 참지 못한다. 불편을 감수하는 소수의
사람은 모험가의 인자를 가졌으나 시대를 잘못 태어났다.
기조 그림책 마을을 뒤로하고 시코쿠로 넘어가기 전 해변
캠핑장을 찾아 하룻밤은 텐트를 치기로 했다. 기조 그림책
마을은 이미 어둑어둑해지고 있어서 직선으로 가장
가까운 해변에 있는 캠핑장을 검색했다. 직선거리로 약
10킬로미터쯤 떨어진 이쿠라하마 공원32.194638, 131.554397을
목적지로 내비게이션(구글맵)에 입력했다. 조명 없이
밤에 텐트 치는 일은 성가시기 그지없다. 특히 화장실이나
세면장이 있는지 없는지 알 수 없으면 여러모로 불편하기
때문에 최대한 해가 떨어지기 전에 목적지에 도착해야

내비게이션이 목적지라고 알려 준 곳은 공원이 아닌 공동묘지였다.

한다. 어젯밤 길을 헤맸던 경험도 있지 않은가. 기조 그림책
마을에 들어올 땐 유유자적 풍광을 즐겼지만 나갈 땐 빠르게
움직였다. 거의 해가 지기 직전 목적지에 도착했다. 어둑한
해안가 숲 입구 길 위에서 내비게이션의 화살표가 멈췄다.
사람이 거의 다니지 않은 작은 길이 해안가로 이어지는
듯했다. 조심스럽게 그 길을 따라가는데 갑자기 확 트인
공간이 나타났다. 멈칫할 수밖에 없었다. 공동묘지였다. 헬멧
실드를 열고 친구와 얼굴을 마주한 채 웃었다. 하하하! 잠시
오토바이를 세워 놓고 증거를 기록했다. 우리의 갑작스러운
방문에 혼백들이 얼마나 놀라셨을꼬. 합장하고, 온 길로
되돌아갔다.

이쿠라하마 공원 캠핑장은 공동묘지에서 멀리 떨어지지
않은 곳에 있었다. 공동묘지와 캠핑장 사이 방풍림만 없다면
빤히 보일 거리였다. 도착하자 해가 수평선으로 떨어지고
있었다. 다행히 화장실도 있었고, 실내 세면장은 아니었지만
물이 나오는 수도꼭지도 있었다. 고양이 세수에 발만 씻고
누웠다. 바람 소리와 파도 소리만 들렸다. 간간이 기차 소리도
들렸다. 잠이 솔솔 쏟아졌다. 잠들 때까지 내비게이션을
믿어야 하나 말아야 하나 심각하게 고민했다.

7.

교토의 골목길에서
책 향기를 맡다 — 1

게이분샤 이치조지점과 하기쇼보

교토 게이분샤惠文社 이치조지점(이하 게이분샤) 35.043962, 135.784903 @ keibunsha-books.com의 점장을 맡았던 호리베 아쓰시 씨의 명성은 책방을 열기 전부터 익히 알고 있었다. 아무리 출판 시장이 탄탄한 일본이지만 시대의 흐름은 비켜 갈 수 없었다. 중소 규모 서점은 온라인서점과 대형서점에 밀려 점점 힘을 잃었다. 게이분샤도 마찬가지였다. 하지만 게이분샤는 위기를 극복하고 동네 서점의 성공 사례로 '세계적인 명성'을 얻었다. 2008년 영국 『가디언』에서 뽑은 '세 상에서 가장 멋진 서점 10'에도 선정되었고, 일본 내에서 유 명한 것은 말할 것도 없다. 이미 일본에 가기 전부터 가 볼 만한 서점을 추천해 달라고 할 때마다 "교토 게이분샤, 그 리고……"라는 답을 들었으니까. 교토에 도착하면 숙소부터 구할 것이 아니라 게이분샤부터 찾아야겠다고 마음먹었지 만, 불가능했다.

　　함께 여행했던 동무 은식과 규슈를 떠나며 작별 인사를 했다. 그리고 시코쿠 도고 온천 33.852045, 132.786397 @ dogo.or.jp을 다음 행선지로 잡고 출발했는데, 결국 처음 계획과는 다르 게 교토까지 와 버렸다. 시코쿠를 지나 교토까지 꼬박 24시 간을 달린 탓에 교토에 들어서자마자 길바닥에 쓰러지고 말 았다. 하필 '실버위크'* 기간이라 시코쿠의 가장 큰 도시 마 쓰야마에서 하룻밤 묵을 숙소를 구하지 못한 것이 화근이 었다. 아무리 황금연휴라지만 저렴한 숙소에서는 방을 구할 수 있겠지 방심했다.

　　『센과 치히로의 행방불명』의 실제 배경이라는 마쓰야 마의 도고 온천 근처에 숙소를 잡고 온천을 즐기겠다는 계 획은 마쓰야마에 도착하기 전부터 실행에 옮기기 힘들겠다 는 불길한 예감이 들었다. 시 외곽부터 차로 붐볐다. 시코쿠

---

* 2015년 9월 일본의 실버위크는 6년 만에 가장 긴 휴일(주말을 포 함해 최장 9일)을 쉴 수 있는 그야말로 황금연휴였다. 국경일인 경 로의 날(9월의 세 번째 월요일), 추분(음력 9월 23일)이 이어진 기간 이었다.

섬의 첫 관문 미사키항부터 마쓰야마까지 이어지는 197번, 378번 도로에서 아름다운 풍경에 취해 달리다가, 마쓰야마와 가까워지자 클러치 레버를 잡는 왼손에 쩌릿쩌릿 통증이 올 정도로 가다 서다를 반복했다. 도고 온천 근처의 게스트하우스를 찾아 다녔지만 빈방은 아예 없어서, 도고 온천 입구에서 빵과 우유로 허기를 달래며 잠시 넋을 놓고 어떻게 해야 하나 갈등했다. 가까운 야영장이나 공원에 가서 하룻밤을 보내느냐, 아니면 계속 달리느냐.

문제는 교토에 가서도 실버위크 기간에는 쉽게 숙소를 구하기 힘들 거라는 사실이었다. 그렇다고 길 위에서 계속 시간을 보낼 수도 없었다. 아쉽지만 조금이라도 시간을 아끼기 위해 시코쿠는 건너뛰기로 하고 교토까지 쉬지 않고 달리기로 결정했다. 전날 오전 7시부터 달려 교토에 도착한 시간은 다음 날 오전 7시였다. 쏟아지는 졸음을 이기기 위해 캔커피와 에너지드링크를 어마어마하게 위 속으로 투입했다. 그날 하루 동안은 아예 내구도 테스트 라이더가 된 기분이었다.

교토국립박물관 근처에 도착해 공원 벤치에서 오토바이와 함께 푹 고꾸라졌다. 페리로 이동한 거리를 제외하고 오토바이로 달린 거리가 618킬로미터였다. 오토바이를 타고 진주에서 서울까지 갔다가 다시 덕유산쯤 내려온 거리였다. 오토바이에서 내리는 순간 다리에 힘이 풀렸고, 자연스럽게(?) 오토바이와 함께 땅바닥에 누웠다. 내가 쓰러지는 걸 본 한 학생이 길을 가다 급히 뛰어와 오토바이를 함께 일으켜 세워 주었다. 게이분샤에 가는 것은 잠시 뒤로 미루기로 했다. 벤치에 기대 근처에서 숙소를 찾기 시작했다. 이 상태로 게이분샤에 가는 것은 도저히 불가능했다. 시내를 관통해 북쪽으로 가야 한다는 게 부담스럽기도 했고, 당장 오토바이를 탈 수 없을 정도로 피로했다. 그나마 다행은 계속 비를 달고 다녔던 규슈와 달리 날씨가 맑고 따뜻했다는 것.

무진장 두들겨 맞아 녹다운 된 권투선수처럼 벤치에서 한참 기대 있었다. 비닐봉지에 남아 있던 음식을 먹으며 정상(?)으로 돌아올 때까지 쉬었다. 거의 점심때가 되어서야 겨우 정신을 차릴 수 있었다. 오토바이를 어떻게든 안전한 곳에 주차하고 숙소를 찾는 것이 급선무였다. 라이더 하우스를 검색해서 찾은 곳이 무쓰미장 むつみ荘 34.990538, 135.770487 @ kyoto-mutsumisou.nikusui.jp이었다. 낡고 오래된 쌀 창고를 개조한 곳이었다. 창고에 오토바이를 넣고 2층 다락으로 올라가니 숙소가 있었다. 1박에 2,000엔. 주인 아주머니는 숙박비가 아니라 주차비라고 했다. 미리 이틀치 주차비를 지불하

고 침낭과 세면도구만 꺼내 숙소로 올라가 누웠다. 파김치가 된 내 몸이 쿰쿰한 냄새가 나는 다다미 바닥에 스며드는 느낌이었다. 편안하게 다리를 뻗고 잘 수 있는 것만으로도 천국이 따로 없었다. 그렇게 잠이 들어 이번에는 오토바이가 아닌 다다미 위에서 24시간을 보냈다. 온몸이 욱신거려 움직일 수가 없었다. 길고 버라이어티한 이틀이 지나고서야 겨우 정신을 차리고 게이분샤를 찾아갈 수 있었다.

이치조지역에 내려 게이분샤를 찾아가는 길은 그리 멀지 않았다. 10분쯤 걸었을까. 한적한 동네 분위기와는 달리 게이분샤는 사람으로 북적거렸다. 서점은 이런 곳에서 과연 장사가 될까 싶은 주택가 골목에 있었다. 하지만 서점 문을 열고 들어서는 순간 "아!" 나지막한 감탄사가 절로 터졌다. 사진보다 실제가 훨씬 아름다웠다. 사람이 많은 것만 제외하면 책을 좋아하는 독서인의 아늑한 서재에 들어온 기분이었다. 무엇보다 조명, 서가, 바닥이 조화로웠다. 무조건 밝은 조명을 쓰고, 최대한 많은 책을 진열하는 일반 서점과 확실히 달랐다. 구경하는 사람이 많기는 했어도 공간이 주는 아득한 분위기 때문인지 번잡하다는 기분은 들지 않았다. 갤러리와 작은 소품을 파는 편집숍도 따로 있었다. 서점 울타리 안에서 모두 잘 어울렸고, 서점에 있는 사람들도 행복

게이분샤 이치죠지점. 한적한 주택가에 있다.

게이분샤 내부. 독서인의 서재에 놀러온 듯한 기분이 든다.

해 보였다. 서점 뒤쪽에 작은 정원이 있는 것도 마음에 들었다. 서점 안을 천천히 구경했다. 그리고 호리베 아쓰시 씨가 일하기 전 게이분샤의 모습은 어땠을까 상상했다. 누구나 감탄할 만한 서점으로 변모하기 전에는 어떤 공간이었을까 하고.

점점 매출이 줄고 회생 가능성 없이 시들어 가는 동네 서점의 분위기를 나는 안다. 나 자신이 겨우 버티고 있을 뿐인 책방을 보듬고 있으니까. 만약 책방지기에게 호리베 아쓰시 씨 같은 능력이 없다면 어떻게 책방을 유지할 수 있나, 노력만 한다면 '게이분샤의 성공'을 따라할 수 있나, 이도 저도 없다 해도 책방을 할 수 있지 않나, 꼭 성공을 해야 하나······. 마음속에서 질문은 끊임없이 꼬리를 물고 나의 머릿속을 맴돌았다. 결론을 낼 수는 없었으나. 처음부터 '성공'을 염두에 두고 책방을 연 것도 아니고, 단지 재밌게 버티기만이라도 한다면 그것으로 족하다고 생각했는데 이렇게까지 고민할 정도로 책 팔기가 어려울 줄 짐작하지 못한 자책으로 이어졌다. 이런 기분을 느끼려고 온 것이 아니었는데, 게이분샤는 너무나 '이상적인 공간'이었고 질투심을 불러일으키기에 충분했다. 물론 그런 감정은 잠시였고 금세 게이분샤의 분위기에 취해 장난감 가게에 들어온 아이처럼 종종대며 서점 안을 구경했다. 나올 때까지 감탄과 한숨을 반복하며 내쉰 건 부정할 수 없다. 그만큼 게이분샤에서 느끼고 배운 점이 많았다. 호리베 아쓰시 점장을 만나고 싶어 직원에게 문의했으나 그만두었다는 답변만 들었다.* 근처에 다른 책방이 있는지 물으니, 약 400미터쯤 떨어진 곳에 '유니크'한 헌책방 하기쇼보가 있다고 알려 주었다.

　　게이분샤도 좋았지만 하기쇼보萩書房 35.043990, 135.790066 @ web.kyoto-inet.or.jp/people/kosho도 그에 못지않았다. 좁고 긴 공간에 빽빽하게 책이 꽂혀 있지만 분야별로 정확하게 정리되어 있었다. 무질서 속의 질서라고 해도 좋았다. 각목으로 서가가 쓰러지지 않게 받쳐 놓았고, 통로는 겨우 한 사람이 지나다닐 수 있을 정도로 좁았다. 무엇보다 사진과 예술 관련 책이 많았다. 서가를 한참 훑었다. 가장 안쪽 구석진 서가에 문고판 사진집, 여러 권의 포토 포슈Photo Poche 시리즈가 비닐 포장되어 꽂혀 있었다(대박!). 로버트 카파, 마리오 자코멜리, 워커 에반스, 헬무트 뉴턴 등 많은 사진가를 로베르 델피르가 기획하고 편집한 이 작은 문고판 사진집으로 만날 수 있다.

　　열화당과 눈빛출판사 사진문고도 포토 포슈의 영향을 받은 것이리라. 저작권법이 시행되기 전 열화당에서 나온

✱ 호리베 아쓰시 씨는 2015년에 게이분샤를 그만두고 교토에 헌책방 세이코샤誠光社 seikosha.stores.jp를 열었다.

사진문고 시리즈는 포토 포슈 시리즈의 복제품이나 마찬가지였다. 1986년 열화당이 펴내기 시작한 사진문고는 포토 포슈 시리즈를 그대로 번역해서 찍었다. 결국 저작권 문제로 1990년대 초에 절판되었고, 현재 새롭게 열화당이 내고 있는 사진문고는 파이돈출판사의 저작권을 사들여 새로이 디자인한 것이다. 사진과 카메라에 빠져 있던 시절, 열화당 사진문고와 포토 포슈 시리즈는 헌책방에서 발견할 때마다 중복이 되더라도 무조건 구입했었다. 국내에선 포토 포슈 시리즈를 쉽게 보기 힘든데 이렇게 한꺼번에 보게 될 줄이야. 값이 싸면 한꺼번에 사고 싶었지만 일본에서도 인기가 있는지 값이 만만치 않았다. 1930년대 파리에서 활동하던 사진가 이지스의 포토 포슈 시리즈는 3,000엔이다. 몇 번이나 들었다 놨다 하다 결국 '눈물을 머금고' 다시 서가에 꽂았다. 여유만 있다면 구입하고 싶은 사진책이 너무 많아서 괴로웠다. 오토바이를 타고 왔기 때문에 짐을 늘릴 수도 없을 뿐더러, 택배로 보낸다 하더라도 비용이 만만치 않다는 걸 알기 때문에 참을 수밖에 없었다. 세상에서 괴로운 일이 좋은 책(특히 사진책)을 앞에 두고 이러지도 저러지도 못하는 것이다.

　　한 시간 넘게 하기쇼보의 사진책 서가에서 떠나지 못했

하기쇼보의 입간판.

게이분샤근처에 있는 헌책방하기쇼보. 예술서가 많다.

다. 만약 신촌 '숨어있는 책'이나 홍대 앞 '온고당'이었다면 사고 싶은 책을 다른 사람 눈에 띄지 않는 곳에 숨겨 놓았을 테다. 책방지기가 되기 전엔 주머니가 가벼워 당장 사지 못하지만 다른 사람에게 '빼앗기고 싶지 않은 사진책'을 숨겨 놓기도 했다(죄송합니다!). 하지만 구석에 숨겨 두었던 책을 내버려 둔 적은 단 한 번도 없었다. 그다음 날이라도 돈이 생기면 달려갔으니까. 그렇게 구했던 책들이 기억났다. 강운구 님*의 서명과 가필이 들어 있는 『마을 삼부작』, 김영갑 님의 첫 사진집 『마라도』**가 그런 사진책이다. 국내에서 출판되는 사진책은 대부분 초판에서 끝난다. 초판도 그리 많은 부수를 찍는 것이 아니라서 다른 책과 달리 책을 집었다 내려놓으면 다시 구하기 힘든 경우가 많다. 설사 다시 구할 수 있다고 해도 값이 예측 불가능하게 오르니 주머니 사정만 허락한다면 무조건 사는 게 나름의 원칙이었다.

결국 어떤 것도 손에 들지 않고 하기쇼보에서 나왔다. 갱지에 인쇄된 소식지와 제39회 가을 고서축제 팸플릿만 가방에 넣었다. 내가 문을 열고 나가려는 찰나 단골손님인 듯한 아저씨가 아이와 함께 쇼핑백 가득 책을 들고 들어왔다. 게이분샤와 하기쇼보가 있는 동네라면 다른 건 부족해도 꽤 살 만한 곳이지 않을까 하고 다카노강을 따라 윤동주

---

* 번역자로 여러 권의 열화당 사진문고를 번역하기도 했다.
** 김영갑 님의 편지가 들어 있는 『마라도』 초판본은 30만 원에 거래되기도 했다.

와 정지용 시인의 시비가 있는 도시샤대학을 향해 걸으며
생각했다.

하기쇼보에서 발행하는 소식지.

교토의 골목길에서
책 향기를 맡다 — 2

8.

지쿠호쇼로부터 아카오쇼분도까지

데라마치 거리의 책방들

    독서에 대한 옛 기억을 되새겨 보면 가장 열심히 읽은 시절은 고등학생 때였다. 학교 공부는 나 몰라라 하고 헌책방에서 구한 책을 읽느라 바빴다. 중학교 때까지 시골에 살다 현재 책방을 하고 있는 진주로 이사를 나온 것이 계기였다. 시골에 살던 시절에는 집에서 읽을 것이라곤 동서문화사판 야마오카 소하치의 『대망』*밖에 없었다. 아버지는 수없이 이사를 다니면서도 그 책만은 버리지 않으셨다. 『대

---

* 동서문화사에서 『대망』을 처음 번역해서 낸 해는 1970년이었다. 2000년부터 솔출판사에서 정식 저작권을 구입해 『도쿠가와 이에야스』를 펴냈다. 이후 2005년 동서문화사에서 다시 『대망』으로 개정판을 냈다.

망』을 왜 그렇게 이고 지고 다녔는지 이유는 알 수 없지만 덕분에 대하소설 읽는 재미가 무엇인지는 일찍 깨닫게 되었다.

이사를 하고 곧 집 근처에 헌책방이 있다는 걸 알았다. 옛 진주법원 건너편에 있던 문화서점이 가장 먼저 출입을 시작한 헌책방이었다. 처음에는 싼값에 참고서를 구하기 위해 갔다가 한쪽에 쌓인 컴퓨터 잡지 『마이컴』 과월호에 빠져(집에 컴퓨터가 없었음에도) 용돈만 생기면 달려갔었다. 구하지 못한 과월호를 채워 넣기 위해 시내에 있는 다른 헌책방으로 원정(?)을 가기도 했다. 1990년 전후로 진주에는 문화서점뿐 아니라 중앙서점, 소문난서점 등 모두 여덟 곳의 헌책방이 있었고, 수학여행을 가지 않는 대신 구입한 자전거로 주말마다 헌책방을 한 바퀴 도는 것은 나의 커다란 즐거움이었다. 시간이 흘러 『마이컴』에서 벗어나 조금씩 다른 책으로 영역을 넓히기 시작했다. 당시 고등학생에게 최고의 인기 작가는 김용이었다(믿거나 말거나). 영웅문 시리즈를 학교에 가져가 읽기 위해 책가방에 이중 바닥을 만들 정도로 열심이었다. 『사조영웅전』의 황용, 『신조협려』의 소용녀, 『의천도룡기』의 조민에 대한 짝사랑이 끝난 이후에는 문고판 책과 손바닥 만화책으로 독서의 폭이 넓어졌고, 서서히 종을 가리지 않게 되었다. 그 시절 헌책방에서 보냈던 기억과 열심히 구해 읽던 책들이 나를 여기 교토까지 이끌었는지도 모르겠다.

교토의 오래된 책방들을 돌아보기 위해선 먼저 오다 노부나가의 원혼이 잠든 혼노지本能寺를 찾아야 했다. 무로마치 막부를 제압하고 전국 시대를 끝낼 수 있었으나 자신의 부하였던 아케치 미쓰히데에게 배반당해 오다 노부나가가 자결한 바로 그곳이었다. 그 근처에 책방이 많다고, 함께 방을 썼던 기도 군이 짐을 챙기는 내게 알려 주었다. 기도 군은 (메텔이 있던) 기타큐슈에서 홋카이도까지 여행 중이었다. 교토에서 나는 나가노로, 기도 군은 도쿄로, 가는 방향이 달랐다.

기도 군에게 설명을 듣고 혼노지로 향했다. 기도 군의 말대로 불교 사찰인 혼노지에서 남쪽으로 내려오면 그 골목골목에 책방이 숨어 있었다. 서른 곳이 넘는 책방이 대략 1킬로미터 반경에 자리 잡고 있다. 특정한 책방을 찾는 것이 아니라 천천히 구경할 생각이면 먼저 '교토부 고서적상업협동조합'에서 만든 「교토 고서점 그림 지도」京都古書店繪圖를 구하는 편이 좋다. 이 지도에는 교토에 있는 여든여덟 곳의 고서점 위치가 표시되어 있고 뒷면에는 주소와 연락처,

1748년 문을 연 지쿠호쇼로.

고풍스러운 지쿠호쇼로의 내부.

어떤 분야를 주로 다루는지 소개되어 있다.

가장 먼저 찾은 곳은(우연히 찾은 곳은) 혼노지 입구 건너편에 있는 지쿠호쇼로竹苞書楼 35.010275, 135.767026 @ www.teramachi-senmontenkai.jp/shop/s06/s06btm.html였다. 문을 연 해가 1748년, 에도 시대 때부터 무려 7대에 걸쳐 책을 팔고 있다. 혼노지 주변에 책방이 많다는 이야기만 듣고 별다른 정보 없이 길을 나섰는데 처음 만난 서점이 일본에서 가장 오래된 서점이라니! 운이 좋았다. 지금의 건물은 두 번의 화재를 겪고 약 150년 전에 지어진 것이다. 마지막 화재를 겪은 것이 교토의 대부분이 전화로 소실되었던 1864년 긴몬禁門의 난* 때였다. 그냥 오래된 정도가 아니라 어마어마한 '책력'이 쌓인 곳이다. 들어서는 순간 타임머신을 타고 시대를 거슬러 가는 듯한 기분이 든다. 뭐라 설명하기 힘든 오라가 공간을 채우고 있었다. 아무리 돈을 들여 호화롭게 공간을 꾸며도 세월이 쌓은 오라를 이기지는 못하는 법이다. 벌써 책방 이름에서 옛 정취가 물씬 난다. 그 옛날 목간, 죽간을 읽던 시대부터 장사를 해 온 듯한 이름이다.**

비단으로 장정된 책은 표지가 보이도록 정렬되어 있는데 거의 모든 책이 단정한 글씨의 책꼬리를 달고 있었다. 웬만한 정성이 아니면 불가능한 작업이다. 일본 헌책방의 특

---

* '하마구리고몬의 난'이라고도 한다. 사쓰마번 세력에 의해 교토에서 쫓겨난 조슈번 존왕양이파가 일으킨 전란. 3,000명의 병력을 이끌고 교토로 진격했으나 막부의 15만 정벌군에 제압당했다.
** 실제로 지쿠호쇼로는 옛 인쇄용 목판도 소장하고 있다.

징 중 하나가 책 정보가 상세히 적힌 책 꼬리표를 쉽게 볼 수 있는 것인데 역사가 깊은 지쿠호쇼로에서도 오래된 전통이라는 사실을 알 수 있었다. 책등에 아무런 정보가 없는 옛 책은 필히 책 꼬리표를 달아야 했으리라. 그런 책을 정리하고 손님에게 광고하기 위해 옛 책방지기들은 자신만의 방식으로 책 꼬리표를 달았을 테고, 그 전통이 그대로 이어져 퍼진 것이 아닐까. 지쿠호쇼로를 구경하는 동안, 들어오는 이가 아무도 없었다. 많은 사람이 책방 앞을 지나갔지만 서점 밖 매대만 구경할 뿐이었다. 고서나 한적漢籍에 관심이 없다면 쉽게 들어오긴 힘들 테다. 들어와서 아무것도 사지 않고 나가는 것도 폐를 끼치는 일일 수 있으니까. 주인 아주머니는 웃으며 멀리서 온 내게 이곳저곳을 알려 주셨다. 교토에서 책방 여행을 하려면 지도가 필요하다고 하셨고, 지쿠호쇼로에서는 「교토 고서점 그림 지도」가 모두 팔렸다며 명함과 지도를 구할 수 있을 만한 책방을 약도에 그려 주셨다.

지도를 구한 곳은 미술서를 주로 취급하는 서점 헤이안도서점 平安堂書店 35.007591, 135.768837이었는데, 특히 고지도, 불화, 도자기에 관한 책이 많았다. 밖에 교토의 옛 지도를 전시해 놓았고 국내에선 보기 힘든 회색 혼다 슈퍼커브가 서 있었다. 20세기에 가장 많이 팔린 오토바이다. 1958년에

美術書 平安堂書店　お菓

혼다 슈퍼커브가 서 있는 헤이안도서점.

C100형이 나온 이후 지금까지 라이선스 생산*을 제외하고 160개국에서 9,000만 대 가까이(2015년 기준 8,700만 대) 팔렸다. 태평양전쟁에서 패하고 운송 수단이 부족했던 일본에서 슈퍼커브는 엄청난 인기를 누렸다. 개발된 지 50년이 훌쩍 넘었음에도 원래 설계를 거의 변경하지 않고 만들고 있다. 그만큼 처음부터 완성도가 높았다는 증거이리라. 슈퍼커브의 내구성이나 실용성은 놀라울 정도다. 내셔널 지오그래픽 채널에서 방영했던 오토바이 다큐멘터리에서 '세계 최고의 모터사이클'로 꼽는 걸 봤는데, 엔진오일 대신 식용유를 넣고 2층에서 떨어지고도 문제없이 달리는 장면이 인상 깊었다. 헤이안도서점 앞에 있는 슈퍼커브는 1968년식 C70과 모양이 거의 비슷했다. 한참이나 책방에 들어가지 못하고 슈퍼커브 앞에서 서성댔다. 50년 가까이 원형을 유지하고 있는 슈퍼커브라니, 고서점과 잘 어울렸다.

2009년 발행된 「교토 고서점 그림 지도」의 값은 100엔이었지만 수염 덥수룩한 모습을 하고 뭔가 우물쭈물하는 나를 본 주인은 그냥 가져가라 하셨다. 지도를 들고 데라마치 거리를 중심으로 흩어져 있는 책방을 하나씩 찾아다니기 시작했다. 지쿠호쇼로에서 헤이안도서점까지 오는 동안에

* 배달용 오토바이로 흔히 볼 수 있는 대림 시티100도 혼다 슈퍼커브의 라이선스 모델 중 하나다.

「교토 고서점 그림 지도」

도 다섯 곳의 책방을 지나쳤다. 사실 고개만 돌리면 책방이 보일 정도였다. 794년 간무천황이 교토에 수도를 정한 이후 1868년 메이지 유신까지 교토는 문화와 정치의 중심 도시였다. 무엇보다 책방이 활발하게 '영업'할 수 있었던 이유는 수많은 사찰과 신사, 교육 기관이 도시에 있었기 때문이다. 교토부 내에 사찰만 해도 1,500곳이 넘었다고 하니 사찰에 들어가는 불경과 인쇄물만 해도 어마어마했을 테다. 현재까지 영업하고 있는 고서점도 그런 이유로 불교 서적을 전문으로 다루는 곳이 많다.

관광객에게 인기 있는 서점은 목판화 우키요에를 전문으로 다루는 다이쇼도大書堂 35.005716, 135.766811 @ www.kyoto-tera-machi.or.jp/shop/w060였다. 지쿠호쇼로를 제외하고 데라마치 거리에서 아마 가장 멋스러운 곳일 것이다. 바깥 진열장부터 눈길을 끄는 책과 채색 목판화가 많았다. '우키요'浮世는 말 그대로 덧없고 부질없는 세상을 말한다. 주로 가부키 배우나 유곽의 기녀를 그린 미인화와 풍경화가 많은데, 지배 계급이 후원하고 즐긴 예술이 아니라 서민의 정서와 문화를 담아 대량 생산된 '소모품'에 가까웠다. 요즘으로 치면 신문이나 잡지 같은 역할을 우키요에가 했겠지. 헤이안 시대에 불교 경전과 불화를 찍어 내며 발전한 목판 인쇄 기술은 전

란이 잦았던 무로마치 시대를 거쳐 에도 시대에 이르러 우
키요에로 활짝 꽃을 피웠다. 전쟁이 끝나고 도쿠가와 막부
가 들어서면서 사회가 안정되자 사람들은 읽고 즐길 거리를
찾기 시작했다. 그리하여 우키요에는 단순히 '그림'으로만
소비된 것이 아니라 책에 들어가는 삽화로서 중요한 역할을
담당했다. 특히 영웅, 남녀상열지사 이야기 속에 들어가는
삽화로 우키요에는 필수였다.

우키요에가 서양 미술에 영향을 끼쳤다는 건 널리 알려
진 이야기다. 1867년, 일본에서 파리 만국박람회에 출품한
도자기를 포장하는 데 쓰인 것이 우키요에였고, 프랑스 화
가 브라크몽이 이를 모네, 드가 등 친구에게 보여 줬던 것이
시작이었다. 고흐도 우키요에의 매력에 빠져 우키요에를 수
집하고 따라 그리기도 했다.

우키요에 작가 중 가장 이름난 이는 역시 『후지산 36경』
을 그린 가쓰시카 호쿠사이다. 다이쇼도에는 후지산을 삼킬
듯 흰 포말을 일으키며 밀려오는 「가나가와의 파도」가 들
어서자마자 보이도록 놓여 있었다. 타셴출판사에서 나온 가
브리엘레 파베커의 『Japanese Prints』*에서 보았던 작품도
여럿 있었다. 아주 노골적인 성애 장면이 담긴 우키요에도
전시 중이었다. 포르노그래피는 시대를 막론하고 돈이 되는

* 이 책을 15,000원에 매겨 내놓았는데, 아직도 책방에 있다.

사업이었던 모양이다. 눈치 없이 감상하고 있다가 차례를 기다리는(?) 벽안의 연인에게 자리를 비켜 줘야만 했다. 다이쇼도는 서점이라기보다 작품을 감상하고 보고 만지고 고를 수 있는 편안한 갤러리에 가까웠다. 마음에 드는 작은 화첩들이 있었지만 가격이 만만치 않아 그냥 나올 수밖에 없어 아쉬웠다. 니시무라 시게나가*가 책을 가득 짊어진 소년의 모습의 그린 「산조 간타로」 복제품이라도 있으면 구입하고 싶었지만 찾을 수 없었다.

또 여러 책방을 들락거리다 마지막으로 찾은 곳이 바로 아카오쇼분도 赤尾照文堂 35.006781, 135.768942 @ shobundo.jp였다. 2층에 있어 분명 그 앞을 지나갔는데 지나쳤던 모양이다. 문을 열고 들어서자 빛이 사선으로 쏟아지고, 노신사가 서가 앞에 서서 책을 고르고 있었다. 아주 잠시 그 장면에 홀려 카메라 셔터를 눌렀다. 그 사진에 나는 이렇게 글을 붙였다.

고백하자면, 나는 책을 사랑하는 이를 사랑한다. 등이 굽고 눈이 침침한 나이가 되어서도 사랑하고 또 사랑받고 싶다. 그때도 책방 문을 닫고 누군가 지키고 있는 다른 책방으로 여행 떠나기를 좋아할 테다. 아름다운 시절을 책방 구석에서 보냈다고 혼잣말하며 빛이 번지는

---

* 그가 그린 「불타열반도」를 보고 이말년 작가의 「서유기」의 한 장면인 듯한 착각에 잠시 빠졌다.

아카오쇼분도에서 구입한 호리 마사토의 『독서회상』

아카오쇼분도는 책과 골동이 흐트러져 있는 듯한데 묘하게 제자리를 잡고 있는 곳이다. 질서와 무질서를 뒤섞어 결국 질서를 만들어 내는 경지는 아무나 이를 수 있는 것이 아니다. 책방지기의 내공이 그대로 느껴지는 공간이었다. 걸음을 내디딜 때마다 나무 바닥이 마찰음을 냈다. 조심스레 걸을 수밖에 없었다. 서가를 살펴보다 일본고서통신사에서 나온 호리 마사토의 『독서회상』讀書回想을 발견했다. 오사카외국어대학의 교수를 지냈던 저자의 이 책이 나온 때는 1985년이었다. 내용만 87쪽, 딱 손바닥 크기(가로 5센티미터, 세로 9.5센티미터)만 했다. 제목을 보자마자 사야겠다고 마음먹었다. 깃펜과 잉크병과 스탬프가 그려진 표지가 마음에 들었다. '고통두본'古通豆本이라는 총서 제목 그대로 콩알만 한 책이었다. 책을 펼치자 눈에 익은 동양고전 제목들이 보였다. 당장 읽어 낼 수는 없지만 앞서간 독서인이 책을 사랑한 마음이 이 작은 책에 들어 있다고 생각하니 챙길 수밖에 없었다. 값은 1,000엔이었다.

숙소로 돌아와서 교토에서 돌아본 책방들을 헤아려 보았다. 당장 떠오르는 곳만도 20곳이 넘었다. 교토는 '고서점'의 도시였다. 제대로 돌아보려면 일주일을 내도 모자랄 듯했다. 언제 다시 올지 몰라 더 돌아보고 싶었지만 교토에서 마냥 시간을 보낼 수도 없으니, 혹시 돌아올 때 시간이 남으면 다시 오자고 계획을 잡았다. 다만 골목골목 자리 잡고 있는 교토의 고서점을 보며 안타까웠던 점은 단 한 명의 젊은 책방지기도 만나지 못한 것이었다. 만약 이 상태로 간다면 교토의 책방도 서서히 스러지지 않을까. 호리베 아쓰시 같은 이가 여럿 나타나 교토의 고서점에 새로운 기운을 불어넣기를 바랐다.

9.

나가노 니시자와서점, 유레키쇼보

젠코지 아래 두 책방의 명암

대학 입학하고서 아버지께 "오토바이 한번 타 봤으면 좋겠습니더" 하고 이야기를 꺼냈다가 호되게 야단맞은 적이 있다. 아버지께선 "오토바이의 '오' 자도 꺼내지 마라"라고 하셨는데 이유는 두 가지였다. 첫 번째는 당연히 '위험하다', 두 번째는 '늙으면 고생한다'는 것이었다. 아버지께서는 날씨가 궂으면 무릎을 꽁꽁 싸매고 계셨는데 이 증상이 모두 한때 '라이더' 생활로 무릎에 바람이 들었기 때문이라고 했다. 젊은 시절 아버지는 오토바이를 아주 사랑하셨다. 내가 예닐곱 살 무렵의 사진에 남아 있는 아버지의 오토바이는 1974년형 혼다 CB250*이었다. 아버지의 기억에 따르면 당시(1980년쯤) 경상남도에 4대밖에 없었다고 하니 그걸 구하느라 상당히 고생하셨으리라. 별 넉넉지 않은 살림이었으니 어머니의 완강한 반대를 무릅쓰고 몰래 오토바이를 '지르시지' 않았을까 짐작만 해 볼 뿐이다.

　이 오토바이에 온 가족이 타고 계곡으로 물놀이하러 가던 기억도 나고, 가끔 아버지가 나를 앞에 태워 주셨던 기억도 난다. 빨간 기름통에 몸을 납작 엎드려 바람을 맞는 기분은 그야말로 '째지는' 것이었다. 그 기억이 지금의 나를 만들었으리라 생각한다. 포장된 도로도 별로 없던 시절이었지만 아버지께선 '슬립' 한 번 하지 않고 라이더 생활을 즐기셨으니 실력 있는 라이더였거나 방어 운전을 제대로 하셨던 모양이다. 그럼에도 아버지 역시 무릎이 시큰거리는 통증을 비켜 갈 수 없었다. CB250은 내가 초등학교 입학할 무렵 팔렸다. 만약 그 오토바이가 남아 있었으면 어떻게든 수리해 가며 탔을 테다. 낡은 오토바이를 스스로 고쳐 가며 타는 라이더를 만나면 부럽다. 만약 아버지께서 살아 계셨으면 함께 오토바이 여행을 떠날 수도 있었을 텐데.

* 250시시 네이키드형 혼다 CB시리즈는 여전히 인기 있는 모델이다.

교토에서 도야마로 갈까 나가노로 갈까 고민했다. 홋카이도로 가는 페리를 타려면 아오모리나 오마초까지 가야 하는데 교토에서 적어도 3일(약 1,200킬로미터)은 걸리는 거리다. 북쪽으로 달려 동해를 끼고 해안도로를 달리는 길과 동쪽으로 나고야와 나가노를 지나 북쪽 해안도로로 합류하는 두 길을 놓고 나가노를 선택한 이유는 '나가노'라는 이름이 익숙했기 때문이다. 그리고 나가노에서 먼저 숙소 예약 메일의 답장이 왔다. 1998년에 열린 나가노 동계올림픽이 아니었다면 기소산맥과 아카이시산맥 샛길인 153번 국도보다 북쪽 해안을 타는 8번 국도에 더 끌렸을 테다.

결론만 놓고 말하자면 나가노행을 결정한 건 탁월한 선택이었다. 울창한 숲과 깊은 계곡을 끼고 달리는 153번, 19번 국도의 주변 풍경이 너무나 아름다웠다. 나가노에 거의 도착해 터널에서 교통 정체 때문에 약간 고생한 걸 빼면 9시간 내내 오토바이 타는 재미를 누렸다. 길은 일직선으로 뻗은 도로보다 적당하게 굽은 쪽이 훨씬 매력 있다. 누군가와 같이 달리는 것도 좋겠다는 생각이 들기는 이곳이 처음이었다. 이제 일본에서 달리는 일이 어느 정도 익숙해졌다는 증거겠지.

여유가 있다면 도야마 쪽으로 올라가 알펜루트를 체험

하거나 일본 북알프스를 돌아보는 여행도 좋겠다. 하지만 갈 길이 바쁘다 보니 통행료가 비싼 고속도로를 제외하고 시간을 단축할 수 있는 길을 먼저 선택할 수밖에 없었다. 규슈 시모노세키에서 홋카이도 왓카나이까지 편도 약 3,500킬로미터 거리를 12일 안에 달려야 하니 하루에 최소 300킬로미터를 이동해야 했다. 다시 내려오는 길에 도쿄에서 며칠 지낼 걸 계산하면 어떻게든 처음 계획대로 움직여야 했다. 더구나 규슈와 교토에서 이미 시간을 많이 써 버린 탓에 마음이 급했다. 아직 홋카이도까지 가려면 멀었는데 벌써 일본에 들어온 지 10일째. 시간이 너무나 빨리 흘렀다.

나가노에 들어서면서 구름이 짙게 끼기 시작했다. 숙소인 1166백패커스36.655372, 138.186329 @ 1166bp.com에 도착했다고 내비게이션에는 나오는데 찾을 수 없었다. 낡은 가정집을 게스트하우스로 고친 곳이라 간판을 찾지 못하고 지나친 탓이었다. 시설은 낡았지만(80년이 넘은 목조 주택을 리모델링했다) 친구네 놀러 온 듯한 기분이 나는 숙소였다. 숙소 로비의 넓은 테이블에 앉아 계시던 할머니께서(성함을 여쭙지 못했다) 시커먼 내 얼굴을 물끄러미 보다 웃으시더니 손에 쥐고 있던 빵을 건네주셨다. 터널에서 차가 막힐 때 하도 답답해 헬멧 실드를 열고 탔더니 얼굴이 검은 분을 칠해 놓은 듯했다.

1166백패커스는 배낭 여행자가 많이 올 듯한 숙소였지만 나가노에 있는 젠코지의 참배객도 많이 찾는다고 했다. 할머니께서도 시간이 있을 때마다 전국의 이름난 절을 순례하는 것이 당신의 즐거움이라고 하셨다. 워낙 이층 침대가 있는 숙소가 좁아 여행자는 대개 거실 테이블에 앉아 이야기도 하고 먹을 것도 나누었다. 책방지기라 자연스레 책상이나 테이블에도 눈길이 가는 편인데 반질반질하게 손때가 탄 1166백패커스의 테이블이 탐났다. 이곳을 찾은 여행자가 쏟아 놓은 이야기를 모두 들었을 테니 이 테이블에서 작업하면 뭐든 이야기가 술술 나올 것 같았다.

매니저 미호 우시다 씨는 항상 밝게 웃는 얼굴이었다. 여행객이 건네는 모든 질문에 척척 답을 해 주었는데, 혹시 나가노에서 가 볼 만한 책방이 없느냐 물었을 때는 잠시 머뭇거렸다. 쓰타야나 기노쿠니야를 말할 때 고개를 저으며 그런 곳 말고 작고 예쁜 동네 책방에 가고 싶다고 하자 잠시만 시간을 달라고 했다. 미호 씨가 책방을 알아보는 사이 숙소에서 300미터쯤 떨어진 젠코지 善光寺 36.661685, 138.187905 @ www.zenkoji.jp로 향했다. 젠코지의 본당은 나라의 도다이지 東大寺보다는 규모가 작았지만(일본에서 세 번째로 큰 목조 건

일본의 3대 사찰 중 하나인 젠코지의 본당. 국보로 지정되어 있다.

젠코지 아래 두 책방의 명암

물) 웅장했다. 644년 창건되어 열두 번이나 불탔다. 본당 건물은 1707년 다시 지어졌다. 젠코지에는 552년에 백제에서 전해진 불상인 잇코산존一光三尊을 본당 아래 비밀의 방에 모셨으나 그 모습을 볼 수 있는 사람은 없다. 국내에 번역되어 나온 『헤이케 이야기』*에 이 불상에 대한 이야기가 나온다.

> 이 절의 본존인 여래상은 옛적에 중부 인도 사위국에 다섯 종류의 역병이 돌아 백성이 많이 죽자 족장인 월개장자가 용궁에서 염부단금閻浮檀金**을 구해 와 석가와 목련존자와 합심하여 주조한 것으로, 아미타, 관음, 세지 등 삼존불로 이루어진 천하제일의 불상이었다. 석가 입멸 후 500여 년 동안 인도에 있었으나 불법이 동으로 이동하자 백제로 옮겨 갔다가 천 년이 지난 성명왕 때, 당시 일본은 긴메이 임금이 다스릴 때였는데, 셋쓰의 나니와 포구를 통해 일본으로 건너온 것이었다.

비가 부슬부슬 내리는 오후인데도 젠코지를 찾는 사람이 많았다. 젠코지 입구에는 메이지 시대와 다이쇼 시대

---

* 2006년에 문학과지성사에서 번역되어 나왔다. 일본의 대표 고전 문학으로 헤이안 말기 헤이케 가문의 부침이 이야기의 줄거리다. 헤이케 가문은 호겐의 난으로 권력을 잡았다가 결국 미나모토 요리모토가 이끈 겐지 가문에 패한다. 헤이케 가문이 몰락한 이후 가마쿠라 막부 시대가 시작되었다.
** 나무숲 사이로 흐르는 강에서 나는 순도 높은 사금을 말한다.

에 지은 오래된 건물이 많았다. 일본 전통 방식 그대로 지은 건물도 많았지만 벽돌을 쌓아 올린 서양식 건물도 흔하게 볼 수 있었다. 일제강점기 시절 풍경이 남아 있는 인천이나 군산의 골목길을 걷는 기분이었다. 니시자와서점西澤書店 36.656449, 138.187712 @ nishizawa-book.co.jp은 젠코지 입구와 멀지 않은 곳에 있었다. 니시자와서점 건물은 특이하게도 일본의 전통을 지키며 서양의 실용을 살린 '화혼양재'和魂洋才의 모양새였고, 서점과 피아노 교실이 함께 있었다. 책방 안을 둘러보았다. 영화를 누렸던 옛 시절을 담은 흑백사진이 걸려 있고 군데군데 빈 서가가 있었다. 밖에서 보는 것보다 넓었다. 니시자와서점의 역사는 150년으로, 한때는 젠코지 참배객을 위한 목판 인쇄 지도를 자체 제작할 정도였지만 지금은 쇠락하고 있다는 느낌을 지울 수 없었다. 분명 변화의 기회가 있었을 텐데 오랜 역사와 전통이 오히려 발목을 잡았던 건 아닐까. 지난 세월에 비해 니시자와서점에 대한 정보는 빈약했다. 홈페이지와 관련 기사를 찾아보아도 단편적인 것뿐이었다. 서점 건물만이 역사의 증거였다. 70년의 역사를 가지고 있던 통영의 이문당서점도, 단골로 오랫동안 다녔던 진주의 중앙서점도 지역 주민의 사랑을 받았지만 변변한 기록조차 없이 사라지고 말았다. 과연 니시자와서점은 지나온

150년의 역사를 가진 니시자와서점.

세월만큼 역사를 이어갈 수 있을까.

니시자와서점과 젠코지를 보고 숙소로 돌아왔더니 미호 씨가 가까운 곳에 유레키쇼보遊歷書房 36.657028, 138.189085 @ yureki-shobo.com가 있다며 알려 주었다. 금방 다녀온 니시자와서점과 100미터쯤 떨어진 곳에 있었다. 유레키쇼보는 젠코지와 시내를 남북으로 잇는 주오 거리에서 한 블록 안쪽으로 들어간 한적한 주택가의 낡은 비닐 공장을 그대로 사용하고 있었다. 옛 공장의 간판도 그대로 붙어 있고 사용하던 기계들도 한쪽에 전시해 두었다. 입구 쪽의 분위기 있는 카페를 지나니 고풍스러운 출입문 안쪽에 유레키쇼보가 있었다.

문을 열고 들어선 순간 밖과 완전히 다른 풍경이 펼쳐졌다. 출입문을 제외한 모든 공간이 책으로 채워져 있었다. 약 3미터 높이의 서가가 사방을 둘러싸고 1만 권의 책이 질서 있게 진열되어 있었다. 책방의 중심에는 커다란 지구본이 놓여 있었다. 책으로 이뤄진 코스모스 속으로 들어온 듯했다. 서가에 있는 책을 조금이라도 옮기면 그대로 질서가 무너질 것 같아 함부로 책을 꺼내 볼 수조차 없었다. 철학, 종교, 역사, 여행……. 사람의 머릿속을 책으로 정돈한다면 유레키쇼보를 따라하면 되겠다고 생각했다. 이런 기술은 도

유레키쇼보는 낡은 옛 비닐 공장 안에 자리 잡고 있다.

유레키쇼보의 내부. 출입구만 제외하고 모두 책으로 둘러싸여 있다.

대체 어떻게 갈고닦을 수 있는 걸까 궁금했다. 책방지기 미야지마 유타 씨는 시내 대형서점에서 7년 동안 근무하다 독립했다. 고등학교를 졸업하고 배낭을 메고 전 세계를 여행하며 여행자들이 숙소에 두고 간 책을 읽으며 꿈을 키웠다. 30대 중반이 되어 '스스로 납득할 수 있는 일을 하고 싶다'고 생각했고 유레키쇼보를 열었다. 책방지기는 좋든 나쁘든 약간의 수집벽과 편집증이 있어야만 즐겁게 일할 수 있다. 유레키쇼보를 둘러보며 그는 타고난 책방지기가 아닐까 생각했다. 공간은 작지만 이렇게 책방을 꾸밀 수도, 정리할 수도 있구나 제대로 배웠다.

들어올 때는 공간을 보느라 각각의 책이 눈에 들어오지 않았는데 지구본에 놓인 테이블 아래 우라사와 나오키의 『몬스터』와 오카노 레이코의 『음양사』*가 보였다. 『몬스터』야 워낙 인기 있으니 새 책으로도 헌책으로도 구하기 쉽지만 『음양사』는 '레어템'에 가깝다. 국내 독자에게 '음양사'는 마니악한 소재다.

직장 다니던 시절, 야근하고 집에 돌아가기 애매할 때면 만화카페에서 밤을 새우는 일이 종종 있었다. 컵라면과 달달한 커피를 앞에 두고 반쯤은 졸면서 만화책을 보았다. 『음양사』는 흔히 보는 만화 그림체와 달리 인물과 의상까지 세밀화에 가깝게 표현해 인상 깊었다. 만화임에도 주인공이 살던 헤이안 시대를 제대로 고증해 표현하려는 노력이 엿보였다. 국적을 불문하고 이런 종류의 기기괴괴한 옛이야기를 좋아하는 터라 눈을 동그랗게 뜨고 보았었다. 나중에 헌책이라도 구하려고 했지만 쉽게 찾을 수 없었다. 『음양사』의 주인공인 아베노 세이메이는 헤이안 시대에 실존했던 음양사다. 생몰연대(921-1005)까지 기록으로 남아 있다. 그는 천문학과 점성술에 능한 조정의 관리이자 음양사였고, 여러 문학 작품에서 전설의 인물로 가공되고 각색되었다. 그의 이야기는 문학 작품뿐 아니라 영화와 드라마로 끊임없이 나온다. 그를 본뜬 캐릭터는 셀 수도 없을 정도. 『헤이케 이야기』에도 귀신을 봉인하는 그의 이야기가 나온다. 천년 사찰 젠코지와 가까이 있는, 낡고 오래된 공장에 자리 잡은 작은 책방에서 팔 만한 만화책으로『음양사』는 잘 어울렸다.

　　젠코지 아래 니시자와서점과 유레키쇼보를 보며 영원한 것도 머물러 있는 것도 없다는 생각이 들었다. 차면 기울고 기울면 또 어딘가는 차기 마련이니⋯⋯. 여행을 마치고 돌아가도 아등바등 책방 일을 하지 않겠다, 있는 듯 없는 듯한 책방지기로 지내겠다고 마음먹었다. 『헤이케 이야기』의 첫 번째 장에 나오는 글이다.

제 세상 만난 양 으스대는 사람도 오래가지 못하니
권세란 한낱 봄밤의 꿈처럼 덧없기 그지없고,
아무리 용맹해도 결국은 죽고 마니
사람의 목숨이란 바람에 흩날리는 티끌처럼
허망하기 이를 데 없는 것이다.

10.

인터넷 중고서점 바류북스의
유일한 매장

우에다 NABO

　미호 씨가 밝게 웃으며 "조~상" 하고 내 이름을 불렀다.
작고 예쁜 동네 책방을 찾아 달라는 부탁을 잊지 않고 열심
히 알아본 듯했다. 어디든 숙소에 도착하면 가 볼 만한 책방
을 추천해 달라고 했다. 대부분 믿을 만한 정보를 알려 주긴
하지만 이렇게 성의 있게 다음 날까지 잊지 않고 찾아 주는
사람은 미호 씨가 처음이다. 친구들에게 수소문했던 모양이
다. 나가노에서 약 50킬로미터 떨어진 우에다에 있는 동네

책방 'NABO'(이하 네이보)36.397515, 138.254705 @ www.nabo.jp를 사진으로 보여 주었다. 미호 씨가 건넨 약도와 주소가 적힌 메모를 보며 "나보"라고 읽었더니 "네이보"라고 읽어야 한다고 했다.

아침부터 비가 오고 있었다. 미호 씨는 나가노역에 가서 전철을 타고 다녀오라고 했지만 오토바이를 타고 주변 풍경을 돌아보고 싶었다. 교통이 복잡한 도심을 지나는 것이 아니라면 오토바이를 타는 편이 훨씬 시간과 비용을 절약할 수 있다. 숙소에는 오토바이를 세워 둘 곳이 없어 젠코지 옆에 있는 유료 주차장에 하루 500엔을 내고 주차했다.

여행을 시작할 때부터 비를 데리고 다녔다. 규슈에서 시작해 계속 동쪽으로 이동하는 동안 비구름이 나를 따라오는 것 같다. 익숙해질 법도 한데 역시나 우중 라이딩은 출발하기 전부터 번거로운 일이 많다. 비옷도 입어야 하고 비가 스밀 만한 곳은 비닐랩으로 한 겹 감싸야 한다. 비닐랩은 방수뿐 아니라 추위를 막는 데도 아주 유용하다. 제대로 된 방수 장갑을 사지 않은 것이 불찰이었다. 방수 기능이 있다고 해서 구입했지만 비가 조금이라도 거세게 내리면 소용이 없었다. 손가락 끝에 물이 고인 채로 클러치와 브레이크 레버를 잡아야 했으니까. 오래 여행을 다닌 고수는 아예 일반 장갑 위에 덧끼울 수 있는 고무장갑을 가지고 다녔다. 아니면 얇은 면장갑을 끼고 손에 딱 맞는 고무장갑을 사용하거나. 계속 비를 맞았더니 장갑에서 오랫동안 묵은 빨랫감 냄새가 났다.

나가노는 해발 3,000미터가 넘는 산들이 둘러싸고 있어 조금만 시외로 벗어나도 풍광이 아름답다. 일부러 오카야마산을 넘는 35번 도로를 탔다. 가을빛이 조금씩 내리는 산속을 달리는 것만큼 기분 좋은 일이 있을까. 물론 비가 내리지 않았으면 더 좋았을 테다. 마음 같아선 네이보에 갔다가 군마현에 있는 하루나산에 가고 싶었다. 날씨가 맑아서 나가노에서 하루나산을 올랐다가 우에다에 있는 네이보로 돌아오면 환상적인 코스를 계획대로 돌았을 텐데. 하지만 비가 그칠 기미가 보이지 않았다. 일찍 돌아가 나가노에 있는 다른 책방도 돌아보고 싶었고 가장 뛰어난 우키요에 화가였던 호쿠사이의 작품을 감상할 수 있는 호쿠사이미술관 36.694244, 138.317220 @ www.hokusai-kan.com도 가 보고 싶었다. 한 달이 아니라 넉넉하게 두 달쯤 여행할 여유만 있었다면 이런 걱정 없이 마음 놓고 돌아다닐 수 있었을 것을. 이런 갈등의 순간마다 아쉬움이 밀려왔다.

하루나산은 해발 1,449미터로 그리 높지 않지만 시계

노 슈이치의 만화 『이니셜D』*의 배경이 되는 곳이다. 『이니셜D』에선 실제 이름이 아닌 '아키나산'으로 나오는데 『이니셜D』에 열광했던 아마추어 레이서들이 성지처럼 찾는 곳이다. 만화에 나오는 장면을 따라하다 사고가 잦아지자 속도방지턱과 가드레일을 '엄청나게' 설치했다는 소문을 들은 적 있다. 네이보까지 달리면서도 날씨만 갠다면 하루나산으로 가려 했지만 하늘이 도와주지 않았다. 멀리 왔으니 위험한 곳 가서 까불지 말고 안전하게 미술관이나 보고 가라는 뜻인가 보다 하며 마음을 편히 먹었다. 하긴 빗길에 산속에서 180도 헤어핀 코스를 탄다는 건 상당히 위험한 일이다.

하루나산에 대한 미련을 완전히 버리고 나서야 네이보에 도착했다. 들어서기도 전에 왜 미호 씨가 추천했는지 알 것 같았다. 낡은 비닐 공장에 자리 잡은 유레키쇼보처럼 네이보도 오래된 잡화점 건물을 그대로 사용하고 있었다. 최대한 옛 모습 그대로 유지하기 위해 노력한 흔적이 곳곳에 보였다. 네이보는 바류북스バリューブックス www.value-books.jp라는 중고책 유통회사에서 운영하는 책방이다.

책으로 사람들의 삶을 풍요롭게 만든다.
책으로 나은 사회를 만든다.

***

※1997년에 1권이 학산문화사에서 번역되어 나왔다. 48권을 마지막으로 2014년 완결되었다.

책으로 스타일을 전한다.

    바류북스가 내세운 회사의 가치다. 바류북스는 180만 권이 넘는 재고를 가지고 있고 20명의 정직원에 300여 명의 아르바이트 직원이 일하는 곳으로, 웬만한 중소기업과 비슷한 규모다. 바류북스는 인터넷으로만 책을 판매한다. 한 해(2016년 기준) 매매 건수만 243만 권, 매출은 16억 4천만 엔, 우리 돈으로 170억 원이나 된다. 바류북스가 이렇게 성장할 수 있었던 것은 매장을 갖지 않고 온전히 인터넷을 통해 매입과 판매를 했기 때문이다. 바류북스의 경쟁력은 '매입가'에 있었다. 출간 3개월 이내의 책은 정가의 30퍼센트, 6개월 이내의 책은 20퍼센트, 1년 이내의 책은 10퍼센트 이상이라는 매입가를 보장했고, 전문 서적은 그 분야에 지식을 갖춘 직원이 평가 후 매입하는 시스템을 갖췄다. 모든 물류 창고는 우에다에 있다(우에다에 3곳의 대형 물류 창고를 가지고 있다).

    2007년 문을 연 바류북스는 우에다 출신인 나카무라 다이키 대표의 아이디어에서 시작됐다. 고등학교 시절 북오프에서 싸게 구입한 중고책이 아마존에서 비싼 값에 팔리는 데에서 바류북스의 영감을 얻었다. 도쿄대학을 졸업한 후

네이보는 오래된 잡화점을 그대로 살려 책방을 열었다.

인터넷 중고서점 바류북스의 유일한 매장

고향에 돌아와 고등학교 동창들과 9천만 엔의 자본금으로 회사를 설립했다. 단순히 헌책을 매입하고 판매하는 데만 그치지 않고 책이 필요한 곳에 기부하는 '북 기프트 프로젝트'나 책 판매 금액을 손님이 사회단체나 지역 사회에 기부할 수 있는 '차리본チャリボン 프로젝트'를 꾸준히 진행했고 지역 주민과 소통할 수 있는 책방 네이보를 만들었다. 처음 내세운 가치대로 회사를 이끌어 가는 것은 참 어려운 일이지만 바류북스는 계속 진화하며 새로운 프로젝트를 만들어 가는 중이다.

처음 책방을 열 때, 나는 '대형 인터넷 서점을 통해 책을 팔지 않겠다'라는 운영 원칙을 세웠다. 동네 헌책방이라도 대부분의 매출은 인터넷 판매에서 나오는 터라 '현실을 무시한' 운영 원칙이라는 충고를 여러 번 들었다. 주변에서 우려했던 것처럼 책방에서 책을 사는 손님은 예상보다 드물었고 인터넷 판매에 대한 유혹은 강력했다. 인터넷으로 판매하면 매출을 올릴 자신도 있었지만, 원래 운영 원칙을 지키는 것으로 마음을 잡았다. 이유는 단순했다. 돈을 더 벌기 위해 쏟아야 하는 시간과 노력을 하기 싫었기 때문이다. 항상 돈 많은 사람보다 시간 많은 사람이 더 부자라고 큰소리를 쳤지만 쪼들리는 현실을 부정할 순 없다. 그러나 어쩌랴,

태생이 한가한 것을 좋아하고 현실 감각이 없는 것을. 게다가 책방에 있는 좋은 책을 인터넷을 통해 타지로 보내기도 싫었다. 가능하면 동네 사람들이 와서 사 주기를 바랐다. 한 번 팔리면 다시 구하기 힘든 책에 대한 애정을 어떻게 말로 표현할 수 있을까. 그런 책이 팔릴 때마다 돈 버는 즐거움보다 책을 보내야 하는 고통(?)이 더 컸다. 톰 라비가 『어느 책 중독자의 고백』에 쓴 글을 부정하지 않겠다. 책 뒤에 오토바이를 끼워 넣으면 더할 나위 없을 듯.

책방 주인, 다시 말해 우리가 그것 없이는 살 수 없는 물건의 분배자, 즉 우리가 중독되어 있는 마약을 파는 사람은 어떠해야 할까? 이들은 어떤 종류의 사람이어야 할까? 완벽한 책방 주인은 오로지 책 가까이에 머물 수 있다는 단 한 가지 목적을 위해 책방을 운영할 것이다. 사회학자 에드워드 실즈가 쓴 것처럼, 책방 주인은 "책 장사에 투신하려면 사회적으로 유용하고 아주 유쾌하지만 정신 나간 방식으로 다소 바보 같아야 한다." 완벽한 책방 주인은 먹고, 마시고, 자고, 꿈꾸고, 그리고 책에 대해 이야기할 것이다.

네이보는 덴마크어로 '이웃'이라는 뜻이다. 2014년에 원래 있던 잡화점이 문을 닫자 건물을 빌려 그해 바로 네이보를 열었다. 짧은 시간 동안 다양한 프로그램과 이벤트를 진행하며 이웃과 소통하는 공간으로 자리 잡았다. 입구에 붙어 있는 달력을 보니 거의 매일 이벤트가 있다. 영어 카페, 점성술 배우기, 음악회 등등. 커피를 주문하고 찬찬히 책방을 둘러보았다. 2층까지 천장이 뚫려 있어 규모에 비해 밝고 넓어 보였다. 책뿐 아니라 옷, 가방, 화분, 액세서리 등 원래 이 건물의 용도를 그대로 살린 상품도 사이사이 배치해 두었다. 외부에서 잡화점 간판 쪽을 바라보면 책방 네이보가 아니라 원래 잡화점이 그대로 운영되는 것처럼 보인다. 사소한 부분이지만 오랫동안 자리를 지킨 옛 가게에 대한 예의처럼 느껴졌다. 180만 권의 책이 쌓여 있는 바류북스의 물류 창고를 그대로 이용할 수 있어서 그런지 서가 구성이 다채로웠고, 대부분 신간처럼 깨끗했다. 네이보의 서가는 3개월마다 한 번씩 새로운 책으로 교체된다. 네이보를 찾는 손님 입장에선 3개월마다 새로운 책방을 구경하는 재미를 느낄 수 있을 테니 부러운 일이다.

네이보와 달리, 우리 헌책방은 좋은 책이 팔릴 때마다 그 빈 곳을 어떻게 채울까 고민해야 하는, 점점 좋은 책이

2층에 오르면 앉아 쉴 수 있는 공간과 서가가 마련되어 있다.

책과 서점에 관련된 책만 모아 둔 책상.

들어올 통로가 줄어드는 것이 빤하게 보이니 문제다. 책 읽는 사람이 줄고, 대형 인터넷 서점이 중고책 시장에 뛰어들면서 점점 동네 헌책방으로 돌아올 몫이 가물어졌다. 책을 판매하는 손님 입장에선 알라딘 중고서점 같은 곳이 동네 헌책방보다 편하다. 자신이 받을 책값을 미리 예상할 수 있고 굳이 힘들게 책을 가져가지 않아도 택배회사에서 배달하니, 이 편리와 경쟁할 방법이 동네 헌책방에는 없다. 하지만 어쩌겠는가, 이가 없으면 잇몸으로라도 버티는 수밖에.

여행하는 동안 네이보만이 아니라 어느 책방이든 책과 다른 책방지기의 이야기를 소중하게 생각하고 독자에게 알리고 싶어 한다는 사실을 알았다. 우리네보다 책방 이야기가 다채롭고 현장에서 일하는 '서점원'이 직접 쓴 책이 많다는 사실도 부정할 수 없다. 최근 국내에도 책방 이야기를 담은 책이 많이 나오지만 정말 오랜 세월 책방을 꾸렸던 선배 책방지기의 책은 쉽게 찾아보기 힘들다. 책상 위를 살펴보다 『애서광』愛書狂이 꽂혀 있어 『마담 보바리』의 작가 귀스타브 플로베르의 책*을 번역한 건 줄 알았는데 아니다. 저자(가시마 시게루)가 수집한 책들(주로 19세기 파리에서 출간된)을 삽화와 함께 소개한 책이다. 아마 그가 수집한 저 책들을 귀스타브 플로베르도 읽지 않았을까. 결국 시미즈

---

* 『Mémoires d'un fou』를 말한다. 국내에는 『애서광 이야기』라는
제목으로 범우사에서 출간되었다.

레이나의 『세상에서 가장 아름다운 서점』(학산문화사) 원서를 골랐다. 책방을 둘러보느라 커피가 식는 줄도 몰랐다. 밖은 여전히 비가 오다 말다 변덕스러운 날씨였다. 식은 커피를 단숨에 마시고, 여전히 하루나산에 대한 미련을 버리지 못했지만「고하다 고헤이지」*를 보기 위해 호쿠사이미술관으로 핸들을 돌렸다.

네이보에서 구입한 『세상에서 가장 아름다운 서점』의 원서

* 고하다 고헤이지는 유령 역할을 주로 맡아 이름 높았던 가부키 배우였다. 아내의 정부에게 죽임을 당한 후 귀신이 되어 그 남자에게 나타난 것으로 유명하다. 호쿠사이는 이 이야기를 우키요에에 담았다.

크래프트 맥주를 마시며
헌책을 고르다

11.

삿포로 아다논키

홋카이도의 남쪽 하코다테에서 최북단 왓카나이까지 거리는 약 580킬로미터. 홋카이도의 면적은 남한보다 약간 작은 정도다. 남북으로 580킬로미터면 진주에서 서울로 올라갔다 무주쯤 내려온 거리와 맞먹는다. 다시 삿포로로 내려오는 거리까지 치면 거의 900킬로미터가 넘는 거리다. 왓카나이까지 올라갔다가 가장 동쪽에 있는 네무로로 돌아 삿포로에 가고 싶었지만 거리도 시간도 만만치 않을 듯하여 왓카나이까지만 갔다가 내려오기로 했다. 하루 내내 달리고 서야 왓카나이에 도착할 수 있었다. 숙소 주차장에 쪼그려 앉아 짐을 정리하는데 전날 하코다테에 도착할 때부터 내린 비가 아침이 되어도 그치지 않고 흩뿌렸다. 시시각각 변하는 날씨를 예측할 수 없어 아예 비옷을 입고 출발했다. 우치우라만을 끼고 달리는 5번, 37번 도로의 풍경을 보며 감탄했지만 더 멋진 풍경이 기다리고 있었다. 삿포로와 루모이를 지나 왓카나이까지 오르는 231번, 232번 국도에선 내가 오토바이인지 오토바이가 나인지, 풍경이 나인지, 내가 풍경인지 구분이 모호해졌다.

어느 날 장주(장자)는 꿈에 나비가 되었다. 훨훨 나는 나비가 된 것이 기뻤고 흔쾌히 스스로 나비라고 생각했으며 자기가 장주라는 것을 알지 못했다. 그러나 금방 깨어나자 틀림없이 다시 장주였다. 장주가 꿈에 나비가 되었는지 나비가 꿈에 장주가 되었는지 알 수 없다.✱

장자의 '호접몽'이 지금 나의 경우와 같다 생각했다. 나는 온전히 풍경 속에 존재했으며 분명 앞을 보며 달리고 있었지만 하늘에서 나를 내려다보는 듯한 기분이었다. 옆에서

부는 엄청난 바람이 꿈을 깨게 만들었다. 풍경에 넋을 잃고 달리다 반대 차선으로 밀어붙이는 바닷바람을 맞을 때면 번쩍 정신을 차리고 온몸에 힘을 주었다. 저녁 8시가 되어서야 왓카나이에 도착했다. 아침 8시에 출발해 점심 먹고 쉰 시간을 빼면 거의 10시간 넘게 오토바이 위에 앉아 있었다.

왓카나이에 도착하자 환하게 비추던 달빛이 갑자기 사라지고 다시 구름이 내려앉기 시작했다. 일본에서 가장 북쪽에 있는 책방**에서 기념사진을 찍고 싶었으나 문을 닫은 시간이었고 대신 일본에서 가장 북쪽에 있는 맥도날드에서 외로이 벤치에 앉아 웃고 있는 광대 로널드 맥도날드와 함께 기념사진을 찍는 걸로 대신했다. 아침에 일어나자마자 책방을 찾기로 마음먹고 빅맥으로 허기를 때운 다음, 왓카나이를 찾는 라이더에게 가장 인기 있는 숙소(?)인 왓카나이항 북쪽 방파제 45.420143, 141.680411를 찾았다.

왓카나이항 북쪽 방파제는 1931년에 착공돼 1936년에 완공되었다. 북쪽에서 불어오는 거센 바람과 파도를 막기 위해 10미터가 넘는 기둥 70개를 세우고 총 427미터의 반아치 형태의 방파제를 만들었다. 방파제 회랑 안에 있으면 완벽하게 비와 바람을 피할 수 있어 이곳에서 텐트를 치고 노숙하는 라이더가 많다. 지난여름 이곳에 여행 왔던 선

** 구글맵에서 찾은 일본 최북단 서점은 클라크서점クラーク書店
45.417913, 141.674125.

왓카나이항 북쪽 방파제 회랑. 라이더의 야영장으로 인기가
있는 곳이지만 이날 텐트를 친 사람은 나 하나였다.

배가 보내온 사진에는 거대한 야영장처럼 수많은 라이더가 텐트를 치고 있었는데, 이날 그 긴 회랑에 잠자리를 편 사람은 나 혼자밖에 없었다. 그리고 이 기간에 홋카이도를 여행하지 않는 이유를 바로 다음 날 아침부터 온몸으로 깨닫게 되었다.

새벽 4시, 천둥 번개 소리에 잠이 깨 텐트 지퍼를 내리고 고개를 내밀었다. 일본 기상청 홈페이지에서 홋카이도 날씨를 살폈다. 앞으로 일주일 동안 딱 하루만 빼고 비 소식이라니. 가는 날이 장날이라고 호우경보, 아니 '대우경보'까지 내린 상태였다. 뜬눈으로 있다 날이 밝아 오자 바로 텐트를 걷고 출발했다. 가장 북쪽에 있는 책방에서 기념사진을 찍겠다는 계획 따윈 이 상황에서 불가능했다. 어제 천상의 풍경이 펼쳐졌던 코스가 지옥으로 변했다. 억수같이 내리는 비에 장갑으로 헬멧을 닦아도 제대로 앞을 보기 힘들었다. 헬멧 발수코팅제를 구입하지 않았던 걸 크게 후회했다. 가끔 보이는 도로 전광판에서는 계속 '대우주의'가 깜박였고 기온은 10도까지 내려간 상태였다. 해안과 가까운 도로에선 파도가 부서져 바닷물이 길까지 밀려들었다. 결국 30킬로미터도 채 가지 못하고 오토바이를 길옆에 세워 놓고 간이 버스정류장으로 몸을 피했다. 정류장에 문이 달려 있어 다행이었다. 삿포로에서 하루 머물며 날씨를 보고 출발할 걸 그랬다고 후회했지만 어쩔 수 없었다. 2시간 넘게 좁은 정류장에서 비바람이 잦아들길 기다렸지만 하늘은 내 편이 아니었다. 빗방울이 조금 약해져 다시 출발했다. 삿포로까지 그렇게 달리다 멈추다를 반복했다. 하루 맞은 비의 양을 잰다면 태어나서 홋카이도에 오기 전까지 맞은 비의 양을 합친 것과 맞먹지 않을까. 도로를 달리면서 온갖 종류의 비를 모두 경험했다. 영화 『포레스트 검프』에서 주인공 검프가 베트남 밀림에서 비를 맞으며 독백하는 장면이 떠올랐다.

"온갖 종류의 비를 다 맞아 봤죠. 깡마른 비, 뚱뚱한 비, 옆으로 내리는 비, 어떤 때는 아래에서 위로 비가 튀어 오르기도 했죠."

물에 빠진 생쥐 같은 꼴로 삿포로에 도착했다. 아침 6시에 출발해 숙소에 도착한 시간이 오후 3시. 삿포로 시내에 들어서니 비가 그치는 심술이란. 그나마 다행히 지하주차장이 있는 숙소를 예약할 수 있었다. 게스트하우스 The Stay Sapporo 43.053971, 141.345451 @ thestaysapporo.com 는 삿포로역과 멀지 않고 저렴한 데다 깨끗하고 아늑했다. 거기다 주차장을 이용할 수 있어서 오토바이 여행자에겐 완벽한 숙소였다.

샤워하고 묵은 빨랫감을 세탁하고서야 긴장이 풀려 왔다. 침대에 누워 가 볼 만한 근처 책방을 검색했다. 홋카이도대학과 가까운 곳에 책방이 여러 곳 있었다. 숙소에서 삿포로역까지는 약 2킬로미터, 삿포로대학과 멀지 않은 기타주니조역까진 3킬로미터로 걸어서 다녀오기 적당한 거리였다. 숙소와 아주 가까운 곳에도 책방이 두 곳 있었다. 이미 땅거미가 지고 있어 기타주니조역까지 가긴 무리였고, 핫코쇼보와 아다논키를 둘러본 다음 삿포로역 근처에 있는 요도바시 카메라에 가서 데이터 유심을 구입해 돌아오기로 했다. 핫코쇼보八光書房 43.056153, 141.345258는 불이 켜져 있었지만 문이 굳게 달혀 있었기에 탈래탈래 걸어 아다논키를 찾았다. 비를 맞으며 삿포로로 오는 동안 영혼까지 탈탈 털린 느낌이었다. 샤워를 했는데도 몸에서 눅눅하고 퀴퀴한 냄새가 나는 듯했다.

아다논키アダノンキ 43.058054, 141.348389 @ adanonki.exblog.jp도 후쿠오카의 히토쓰보시처럼 여러 사무실이 들어선 낡은 건물 2층(히토쓰보시는 4층)에 세 들어 있었다. 문을 열고 들어서니 맥주와 커피와 오래된 책에서 나는 냄새가 코끝에서 맴돌았다. 내게는 헌책방에서 마음에 드는 책을 발견하면 펼쳐 냄새를 맡는 습관이 있다. 책의 과거를 냄새로 알아

낼 수는 없지만 서가에 잘 보관되어 있던 책과 이리저리 험한 곳을 경험했던 책이 가진 냄새는 분명 다르다. 책의 향기는 어디에 어떻게 보관했는지에 따라 차이가 날 수밖에 없다. 아다논키에서 파는 책에는 모두 고소한 맥주와 커피 향이 배어 있을 듯했다. 손님은 나 혼자였다. 바에서 책을 읽던 책방지기 이시야마 아쓰코 씨가 인사했다. 생맥주 한 잔을 주문하고 한국에서 이와타서점을 찾아 홋카이도까지 왔노라고 삿포로에 가 볼 만한 책방을 추천해 달라 부탁했다. 정말 기다렸다는 듯 이시야마 씨는 「삿포로 헌책방 지도」를 내놓으며 사진책이 많은 책방, LP가 많은 책방을 꼼꼼하게 알려 주었다. 삿포로 고서점 조합에 가입된 헌책방만 모두 39곳이나 있다는 사실이 놀라웠다.

아다논키가 문을 연 해는 2008년. 처음부터 맥주와 헌책을 함께 파는 공간이었다. 단순히 책방을 유지하기 위해 맥주를 파는 것이 아니라 이시야마 씨가 진정 맥주를 좋아했다. 아다논키에선 이시야마 씨가 정성껏 고르고 가져다 놓은, 여느 맥줏집에서 쉽게 맛보기 힘든 크래프트 맥주들을 주문할 수 있다. 맥주에 어울리는 메뉴도 준비되어 있다. 아쉽게도 항상 마시는 맥주 산 미겔은 없었다. 필리핀 보라카이 해변에서 마셨던 산 미겔 맛을 잊지 못해 산 미겔이 있

책방지기 아사야마 씨.

아다논키의 로고. 머릿속으로 맥주를 들이붓고 책을 읽는 사람.

크래프트 맥주를 마시며 헌책을 고르다

으면 항상 그것만 주문한다.

산 미겔은 없었지만, 책방을 열면서 내가 꿈꾸었던 일상을 아다논키에서 잠시 만끽했다. 책방을 열고 손님이 오지 않으면 책 읽다 일찌감치 문을 닫고 다원*에 가서 맥주 한잔 마시며 하루를 정리하고 집으로 돌아가는, 정말 단순하고 한가한 일상을 꿈꿨다. 물론 실상은 책만 팔아서는 답이 나오지 않아 자주 책방을 비우고 이리저리 다니며 가욋일하기 바쁘다(아다논키도 책보다 맥주로 더 많은 매상을 올린다고 했다). 그래도 거르지 않고 일주일에 두 번쯤은 다원에 가서 맥주 한잔(언제나 산 미겔이다) 혹은 커피 한잔 놓고 가장 편한 소파에 앉아 잠시 졸거나 가게 주인인 길효 선배와 이야기를 나누고 온다.

아다논키도 아마 누군가의 단골 아지트일 것이다. 집으로 돌아가기 전, 딱딱한 바 의자에 앉아 맥주를 마시며 이시야마 씨에게 오늘 있었던 일을 털어놓겠지. 아다논키는 책과 맥주를 좋아하고 이야기를 나누고 싶은 이에게 완벽한 공간일지도. 아다논키에서 시간을 보내고 있으니 이곳이 아베 야로의 『심야식당』(대원씨아이) 책방 버전 같은 느낌이 들었다. 만약 아다논키가 진주에 있다면 단골이 되었을 테다. 그럼 다원 가는 횟수가 줄겠지. 삿포로로 오는 동안 쌓였던 피

**우리 책방 가까운 곳에 있는 오래된 카페다.

로가 아다논키에서 맥주를 마시며 조금씩 풀렸다. 홋카이도를 소개한 책만 모아 둔 낡은 서가와 새로이 세를 얻어 정리 중인 공간을 구경하고 아다논키 개장 7주년 기념 배지를 사서 옷에 달았다. 삿포로에 오면 오랜 단골처럼 찾을 수 있는 공간이 생겼다는 사실이 기뻤지만 언제 다시 올 수 있을지 몰라 아쉬움이 더 컸다. 내가 자리에서 일어나자 이시야마 씨는 작별 인사를 하며 행운을 빌어 주었다.

한창 삿포로 라멘축제가 열리고 있는 오도리 공원과 옛 홋카이도 현청 건물을 지나 삿포로역으로 걸어가다 기노쿠니야서점 紀伊國屋書店 43.067332, 141.348209 @ www.kinokuniya.co.jp에서 발길이 멈췄다. 입구 매대에 무라카미 하루키의 에세이 『직업으로서의 소설가』(현대문학)가 수북이 쌓여 있었다. 초판 10만 부 중 9만 부를 기노쿠니야에서 선매입했다는 뉴스를 보았지만 이렇게 삿포로까지 와서 확인하게 될 줄은 몰랐다. 주변의 우려와 논란에도 불구하고 다카이 마사시 회장의 승부수는 성공했다. 출판 시장도 철저하게 자본의 논리대로 움직인다. 다카이 회장으로선 쓰타야와 인터넷 서점에 점점 빼앗기는 기노쿠니야의 영향력을 어떻게든 회복하고 싶었을 것이다. 그는 가장 영향력 있는 작가의 책을 독과점해 독자의 발길을 기노쿠니야로 끌어들이는 데 성공했다. 뉴스의 중심에 서서 엄청난 홍보 효과를 누린 것은 두말할 것도 없다. 이런 방식이 옳은가 그른가는 쉽게 판단할 수 없다. 하지만 동네 책방이 낄 수 있는 게임 판이 아닌 건 분명하다. 동네 책방은 언저리로 밀려나 독과점으로 자신의 배를 채우려는 거대 자본의 피해자가 되어 계속 쓰러져 간다. '만약' 내가 무라카미 하루키 같은 영향력 있는 작가라면 다카이 회장의 선매입 제안 따윈 일언지하에 거절하고, 호기롭게 동네 책방에서만 책을 팔겠다고 하겠다. 하하하! 세상의 모든 상품 중에 책만큼은 누구나 쉽게 누릴 수 있고 이윤을 남기는 일에서 자유로우면 좋겠다. 나와 비슷한 꿈을 100년 전에도 가진 이가 있다는 사실을 여행이 끝난 후 뒤늦게 알았다. 러시아의 지리학자이자 혁명가였던 표트르 A. 크로포트킨은 『빵의 쟁취』(행성B잎새)에서 이렇게 썼다. 그가 생각했던 미래가 언제일지는 여전히 알 수 없다.

미래에는 어떤 사람이 자기 시대의 사상을 넘어서는 뭔가 쓸모 있는 이야기를 갖고 있다면, 그는 필요한 자금을 선불해 줄 만한 편집자를 굳이 찾을 필요가 없을 것이다. 그는 인쇄 일을 잘 알고 있는 사람들과 그의 새로운 연구 결과 속에 있는 아이디어를 인정하는 사람들

속에서 협력할 사람들을 찾을 것이다. 그들은 함께 이 새로운 책이나 잡지를 출판할 것이다.

문학과 저널리즘이 더 이상 돈벌이의 수단으로 쓰이거나 다른 사람들을 희생시키면서 유지되는 일을 그만둘 것이다. 하지만 앞으로 그렇게 되었을 때, 문학과 저널리즘 내부에서 잘 아는 사람이 있을까? 과거에 문학을 후견했던 사람들로부터 마침내 문학이 자유로워지기를 열렬히 바라지 않는 사람도 있지 않을까? 또 지금 문학을 이용하고 있는 사람들이 그때에도 있지 않을까? 드물게 예외는 있겠지만, 문학의 저속함에 비례해서 대중으로부터 돈을 받아내려 하거나, 다수의 저급한 취향에 쉽게 영합하려는 사람이 있지나 않을까?

문학과 학문은 오직 인류의 발전을 위한 연구 작업들 속에서만 자신의 적절한 자리를 찾을 수 있을 것이다. 이처럼 돈벌이라는 속박에서 문학과 학문은, 오직 그것들을 사랑하는 사람들에 의해서만, 그리고 그 사람들을 위해서만 육성되고 발전해 나갈 것이다. 문학, 과학, 그리고 예술은 자유로운 사람들에 의해서 육성되고 계발되어야 한다. 오직 이런 조건에서만 그것들은 국가와 자본의 멍에로부터 해방되는 데 성공할 것이고, 그것들

을 질식시키고 있는 부르주아의 저속함으로부터 해방
될 것이다.

폭우 속을 뚫고
반환점에 도착하다

12.

삿포로 시내를 벗어나자 비가 몰려오는 것이 확연히 보였다. 또 비라니! 북동쪽으로 60킬로미터를 달려야 했지만 검은 구름이 뭉치며 들판에 빗줄기를 쏟아 내는 장면 앞에선 잠시 멈출 수밖에 없었다. 장관이었다. 그 빗속을 뚫고 이와타서점까지 가야 한다는 사실에 마음이 무거웠지만 반환점을 빨리 돌아야 한다는 불안과 조바심이 계속 액셀러레이터를 당기게 했다. 10월에 내리는 홋카이도의 비는 이미 오호츠크해의 매서운 한기를 품고 있었다. 아무리 비옷을 단단히 여며도 속수무책이다. 재봉선을 타고 빗물이 스며 바짓가랑이를 적시고, 헬멧을 타고 옷 속으로 파고들었다. 비옷은 비를 막는 게 아니라 체온을 떨어지지 않게 하는 외투일 따름이었다. 장갑으로 연신 헬멧을 닦아도 그때뿐이었다. 비 올 때 가장 큰 문제는 온몸이 비에 젖는 것보다 내비게이션을 확인할 수 없는 것이다. 미리 지도를 보고 길을 나서지만 중요한 갈림길에 섰을 때는 내비게이션을 보아야 한다. 모든 정보가 머릿속이 아니라 스마트폰 안에 들었으나 빗속에 스마트폰을 꺼냈다가 자칫 고장이라도 나면 온갖 복잡한 문제가 생길 수밖에 없다.

일본에 도착하자마자 했던 일도 데이터 유심칩을 끼운 스마트폰이 정상 작동하는지 확인하는 것이었다. 15일과 30일짜리 데이터 유심을 구입했는데 30일짜리 유심이 아예 불량이었다. 15일짜리 유심이 데이터를 받아 내비게이션에 나의 위치와 목적지를 확인해 길을 알려 주는 순간 안도의 한숨을 내쉬었다. 15일짜리 유심칩의 사용 기간이 줄어들수록 빨리 이와타서점까지 가야겠다는 생각만 들었다. 긴 여행이었음에도 항상 무언가 쫓기는 긴장감의 원인은 바로 이 유효 기간 보름짜리 유심칩 때문이었다. 다시 보름짜리 새 유심칩을 삿포로에 있는 전자상가 아키하바라에서 구입하고서야 불안감을 떨칠 수 있었다. 여권보다 스마트폰을 더 애지중지했다. 비 올 때면 한 방울이라도 맞을까 봐 비닐봉지에 두 겹으로 싸며 전전긍긍했다. 밥은 굶어도 배터리 충전하는 일은 잊지 않았다. 스마트폰이 없으면 길을 잃는다는 불안감이 문제였다. 불안의 기원은 언제나 방향의 상실과 맞닿아 있다.

'어딘가 가야 한다'는 중압감을 가진 적은 없지만 이번 여행에서 나의 목표는 명확하게 이와타서점이었고, 이와타서점에 가는 날에도 앞이 잘 보이지 않을 정도로 폭우가 쏟아졌다. 내비게이션을 볼 수 없으니 길을 잃어버리지나 않을까 하는 불안에 계속 시달렸다. 또 다른 불안의 끝은 연료가 바닥나는 것이었다. 설마 주유소가 없겠느냐는 안이함이 곧 불안으로 이어진다는 사실을 벌써 몇 번이나 경험했는데도, 미리 주유하는 습관이 몸에 익지 않았다. 특히 시골길을 달리는데 연료 게이지가 반 이하로 내려가면 무조건 주유해야 한다. 로버트 M. 피어시그의 『선과 모터사이클 관리술』(문학과지성사)의 이 문장을 좋아하나, '막연한 계산'과 '추론'은 비가 쏟아지는 날 길을 나선 오토바이 여행자에겐 무용지물이다. 거기에다 온몸을 얼어붙게 만드는 홋카이도의 가을 비를 맞으며 달리는 일은 즐거움보다 고통에 더 가깝다. 홋카이도에서 겨울에 오토바이 타고 여행하는 사람이 과연 있을까?

우리는 대부분 추측을 통한 막연한 계산에 의해, 또는 우리가 이미 발견한 단서를 가지고 추론한 바에 따라 앞으로 나갈 뿐이다. 그래서 나는 해가 방향을 가르쳐 주지 못하는 흐린 날에 대비하여 한쪽 주머니에 나침반을 휴대하기도 한다. 때에 따라서는 연료 탱크 위에 별도로 부착해 놓은 주머니에 지도를 준비해 갖고 다니기도 하는데, 바로 이 지도를 통해 마지막으로 지나쳤던 교차로에서 얼마만큼 왔는가를 확인하기도 하고, 또한 무엇을 찾아야 하는가를 알기도 한다. 이러한 도구들과 더불어 "어딘가 가야 한다"라는 중압감을 갖지 않음으로써 모든 일은 잘 풀려나가게 되며, 미국 전역을 대충 우리 수중에 넣을 수도 있게 된다.

오랜 시간 병원 신세를 질 만큼 심한 우울증에서 벗어나 아들과 함께 모터사이클을 타고 여행을 떠난 피어시그의 나침반과 지도는 스마트폰이 먹어 치운 지 오래다. 나침반

과 지도는 모험가의 상징으로만 존재할 뿐이다. 빗속을 달리며 이와타서점이 있는 스나가와 표지판을 놓치지 않으려 애썼다. 다행히 스나가와에 도착할 때쯤 비는 그치기 시작했고 한 번 멈춰 길을 묻긴 했지만 어렵지 않게 이와타서점 いわた書店 43.492799, 141.907261 @ iwatasyoten.my.coocan.jp을 찾을 수 있었다. 기사에서 이와타서점 사진을 여러 번 보았기에 이전에 이미 예전에 찾아온 듯한 기시감이 밀려왔다.

비옷과 온갖 거추장스러운 방한용품을 벗어 단정하게 정리를 끝낸 다음 서점 문을 열고 들어갔다. 손님은 여학생 두 명뿐이었고, 입구 계산대 뒤편에선 이와타 씨가 책을 포장하고 있었다. 서점 곳곳에 이와타서점에 대한 언론의 기사가 붙어 있었다. 이와타서점만의 특색을 찾아보기는 힘들었다. 온갖 종류의 책을 모두 갖춰 놓으려 애쓴 흔적이 보이는, 평범하고 한적한 동네 책방이었다. 이와타 씨에게 인사하고 한국에서 신문기사를 보고 왔노라 말했다. 나는 한국에서 온 두 번째 방문자였다. 외국에서 오토바이를 타고 온 방문자로는 처음이었고(물론 이게 중요한 사실은 아니다).

이와타 씨가 '일만엔선서'一万円選書 아이디어를 낸 것은 우연이었다. 동창회 자리에서 서점이 어렵다고 하소연하자, 그의 이야기를 들은 동문들이 얼마간 돈을 보낼 터이니 읽을 만한 책을 보내 달라고 부탁하면서 시작되었다. 일만엔선서가 처음부터 인기를 끈 것은 아니었다. 2013년 말에는 더 이상 버티기 힘들다고 생각하고 폐업을 진지하게 고려하기도 했다. 그러던 어느 날 매체에서 이와타서점의 일만엔선서를 크게 다루었고, 전국의 독자가 신청하기 시작했다. 주문이 몰려들자 그의 아내가 이렇게 말했다고.

"책방 신이 납시었다!"

만약 단순히 돈 받고 책만 보냈다면 일만엔선서가 이렇게 큰 인기를 끌지 못했을 것이다. 일만엔선서를 이용하는 독자가 600명이 넘고 스러져 가는 동네 책방을 살린 아이디어로 자리 잡을 수 있었던 이유는 이와타 씨의 꼼꼼한 '앙케트'에 있었다. 독자의 취향과 관심사가 어디에 있는지, 독자에게 필요한 책은 무엇인지, 함께 사는 가족의 독서 취향까지 조사해서 책 구매에 반영했다. 매체에 주목받고자 시작한 일이 아니었다. 서점을 쉽게 닫을 수 없었던 가장 큰 원인은 차가 없어 대중교통을 이용할 수밖에 없는 손님을 위해서라도 서점을 지켜야 한다는 사명감이 있었기 때문이다. 그는 40여 년 함께 나이 들어가는 손님들을 위해서라도 책방을 지켜야 한다고 믿었다.

"광부였던 아버지가 집으로 돌아올 때 어린이 잡지를

일만엔선서를 신청한 독자의 앙케트 자료. 이용자 수가 600명이 넘는다.

선물로 사 가지고 오셨어요. 나와 여동생은 기뻐서 환호성을 질렀죠. 광부 사택에 모두 울려 퍼질 정도로요. 아버지는 그런 우리들 모습에 힘을 얻어 광부를 그만두고 스나가와역 앞 상점가에 작은 가게를 얻어 책방을 시작했죠. 그 시절에는 아버지처럼 마음을 담아 책을 배달하던 책방 아저씨들이 시골 어디를 가도 있었어요."

1980년대 후반부터 1990년대 초까지 버블경제 시대에 일본에는 수많은 서점이 생겨났다. 도매상이 경쟁하듯 지역에 서점을 개업했다. 하지만 전성기는 짧았다. 버블이 꺼지자 서점은 하나둘 자취를 감췄다. 온라인서점과 대형서점이 작은 동네 서점의 자리를 차지하기 시작했다. 이와타서점이 있는 스나가와도 마찬가지였다. 스나가와의 경제를 지탱하던 탄광업이 몰락하고 인구가 계속 줄어든 탓도 있었다. 이와타 씨의 친구가 경영하던 서점도 문을 닫아, 스나가와에는 이제 이와타서점을 포함해 딱 두 곳만 영업을 계속하고 있었다. 매체의 주목을 받지 못했다면 일만엔선서가 계속 독자를 확장할 수 있었을까? 아무래도 어려운 일이 아니었을까 싶다. 아무리 꼼꼼한 앙케트라 해도 온라인서점의 서평이나 정보를 따라잡기 힘든 것이 현실이다. 일만엔선서의 가장 큰 장점은 책방지기와 독자를 잇는 끈끈함이다. 이와타 씨는 그 끈끈한 관계를 귀찮아하지 않았다. 매체의 힘을 빌려 쓸 수 있었던 것도 그런 자세를 잃지 않았기 때문이다.

"우리는 시골의 작은 서점이기 때문에 대형서점처럼 일할 수 없죠. 인력도 자금도 상권도 작으니까요. 손님을 위해서 내가 할 수 있는 일을 조금씩 해 왔을 뿐이에요. 다른 가게에 이야기해도 '그런 귀찮은 일은 할 수 없다'고 말하죠. 앙케트와 일만엔선서는 저만 할 수 있는 일이 되었어요. 그리고 정말 이상한 인연이 닿아 독자들이 이와타서점을 발견하게 된 것이죠."

나의 경우를 비춰 봐도 이와타 씨의 말대로다. 주변에서 아무리 훌륭한 아이디어를 주어도 나는 귀찮게 여겼다. 무엇보다 책방이 알려지고 번잡해지는 것이 싫었다. 손님을 위해 무언가 하겠다는 정성이 부족했다. '끈끈함'을 유지하기 위해 새로운 일을 벌이기보다 숨어 있는 편이 좋았다. 매체에 책방이 소개되는 것도 질색했다. 책방이 제대로 자리를 잡기 위해선 이런 강퍅함을 버려야 한다고 마음을 먹어도 쉽게 실천하기 힘들었다. 잘못된 고집인 줄 알면서도 버리지 못하는 것은 아직 책방지기로 수양이 부족하기 때문이리라.

이와타 씨에게 작별 인사를 하며 아이들에게 선물할 책을 부탁했다. 몇 살인지, 남자아이인지 여자아이인지, 성격은 어떤지, 아내도 있는지(혹시 따로 살 거라 생각하셨을까?) 물었다. 온 가족이 읽을 수 있는 책이 있다며 서가에서 꺼내 왔다. 마스다 미리*의 『빨리빨리라고 말하지 마세요』(뜨인돌어린이)였다. 특이하게도 마스다 미리가 그림을 그리지 않고 이야기만 썼다. 그림을 그린 작가는 히라사와 잇페이. 이와타 씨에게 마스다 미리는 한국에서도 인기 있는 작가라고 말했다. 책 띠지에 "독자 대상 0세에서 100세까지"라고 적혀 있었다. 돌아가서 온 가족이 함께 읽어 보라고 그가 당부했다. 이와타 씨에게 작별 인사하고 나오니 구름이 걷히고 해가 나기 시작했다. 이제 반환점을 돌았으니 '빨리빨리' 갈 필요는 없겠구나, 무사히 돌아가는 일만 남았다.

* 베스트셀러 '수짱' 시리즈의 작가. 『결혼하지 않아도 괜찮을까?』, 『내가 정말 원하는 건 뭐지?』, 『주말엔 숲으로』가 번역되어 크게 인기를 끌었다. 국내에도 그 외에 많은 작품이 출간되었다.

센다이에서 후쿠시마로

●

비와 추위를 동무 삼아 달렸던 홋카이도를 벗어난
것만으로도 힘이 났다. 날씨 때문에 더 고생할 일은 없겠지
하고 마음을 놓았다. 삿포로를 떠나 하코다테항까지 오는
동안 계속 콧물을 입에 물고 있었다. 핫팩을 여기저기
붙였는데도 온몸이 시린 건 어쩔 수 없었다. 특히 무릎은
슬개골이 '툭, 빠질 것 같아' 신문을 접어 옷 사이에
집어넣기까지 했는데도 냉기가 스며드는 걸 막을 수 없었다.
이제 10월에 들어섰을 뿐인데 홋카이도의 날씨는 초겨울이나
마찬가지였다. 조금만 더 늦게 출발했다면 이보다 더 심한
고생을 했을 수도 있겠다 싶었다.
홋카이도를 벗어나 아오모리항에 도착해 센다이로 향하는
동안에도 추위는 가시지 않았다. 아오모리에서 센다이까지
약 400킬로미터. 쉬지 않고 가겠다 마음먹었는데 몸이
마음대로 움직이지 않았다. 결국 한밤중에 '빠친코' 기계만
있는 인적 없는 기괴한 휴게소에 들어가 나무의자 두 개를

붙여 쪽잠을 잤다. 전기가 들어오는 것이 다행이었다.

모리오카쯤에서 하룻밤 자고 센다이로 갈까 생각해 보기도
했지만 도쿄까지의 거리를 감안하면 어떻게든 센다이까지
가서 짐을 푸는 편이 나았다. 편하게 고속도로(도호쿠
고속도로)를 타고 내려가고 싶은 마음이 굴뚝같았으나
비싼 통행료를 계산하니 참을 수밖에 없었다. 동이 틀
무렵에야 누군가 휴게소 안으로 들어왔다. 길을 지나던
트럭 운전사였다. 억지로 몸을 일으켜서 잠을 자기 위해
붙여 놓았던 의자를 그에게 내밀었다. 온몸이 뻣뻣했다.
헬멧을 쓰고도 의자에 걸터앉아 한참 고개를 숙이고
있었다. 마흔 넘어 땟국물을 뒤집어쓰고 오토바이를 타며
풍찬노숙하는 건 몸이 힘들어서라도 못하겠구나 싶으면서도
태생이 아무 곳에서나 잘 눕고, 아무거나 잘 먹으니 그나마
다행이라 위로했다.

삿포로에서 미리 메일을 보내 예약해 둔 센다이 숙소에
도착했다. 한적한 주택가에 있는 이름 모를 종파의
사찰이었다. 허름한 일반 주택을 사찰로 쓰고, 사용하지 않는
좁은 방 하나에 이층 침대 세 개를 놓고 여행자를 받았다.
우리네 점집이 흔히 대나무를 세우고 붉은 천을 걸어 놓은
것처럼 형형색색의 바람개비와 깃발을 세워 놓았다. 그런데
이 사찰을 관리하는 사람이 젊은 한국인 여성이었다. 아주
짧은 시간 형식적인 이야기를 나눴다. 언제부터 이곳에서
매니저로 일했는지, 고향은 어디인지 같은 건 전혀 묻지

않았다. 그녀는 거의 눈을 마주치지 않았고, 나도 텔레비전을 보며 이야기했다. 텔레비전에서는 오늘 날씨에 대한 뉴스가 나오고 있었다.

메일을 보냈을 때 내가 한국 사람인 줄 알았을 텐데도 그녀는 내색하지 않고 일본어로 사무적인 답장을 보내왔었다. 오히려 불편할 수도 있으니 다른 숙소를 알아보는 것이 어떠냐고 했지만 센다이에서 거기보다 저렴한 숙소를 찾을 수 없었기에 무조건 예약한다고 다시 답장을 보냈었다. 아마 그녀는 고국에서 온 사람과 마주치기 싫었던 것이 아닐까. 안방 벽에는 이곳 주지인 듯한 인물의 초상과 인쇄된 불경이 가득 붙어 있었다. 비 많은 가을 날씨와 동일본지진과 후쿠시마 원자력 발전소에 대한 이야기만 짧게 하고 짐을 풀었다. 혹시 주변에 가 볼 만한 책방이 있는지 물었지만 모른다고 했다. 침대에서는 언제 빨았는지 알 수 없을 정도로 눅눅한 냄새가 났다. 이곳을 다녀간 여행자들의 평이 그리 좋지 않았음에도 너무나 저렴한 방값과 오토바이를 주차할 수 있다는 이유로 만족했다.

짐을 풀고 센다이성을 보러 갔다. 미적미적하던 사이 해가 서쪽으로 많이 기울었다. 옛 도호쿠의 영주였던 다테 마사무네의 기마상을 보고 싶었다. 그는 임진왜란 당시 진주성 공격에 앞장 선 인물이다. 1592년 진주목사 김시민 장군이 이끄는 관군과 의병, 주민의 격렬한 저항 앞에 참패한 왜군은 이듬해 절치부심하여 다시 진주성을 공격했다.

진주성은 호남으로 진격하기 위해 꼭 뚫어야 하는 전략
요충지였다. 두 번째 공격에선 7만 명을 동원해 해자를
흙으로 메우고 9일 동안 공격해 결국 함락시켰다. 그리고
1차 진주성 전투의 패배를 복수하기 위해 성안에 남아 있던
모든 사람을 죽이고 집을 불태웠다. 다테 마사무네는 그때
진주성을 불태웠던 왜장 중에 한 사람이었다. 나의 고향에선
그가 피도 눈물도 없는 악한이나 이곳에선 도호쿠 지방의
번영을 위해 노력한 영주로 추앙받는다. 어릴 적에 다쳐 한쪽
눈을 잃은 그는 애꾸눈의 용맹한 장수로 그려지지만 기록을
보면 전장에서 탁월한 능력을 발휘한 지휘관은 아니었던
듯싶다. 자신의 장애를 감추고 힘을 과시하기 위해 초승달을
크게 붙인 투구를 쓰고 갑옷을 화려하게 장식하고 그것을
자랑으로 여긴 인물이었다. 『스타워즈』 마니아라면 그의
갑옷이 다스 베이더 의상의 원형이라는 사실을 잘 안다.
내가 사는 곳과 맺은 역사 속 악연은 잠시 접어 두자. 그가
매력 넘치는 인물인 까닭은 두 가지다. 도요토미 히데요시와
도쿠카와 이에야스로 이어지는 혼란기에 견제를 당하면서도
권력자들 사이에서 끝까지 살아남았을 뿐 아니라 직접
서양식 갤리온을 건조해 로마 교황청에 사절을 보낸
특이한 이력을 가졌기 때문이다. 그가 가신 하세쿠라
쓰네나가를 시켜 180명이 넘는 사절단을 꾸려 로마로
보낸 때가 1613년이었다. 이 사절단의 정사는 당시 일본에
선교하러 들어왔던 스페인 선교사 루이스 소텔로였고,

하세쿠라 쓰네나가는 부사였다. 하세쿠라 쓰네나가가
태평양을 건넌 후 멕시코를 육로로 지나 대서양을 건너
스페인에 도착해, 거기서 로마 교황청까지 갔다가
센다이로 돌아오기까지 장장 7년의 세월이 걸렸다. 다테
마사무네가 단순히 지방 영주에게 주어진 권력에 만족하는
인물이었다면 교황에게 대규모 사절단을 보내는 일 따윈
관심이 없었을 것이다. 도쿠가와 막부 초기, 그는 자신이
천하를 손에 넣을 수도 있으리라는 꿈을 꾸지 않았을까.
하지만 하세쿠라 쓰네나가가 돌아온 1620년은 도쿠가와
막부의 치세가 이미 안정기에 접어든 시점이었고, 강력한
쇄국 정책을 펴고 있었다. 다테 마사무네와 그의 명을 받아
대양을 건너 유럽까지 다녀왔던 하세쿠라 쓰네나가가
비슷한 기질을 가진, 몽상가에 가까운 사람이었으리라.
우라사와 나오키의 만화 『마스터 키튼』*에 하세쿠라
쓰네나가와 관련된 에피소드가 나온다. 나는 16세기
벨기에에서 만든 태피스트리가 일본까지 오게 된 연유를
키튼이 설명하는 장면에서 그의 존재를 처음 알았다. 만약
다테 마사무네나 하세쿠라 쓰네나가 같은 인물이 그 시절
조선에도 있었다면, 역사에 만약은 없지만 우리의 역사책이
훨씬 더 흥미진진하고 풍성해지지 않았을까. 사실 역사를
풍요롭게 하는 것은 권력을 휘두르는 자들이 남긴 정사가
아니라 터무니없는 일(?)을 저지른 이들이 남긴 야사다. 사족

*이 작품의 주인공 히라가 키튼 타이치는 『20세기 소년』, 『몬스터』,
『플루토』 등 우라사와 나오키의 작품에서 가장 매력적인 캐릭터다.
원작자는 나가사키 다카시다. 국내에는 성인만화잡지 『투엔티 세
븐』에 첫 번역 연재되었고 1998년부터 단행본으로 묶여 출간되었
다. 2016년에는 전작의 20년 후 이야기를 담은 『마스터 키튼 리마스
터』가 새로이 나왔다.

같은 이야기지만 일본 고에이사의 『대항해시대』＊같은 명작
게임이 나올 수 있었던 것도 이런 역사적 배경이 있기 때문이
아닐까.

다테 마사무네의 기마상을 한 바퀴 돌고 센다이성에서
바라보는 시가지 풍경이 고즈넉했다. 2011년에 진도 9.0의
동일본지진이 있어났을 때 진앙지에서 179킬로미터 떨어진
센다이도 많은 피해를 입었다. 여전히 지진으로 집을 잃은
많은 사람이 임시 주택에서 살고 있다. 하지만 멀리선
그 상처가 보이지 않고 그저 평온해 보였다. 센다이성에서
잠시 머무른 후 숙소로 돌아왔다. 숙소에서 성까지 찾아가는
길은 꽤 복잡하고 더뎠지만 돌아가는 길은 언제나 가깝다.
숙소로 오는 길에 편의점에 들러 도시락과 캔맥주를 샀다.
어디 식당에 가서 먹어도 될 텐데 편의점에서 도시락을 사서
먹는 편이 편해서, 특히 저녁은 여행 내내 편의점 도시락으로
때웠다. 도시락을 사서 숙소에 와 느긋하게 저녁을 즐기는
것이 좋았다. 센다이에선 책방을 찾아볼 마음을 아예 먹지
않았다. 후쿠시마를 거쳐 도쿄로 들어가기 전까지 충분히
쉬고 싶었다. 침대에 비딱하게 기댄 채 도시락으로 끼니를
해결하고 잠이 들었다.

새벽, 눈을 떴지만 밖은 아직 컴컴했다. 여행자는 나뿐이었다.
짐을 정리하고 길을 나섰다. 센다이에서 후쿠시마 원자력
발전소까진 6번 국도로 약 120킬로미터 거리였다. 도쿄까진
약 400킬로미터. 어떻게든 하루 만에 도쿄까지 들어가기

＊ 1990년에 1편이 개발되었고, 1996년 발매된 3편이 최고의 명작으
로 꼽는다. 모두 현재 넷마블이 고에이사에서 판권을 들여와 온라인
버전을 서비스하고 있다. 한때 이 게임에 푹 빠져 살았다.

위해선 새벽같이 출발할 수밖에 없는 거리였다. 굳이
후쿠시마를 갈 필요가 있을까 하는 생각도 들었지만
내 눈으로 직접 사고 후 어떻게 그곳이 변하고 있는지
확인하고 싶었다.

센다이를 벗어나 후쿠시마로 가는 6번 국도로
들어서자마자 덤프트럭 행렬이 내 앞을 가로막았다.
후쿠시마에 가까이 다가갈수록 도로를 오가는 트럭은
늘었고 빈 마을과 방사능에 오염된 흙과 폐기물을 담은
부대를 쌓은 야적장이 자주 보였다. 트럭 뒤를 달릴 때마다
옛 사고 기억이 되살아나서 온몸의 신경이 곤두섰지만
어디서든 트럭이 내 앞을 가로막았다. 몇 년 전, 트럭에서
쏟아진 자갈을 피하지 못하고 넘어져 크게 고생한 적이
있다. 순식간이었다. 굽이진 길이라 조심해서 달렸는데
과적한 트럭에서 쏟아지는 자갈을 보고도 피하지 못했다.
오토바이는 위험하다는 편견과 오해(때에 따라선 진실)는
자동차 운전자의 배려가 부족해 더 부풀려진다. 어쨌거나
그 사고 이후 6개월쯤 오른쪽 팔을 어깨 위로 올리지 못했다.
오토바이 수리비도 꽤 많이 들었고. 그나마 여기선 과적을
하거나 적재함 단속이 느슨해 보이는 트럭은 없었지만
트럭이 앞장설 때마다 움찔거리는 원초적 방어 반응은
숨길 수 없다.

내 앞을 달리던 트럭들은 대부분 해안 제방 공사장으로
향했다. 제방의 높이와 길이는 상상 이상이었다. 쓰나미가

밀려왔던 해안을 대규모 토목 공사로 막고 있었다. 돈을
풀어 경기를 부양하겠다는 아베노믹스가 이곳에서
실현되고 있는 것 같았다. 대규모 토목 공사에 국가 예산을
쓰는 것은 가장 쉽게 성장률을 끌어올릴 수 있는 방법이다.
복구도 하고 다가올 재해도 막겠다는 당위까지 있으니
아베 정권으로선 마다할 이유가 없으리라. 그러나 거대한
자연재해 앞에 인간이 세운 구조물은 언제나 모래성과
같다. 토목 공사에 들일 돈으로 친환경 에너지 개발에 쓰는
편이 미래를 내다보는 투자가 아닐까. 2010년에 『슬로
라이프』(디자인하우스)의 저자 쓰지 신이치 선생님을
만났다. 강원도 곰배령에서 안동 하회마을까지 여행가
김남희 선배와 동행했다.✽ 고성 통일전망대로 가는 길에 큰
토목 공사 현장을 여럿 지나갔다. "일본이 과거에 저질렀던
잘못을 한국이 되풀이하고 있다"며 "언젠가는 일본처럼
후회할 날이 올 것"이라고 선생님은 안타까워했다. 후쿠시마
사고를 겪고서도 도쿄전력과 아베 정권은 원자력 발전을
포기하지 않았다. 값싼 전기를 쓰고자 하는 인간의 욕심은
끝이 없다. 원자력 발전은 당장의 달콤함을 위해 후손에게
악독한 고리 사채를 떠넘기는 짓이다. 쓰지 신이치 선생님은
후쿠시마 사고가 일어난 이후 한국을 방문한 자리에서
이렇게 말했다. 선생님의 말대로 원전을 포기하지 않는 한국,
중국, 일본은 운명 공동체일 수밖에 없다.

✽ 쓰지 신이치 선생님과 김남희 선배가 당시 여행하며 썼던 원고는
2013년에 『삶의 속도, 행복의 방향』(문학동네)으로 묶여 나왔다.

후쿠시마 311 원전 사고 이후 새로운 시대로 들어갔다. 어떤 의미에서는 일본이 한국을 비롯해 세계 많은 사람들에게 큰 폐를 끼쳤다. 그렇지만 우리는 운명 공동체로서 살고 있으며, 이에 '포스트 311시대'를 함께 만들어 가야 한다. 특히 그중에서도 동아시아를 전환시켜 나가는 것은 일본만의 사업도 한국 혼자만으로 할 수 있는 일도 아니다. 우리 모두 힘을 합쳐야 한다. ✖✖

지진과 쓰나미로 피해를 입었던 집과 도로 등은 이미 깨끗하게 정리되어 있었다. 하지만 후쿠시마 원전에 가까워질수록 방사능에 오염된 집과 차, 물건이 그대로 방치되어 있었다. 먼지가 뽀얗게 쌓인 자동차들이 주유소와 마트 앞에 주차된 그대로 있었다. 물리적인 피해를 입지 않았어도 후쿠시마 원자력 발전소 폭발 사고 이후 발전소 반경 20킬로미터 내에 있는 모든 주민은 방사능 오염 때문에 고향을 떠나야 했다. 지진이 일어나고 약 50분쯤 뒤 높이 14미터의 쓰나미가 후쿠시마 원전을 덮쳤을 때 사람들이 할 수 있는 일은 아무것도 없었다. 전력이 끊어져 냉각수를 공급할 수 없었던 후쿠시마 원전은 결국 폭파 사고를 일으켰다. 주변 지역은 사람이 살 수 없을 정도로 방사능에 오염되었다. 후쿠시마 원전 복구가 얼마나 걸릴지 아무도 알 수 없다. 녹아내린 원자로를 식히는 데 사용되어 오염된 냉각수를 저장하는 탱크는 지금도 점점 늘어가고, 일본

방사능에 오염된 흙을 쌓아 둔 야적장(왼쪽)과 방파제 공사
현장(오른쪽).

후쿠시마 원전에서 약 4킬로미터 떨어진 나미에 마을. 더는
후쿠시마 원전 가까이 갈 수 없었다. 보기에는 멀쩡하지만 방사능
오염으로 아무도 살지 않는다.

정부는 쉬쉬하지만 바다로 오염수가 계속 유출되고 있다. 연료봉이 녹아내린 사고 현장에는 접근조차 할 수 없다. 발전소까지 4킬로미터가 남았다는 표지판을 보았을 때 길목을 지키고 있던 경찰이 더 이상 접근할 수 없노라고 다시 돌아가라고 경고했다. 오토바이에서 내려 사진을 찍으려고 할 때마다 어디선가 지켜보고 있던 듯 경찰이 나타나 촬영을 막았다. 도쿄 쪽으로 가려면 내륙으로 더 들어가 다른 도로로 돌아가든가 도호쿠 고속도로나 조반 고속도로를 이용하라고 했다. 결국 나미에 마을에서 서쪽으로 방향을 돌려 조반 고속도로를 타고 남쪽으로 내려왔다. 조반 고속도로에서 후타바 마을을 지나 후쿠시마 원자력 발전소로 빠지는 나들목은 폐쇄되어 있었다.

높은 지대에 있는 고속도로로 올라서자 해안과 가까운 6번 도로에서 볼 수 없었던 풍경이 펼쳐졌다. 방사능 폐기물과 제염한 흙을 담은 검은색, 하얀색 자루가 묘비처럼 가득했다. 일정 구간마다 방사능 수치를 알려 주는 표지판이 불을 밝히고 있었다. 오가는 차도 거의 없었다. 하늘도 바다도 푸르고 맑았지만 방사능 오염 지역을 지나고 있다는 사실을 온몸으로 느낄 수 있었다. 인간의 문명은 전기를 일상에 가져와 쓰기 시작하면서 비약했지만 갈수록 후유증을 심하게 앓고 있다. 미래 세대에게 남겨 주어야 할 지구를 인간은 100년 남짓한 기간 동안 환경오염과 온난화로 심하게 망가뜨리고 있는 중이다. 그중에서도 원자력 발전은 가장 위험한 유산이다. 재처리가 불가능해 땅속에 묻어야 하는 방사능 폐기물은 고스란히 다음 세대의 몫이다. 노후 원전은 또 어쩔 것인가. 스리마일, 체르노빌, 후쿠시마…….
호된 일을 당하고도 왜 인간은 뉘우치지 않고 똑같은 실수를 반복하려는 걸까. 후쿠시마를 뒤로하고서도 나로선 이해할 수 없었다.

덧붙이는 이야기
상처 입은 사람들을 보듬는 피난처, 동네 서점
●

후쿠시마 지역을 지나며 책방을 찾아볼 생각은 전혀 하지 못했다. 지진과 쓰나미로 모든 것을 빼앗긴 사람에게 책이 무슨 도움이 될까. 책은 생필품이 아닌 기호품에 가깝다고 늘 믿었다. 2016년 10월 국내에 번역 출간된 다구치 미키토의 『책과 사람이 만나는 곳 동네서점』(펄북스)을 나중에 읽고서야 그 편견에서 벗어날 수 있었고, 사와야서점 가마이시점을 찾아보지 못한 것을 크게 후회했다. 만약 미리 책을 읽었다면 아오모리에서 센다이로 내려가는 길에 꼭 들렀을 테다.
저자인 다구치 미키토 씨는 사와야서점 페잔점에서 일하는 서점원으로, 동일본지진이 일어났을 당시 가마이시점의 동료들에게 연락이 닿지 않자 지진 발생 일주일 후 길을

나섰다. 여진이 이어지는 위험한 상황에서도 "도시 전체가
완전히 멈춘" 가마이시에 도착했고, 서가가 텅 빈 서점을
목격한다. 지진이 지나가고 서점이 다시 문을 열자마자
주민들이 찾아와 책을 사 갔던 것이다.

겨우 가마이시점에 도착한 우리는 매장으로 들어선 순간
우리의 눈을 의심했다. 서점 안에는 책이 거의 남아 있지
않았다. 설마, 혼란스러운 와중에 사람들이 전부 가져간
걸까? 그러나 아니었다. 그곳 스태프의 말에 의하면 서점을
다시 열었을 때 사람들이 우르르 몰려왔다고 한다. "어떤
책이든 좋으니 아무튼 책을 좀……"하며 앞다퉈 사 갔고,
그 후로는 아직 책이 들어오지 못해 서가도 평대도 텅 비어
버렸단다.

모든 것이 파괴된 엄청난 재해를 당한 사람들이 서점을 찾은
이유가 무엇이었을까. 저자는 조금이라도 일상을 되돌리기
위해 항상 곁에 있던 무언가가 필요했고, 그때 머리에서
떠오른 것이 책이 아니었을까 짐작한다. 가마이시점뿐
아니라 동일본지진 이후 해안 가까이 있던 모든 서점이
똑같이 겪은 경험이라니 놀랍다. 이 일을 겪은 후 다구치
미키토 씨는 서점과 책에 대해 그렇게 결론 내렸다. 나는
아직 이 결론에 이르지는 못했다. 버티다 보면 언젠가는 그런
깨달음을 얻을 날이 올까. 하지만 그것이 이웃의 불행이나

재해 때문이 아니라 일상 그 자체에서 얻는 것이기를 바란다.

서점은 단순한 기호품을 다루는 곳이 아니었다. 그곳에
없어서는 안 되는 존재였다. 재해는 우리에게 그것을 가르쳐
주었다. 도호쿠 사람들에게, 그리고 전 국민 모두에게 책은
필수품이었다. 책의 힘을 다시 한 번 깨달은 순간이었다. 요즘
세상에 서점의 미래는 절대 밝다고 할 수 없다. 그러나 책
자체의 미래는 어둡지 않다. 그때부터 책의 미래와 함께할 수
있는 서점의 모습을 모색하는 날들이 시작되었다.

서점을 도심 속 리조트로 만들다

13.

도쿄 다이칸야마 쓰타야

도쿄 가는 길은 험난했다. 6번 국도를 타고 도쿄로 가는 길은 해안에서 내륙으로 접어드는 순간부터 고생의 시작이었다. 도쿄에서 약 70킬로미터 떨어진 미토부터 정체가 심했다. 흐름이 나아진다 싶으면 막히고, 뚫린다 싶으면 합류하는 도로에서 차가 밀려들었다. 앞뒤로 살펴봐도 도쿄로 향하는 라이더는 없었다. 도쿄를 빠져나오는 라이더는 간혹 보였다.

흥미롭게도 일본에선 단 한 번도 갓길 주행하는 라이더를 본 적이 없다. 충분히 지나갈 수 있는 갓길인데도 묵묵하게 앞차의 매연을 마시면서 도로의 흐름을 따랐다. 일본에서 오토바이가 차와 똑같이 혜택(예를 들면 고속도로 진입 허용 같은)을 누릴 수 있는 이유는 이런 성숙한 문화 때문이 아닐까. 그렇더라도 우리는 애초에 이런 혜택이 주어지지 않았기에 문화를 만들지 못한 것도 있지 않을까. 교통 정책 입안자가 오토바이를 자동차보다 '질 나쁜' 교통수단으로 보고 마땅한 정책을 만들지도 않아, 문화를 제대로 살려보지도 못하고 푸대접받고 있는 것이 아닌가 싶다. 처음부터 오토바이나 기타 이륜차 운전자가 잘못한 탓이라고는 보지 않는다. 보행자나 교통약자보다 자동차를 '배려'하는 교통 정책이 굳어진 건 이미 오래전이고 한번 굳어진 정책을 다시 설계하는 일은 쉽지 않다. 오토바이에 대한 지독한 오해(?)를 푸는 것도 어려운 일이고.

교통 정체가 시작되자 왼손의 통증도 함께 왔다. 기어를 변속하려면 왼손으로 계속 클러치 레버를 잡아야 하는데 가다 서다 하기를 반복하면 손힘을 기르는 악력기를 계속 쥐고 있는 느낌이다. 1시간이면 도착할 거리를 6시간이나 길 위에서 허비했다. 멀리 도쿄 도심의 불빛이 빤히 보이는데도 좀처럼 거리가 좁혀지지 않았다. 미리 예약했던 '1나 이트 1980엔 호스텔'35.724369, 139.786992 @ www.1980stay.com에 도 착한 건 밤 11시가 가까워서였다. 호텔에 도착하고도 오토 바이 주차할 곳을 찾지 못해 골목길을 한참 돌았다. 오토바 이 주차장은 호텔에서 너무 멀리 떨어져 있어 포기하고 오 랫동안 방치된 듯한 오토바이 곁에 열쇠를 채우고 방수커버 를 덮었다. 처음에 짐을 최대한 줄이려 방수커버를 두고 올 까 많이 고민했는데 오토바이를 보관할 때마다 요긴하게 쓴 다. 만일의 경우를 대비해서 호텔 명함을 계기판 위에 꽂아 두었다.

'1나이트 1980엔 호스텔'은 상호 그대로 1박에 1,980 엔이었다. 자판기로 숙박권을 사고 사물함 열쇠를 받아 자 신의 '캡슐'을 찾아가면 된다. 우에노역까지 걸어가는 데 20 분쯤 걸리지만 도쿄 시내에서 이렇게 저렴한 숙소를 구하기 는 쉽지 않았다. 시설이 낡았으나 직원도 친절하고 침구도 깨끗했다. 늦은 시간인데도 로비에는 오가는 사람이 많았 다. 대부분 동남아시아나 인도에서 온 듯했고, 배낭여행객 도 있었지만 장기 투숙자가 많아 보였다. 캡슐은 딱 슈퍼싱 글 침대 넓이에 앉으면 머리 위로 30센티미터쯤 공간이 있 었다. 그래도 작은 텔레비전도 있고 충전할 수 있는 콘센트도 머리맡에 있었다. 와이파이도 잘 터졌고. 도쿄에 도착해서 쉬고 있노라 가족에게 연락했다. 영상으로 캡슐 안을 보여 주었더니 아내도 아이들도 어떻게 그런 곳에서 묵느냐다. 노숙이나 텐트에서 자는 것에 비하면 구중궁궐이 부럽지 않은데 말이다.

(진동으로) 알람을 맞춰 뒀는데 알람이 울리는 줄도 몰랐다. 캡슐 호텔 내부는 밤낮을 구분할 수가 없다. 방 전체(캡슐이 40개쯤 되는 듯) 조명도 어두울뿐더러 캡슐 안에서 커튼을 치면 바깥일은 전혀 알 길이 없다. 일어나니 이미 점심때였다. 어제 도쿄에 들어올 때 몸 고생이 심해서 그랬던지 세상모르고 잤다. 찾아갈 책방을 검색해 보려고 휴대폰을 쥐는데 왼손에 힘이 들어가지 않았다. 손마디가 욱신욱신. 도쿄에서 나갈 때는 차가 붐비지 않는 새벽이나 심야에 떠나야겠다고 결심했다.

도쿄에는 다이칸야마 쓰타야(이하 다이칸야마점)와 진보초 헌책방 거리를 둘러보러 왔다. 이미 후쿠오카와 다케오 시립도서관에서 쓰타야가 어떤 곳인지 감을 잡았지만 다이칸야마점은 쓰타야의 상징과 같은 곳이었고, 너무나 멋진 공간이라는 소문을 하도 많이 들어서(귀에 딱지가 앉도록) 도쿄에 가면 이미 여러 번 갔던 진보초는 건너뛰더라도 다이칸야마점은 꼭 가 봐야지 마음을 먹었다. 약간 비딱한 마음도 있었다. 까짓 자본이 있다면 어떤 식이든 공간을 만드는 것쯤이야 쉬운 일이 아닌가 하고. 나의 이 짧은 생각은 다이칸야마점에 가기 전부터 바뀌었다. 자본을 모으는 일도 쉽지 않지만 자본이 있다고 해서 고객에게 공감을 얻을 수 있는 공간을 만들 수 있는 것도 아니라고. 무엇보다 어려운 일은 돈을 버는 일이 아닌가. 돈을 벌어도 가치 있게 쓰는 일은 더더욱 어렵고, 가치 있게 돈을 쓰면서 그걸로 다시 돈을 버는 일은 몇 배 더 어렵다. 다이칸야마점을 기획하고 실행하고 성공으로 이끈 마스다 무네아키 CCC그룹 회장이 얼마나 대단한 인물인가 직접 확인해 보고 싶었다. 그리고 그곳에서 유혹에 넘어가 책을 구입하거나 커피를 마시지 않겠노라고 (딱히 의미도 없는) 결심도 했다.

시부야역에 내려 다이칸야마점 35.648844, 139.699796 @ real.tsite.jp/daikanyama/까지 골목길을 따라 걸었다. 어수선하고 복잡한 시부야와 달리 다이칸야마점 주변은 쾌적했다. 골목길 구석구석에 작은 가게와 맛집도 있고 도심과 가까이 있지만 살기 좋은 주택가 같은 느낌이었다. 다이칸야마점도 2층으로 단정하게 지은 건물이라 주변과 위화감이 없었다. 건물의 고도 제한이 있는지는 모르겠지만 욕심만 많은 사업가

다이칸야마 쓰타야 외부 전경.

라면 이런 부지에 2층 건물을 올리지는 않았을 것이다. 어떻게든 층수를 올리고 임대료를 받을 수 있는 공간을 최대한 뽑았겠지. 다이칸야마점은 2층 건물 3개 동이 나란히 서 있고 1층에 쓰타야 매장, 2층에 음료를 마시고 전시를 보며 편하게 쉴 수 있는 카페테리아를 두었다. 2층은 자유롭게 오갈 수 있도록 서로 연결되어 있다. 2011년에 개장한 이후 도쿄의 '핫플레이스'가 되었다. CCC그룹에서는 2007년부터 이곳에 서점을 내기 위해 토지를 매입하고 준비했는데, 마스다 무네아키 회장은 도시의 중심부가 긴자에서 신주쿠, 시부야, 아오야마로 옮겨 가 결국 다이칸야마와 가루이자와로 넘어가리라 예상했고, '프리미어 에이지'premier age*를 위한 '커뮤니티 카페', '도심 속 리조트'를 만들겠다는 프로젝트를 세웠다. 1983년 오사카 히라카타시역 남쪽 출구에 32평짜리 작은 쓰타야 매장으로 시작했을 때 품은 그의 꿈이 다이칸야마점에 모두 녹아 있는 셈이다.

우리 동네에 있는 것도 아니고 크게 마음먹고 와야 하는 관광지 같은 서점이라면 들어서기 전부터 아무리 멋진 공간이라 해도 '까짓것'이라고 무시했을 텐데. 입구에 들어서기도 전에 다이칸야마점의 매력에 한 방 먹었다. '맨섬 TT 레이스'Isle of Man TT Race*의 전설, 존 맥기네스의 바이크(오

---

* 마스다 무네아키 회장은 『라이프스타일을 팔다』(베가북스)에서 '프리미어 에이지'를 단카이 세대가 중심이 된 50-65세의 '어른을 바꾸는 어른'이라고 정의했다.

토바이라 부를 수가 없다!)를 전시하다니. 입구에 들어서기도 전에 게임 끝. '라이프스타일을 판다'더니 그 말이 맞았다. 입이 헤 벌어져서 쓰타야에서 바이크를 구경하게 될 줄은 몰랐다. 마스다 무네아키 회장의 말을 부정할 수 없게 되어 버렸다.

　　1972년생 존 맥기네스는 2000년대 초반부터 혼다의 바이크를 타고 맨섬에서 가장 빠르게 달린 레이서였다.** 1976년부터 2000년까지 26번이나 우승한 조이 던롭을 이어, 그다음이 존 맥기네스의 기록(23번)이다. 2000년 조이 던롭이 경기 중 사고로 세상을 떠난 이후 존 맥기네스가 맨섬 TT레이스의 기록을 갈아 치우며 전설을 새로 쓰고 있다. 무엇보다 그는 마흔 중반이 되었는데도 젊은 레이서에게 밀리지 않고 압도적인 실력을 보여 준다. 오토바이 타는 동네 아저씨의 우상이랄까. 그가 달리는 영상을 보고 있노라면 '밥만 먹고 오토바이만 타도 저렇게는 못 타겠다'는 자괴감과 함께 '사람도 신의 경지에 이를 수 있구나' 하는 쾌

＊ 영국의 맨섬에서 열리는 모터사이클 경기다. TT레이스는 국제 투어리스트 트로피 레이스International Tourist Trophy Race의 준말. 맨섬 TT레이스가 유명한 이유는 1907년부터 시작된 역사만이 아니라 따로 트랙을 두지 않고 일반도로에서 경기를 하기 때문이다. 가장 유명한 마운틴 코스는 한 바퀴가 약 60킬로미터, 커브가 219곳이나 된다. 이곳을 시속 300킬로미터를 넘나드는 속도로 달린다. 100년이 넘는 기간 동안 경기 중에 사망한 선수만 해도 200명이 넘는다. 매년 6월 초에 개최되며 약 2주 동안 맨섬을 찾는 모터사이클 팬은 200만 명이 넘는다.
＊＊ 2016년 마이클 던롭이 시속 215.591킬로미터로 랩타임 최고 기록을 깼다.

220

매장에 전시되어 있던 준 백기네스의 바이크.

감을 동시에 느낀다. 벽과 땅에 거의 붙어 코너를 돌고 바이크가 휘청거릴 정도로 가속하는 선수들을 보면 손에 땀이 흐른다. 죽음과 마주하고 달리는 것과 마찬가지니. 맨섬에서 경기가 열린 이후 2015년까지 목숨을 잃은 선수는 모두 246명*이다. 빠른 속도로 달리는 데 목숨을 거는 인간의 본성을 이해할 듯 말 듯하다. 그런 그의 바이크에 한번 앉아보고픈 마음이 간절했지만 이리저리 살펴보고 사진을 찍는 것만으로 만족하는 수밖에.

존 맥기네스의 바이크를 보며 아쉬운 마음을 진정시키고 돌아서는 나를 맞이한 것은 오토바이 관련 책이 가득 찬 서가였다. 지금까지 갔던 어떤 서점에서도 이렇게 다종다양한 오토바이 책을 만난 적이 없었다. 오토바이를 처음 타는 초보부터 커스텀 마니아까지 오토바이를 좋아하는 모든 독자를 아우를 수 있는 서가였다. 존 맥기네스의 바이크를 특별 전시하고 오토바이와 관련된 책을 이만큼이나 갖춰 놓을 수 있다는 건 그만큼 오토바이를 즐기는 사람이 많다는 증거이기도 하겠지만 팔 수 있다는 자신감이 있기에 가능한 일이다.

오토바이 잡지를 구경하는 데만 꽤 많은 시간을 보냈고, 혹시 내가 필요한 책이 있을까 살폈다. 다이칸야마점에

* 2016년에만 5명의 선수가 사고로 목숨을 잃었다. 1970년(6명) 이후 최고의 참사였다.

서 책을 사는 일은 없을 것이란 결심은 까맣게 잊은 지 오래였다. 내 손에는 오토바이 매뉴얼로 유명한 헤인스출판사의 『BMW F800 & F650 Twins』가 이미 들려 있었고, 국내에 『죽지 않고 모터사이클 타는 법』(루비박스)이란 제목으로 출간되어 있는 데이비드 L. 허프의 『Proficient Motorcycling』을 집었다 놨다 하고 있었다. 결국 마지막에 손에 쥔 것은 『BMW F800 & F650 Twins』 딱 한 권이었다. 헤인스출판사의 책은 매뉴얼의 교본을 보여 주는 듯하다. 풍부한 사진 자료는 물론이거니와 준비물부터 실수할 법한 부분까지 쉬운 영어로 설명이 되어 있다. 공구만 있다면 오토바이에 문제가 생겨도 대부분 해결할 수 있을 것 같은 자신감을 불러넣어 준다. 물론 실제 상황이라면 변수가 생기겠지만 엔진 오일을 교체하는 법부터 전기 장치 문제를 진단하고 부품을 교체하는 법까지 꼼꼼하게 다루었다.

종일 굶고 돌아다녔는데 배고픈 줄도 몰랐다. 다이칸야마점을 둘러보는 데만도 한나절이 꼬박 걸렸다. 지갑 사정에 여유가 있었다면 나중에 뒷목을 잡을 만

큼 많은 책을 샀을 테다. 괜히 들었다 놨다 했던 책이 얼마
나 많았는지 모르겠다. 다이칸야마점이 다른 쓰타야 지점보
다 특별한 이유는 철저하게 삶을 즐기는 분야에 집중했기
때문이다. 건축, 디자인, 요리, 여행, 영화, 음악 등 사람들의
관심이 높고 쉽게 가까이할 수 있는 분야의 책을 편안한 분
위기에서 읽을 수 있는 다이칸야마점은 정말 "어른을 위한
도심 속 리조트"였다. 국내 대형서점이 단지 쓰타야의 외피
만 흉내 내 공간만 꾸며 그들을 따라잡으려 하는 것은 처음
부터 불가능한 일이 아닐까.

　　다이칸야마점의 성공이 부러웠지만, 다른 한편으로 변
화하지 못하는 중소형서점은 계속 문을 닫고(이것은 일본
도 마찬가지다) 자본과 기획력을 앞세운 대형서점은 지역
에 분점을 내며 확장하는 상황이 괜찮은 건지 고민스럽기도
했다. 고객 입장에서 보자면 넓고 쾌적하고 책을 제대로 갖
춘 서점이 들어오는 것이 반가울 테다. 자본주의 사회에서
서점도 경쟁력이 없다면 당연히 밀려난다. 아무리 아우성친
다 해도 손님을 끌 매력이 없다면, 미래를 준비하지 못하면
끝이다. 마스다 무네아키 회장은 쓰타야를 키운 비결에 대
해 『라이프스타일을 팔다』에서 이렇게 말했다. 정말 단순하
지만 실행에 옮기기는 어려운 원칙이다.

나는 사업에는 두 가지 요소밖에 없다고 생각한다. 하나는 고객이고, 다른 하나는 상품이다. 고객에게 상품을 제공하는 것이 사업의 본질이다. 나머지는 지엽말절枝葉末節에 지나지 않는다. 그 이유는 기획을 세울 때 1. 어떤 고객을 대상으로 사업을 전개할 것인가? 2. 그 고객을 위해서 어떤 상품을 준비할 것인가? 3. 어떤 방법으로 그 고객과 상품을 서로 연결시킬 것인가? 이 세 가지 사항만 신중하게 고려하면 되기 때문이다.

다이칸야마점을 둘러보며 많은 것을 배우고 느꼈지만, 작은 동네 헌책방을 지키는 내가 응용하여 가져올 수 있는 일은 많지 않았다. 능력이 부족한 것일 수도 있고, 내가 가진 능력 이상의 에너지를 내어 무리하게 멋진 서점을 만들고 싶은 마음을 진즉 던져 버린 탓도 있다. 없으면 없는 대로 힘들면 힘든 대로, 쉬엄쉬엄 가는 쪽을 택하는 편이 몸도 마음도 편하다. 그래서 다이칸야마점에서 느꼈던 깊은 감동은 마음속에 묻고, 고객보다 책방지기가 우선인 불편한 책방이 내가 갈 길이라고 결심(?)을 굳혔다. 고객에게 감동을 주는 쪽보다 내가 즐거운 편이 책방을 오랫동안 지키는 데 훨씬 힘이 된다고 자위하면서 말이다.

14.

골목길에 숨은 여행자의 쉼터

즐거운 마음으로 지브리미술관35.696229, 139.570432 @ www.
ghibli-museum.jp까지 왔는데 입장할 수 없다니.* 방법이 없느
냐 물었지만 입구에 길게 늘어선 관람객들 줄 세우느라 바
쁜 직원은 예약하고 다음에 다시 오란 말만 반복했다. 휴관
일만 아니면 입장권을 사서 들어갈 수 있을 줄 알았다. 미타
카역에 내려 입이 헤벌쭉 벌어진 상태로 고양이 셔틀버스
왕복 승차권을 구입할 때만 해도 설마 이런 일이 벌어질 줄

---

* 홈페이지에서 입장권을 먼저 예약해야 한다.

은 꿈에도 몰랐다. 입구를 지키는 커다란 토토로 인형을 보며 한참 주변을 서성거렸다. 입구에서 기다리고 있는 관람객이 워낙 많아 줄은 좀처럼 줄어들지 않았다. 대부분 중국인 단체 관광객이었는데 중국인 관광객은 어딜 가나 많았다. 특히 전자상가가 밀집해 있는 아키하바라는 여기가 중국인지 일본인지 헷갈릴 정도로 쇼핑하는 사람의 대부분이 중국인 관광객이었다.

2013년 3월, 꼬박 한 달 동안 칭다오에서 베트남과 국경이 맞닿은 허커우까지 배낭을 메고 여행했었다. 대부분 게스트하우스나 아주 저렴한 여관에서 묵었는데, 웬만한 도시마다 지점이 있는 신화서점에는 국내외 가리지 않고 여행서 인기가 높아 큰 매대를 차지하고 있었다. 워낙 땅덩이가 넓으니 중국 국내만 소개하더라도 얼마나 많은 여행서가 쏟아져 나올까 싶었다. 당시 신화서점에서 볼 수 있는 국내 작가의 책은 한비야 씨가 거의 유일했고 그 외엔 바둑 코너에 있는 이창호 기사의 책뿐이었다. 여행서는 유행에 민감해 정보가 뒤처지면 금방 밀려나기 일쑤니 웬만한 공력이 아니고선 오랫동안 독자에게 사랑받기 힘들다. 신화서점 여행서 코너에서 소득 수준이 높아지면 자연스레 여행과 관련된 출판 시장도 커진다는 당연한 사실을 실감했고, 곧 생활과 관련된 실용서도 함께 성장하겠다는 예상은 쉽게 할 수 있었다.

신화서점 입구마다 사후 50년이 된 인민영웅 '레이펑'* 에 관한 책이 산더미처럼 쌓여 있었지만 손님들은 별 관심을 기울이지 않았다. 숙소에서 만난 젊은 친구들도 그에 대해 관심이 없었다. 오히려 한국에서 온 나이 든(?) 배낭여행자가 젊은 시절에 그의 평전을 읽었다는 사실을 놀라워했다. 그들의 관심은 오로지 값싸게 멀리 오랫동안 여행할 수 있는 노하우가 담긴 여행 가이드북에 있었고, 론리플래닛 영문판을 참고 삼아 열정적으로 자신의 여행을 기록했다. 2006년부터 론리플래닛도 중국어판이 발간되었지만 젊은 배낭여행자는 대개 영문판을 가지고 있었다.

런던에서 구입한 낡은 자동차로 아시아를 횡단해 호주로 건너간 토니 휠러와 모린 휠러가 론리플래닛** 최초의 여행 가이드북 『Across Asia on the Cheap』을 쓰고 회사를 창업한 1972년 이래 여행 가이드북은 점점 진화하고 있다. 인터넷으로 여행 정보를 찾는 시대지만 론리플래닛의 영향

* 1993년 실천문학사에서 역사 인물 찾기 시리즈로 『뇌봉』 평전을 출간했다. 마오쩌둥에 경도됐던 그는 스물두 살 젊은 나이에 사고로 숨졌고, 마오쩌둥의 어록을 기록한 그의 일기가 사후에 발견되어 영웅(문화혁명 당시 홍위병의 롤모델)으로 추앙받았다. 매년 3월 5일은 '레이펑의 날'로 학생들이 그를 기리며 거리를 청소한다. 나는 그가 대약진운동에 실패한 마오쩌둥과 주변 인물들이 위기에서 벗어나기 위해 만들어 낸 '포장된 영웅'에 가깝다고 생각한다.
** 그들이 쓴 『론리플래닛 스토리』(컬처그라퍼)를 읽어 보면 두 사람이 얼마나 무모하게(?) 창업했는지 알 수 있다. 2011년, 영국 공영방송 BBC에서 론리플래닛 주식을 모두 인수했다.

토토로가 지키고 있는 지브리미술관 입구.

미술관에 들어가기 위해 기다리는 관람객들. 줄이 길었다.

력은 여전하다. 오랜 세월 축적한 론리플래닛의 여행 정보는 정확하고 깨알 같다. 중국을 여행하기 전 들고 갔던 론리플래닛 책을 칭다오 다음에 찾았던 지난의 숙소에 두고 나왔다. 너무나 많은 정보(대부분은 정확했다)가 오히려 여행의 재미를 반감시켰고 책을 뒤적이며 항상 안전한 방법만 찾고 있는 내 모습이 한심했기 때문이다. 배낭을 메고 떠난 여행조차 가이드북의 추천에 따라 움직인다면 굳이 떠날 필요가 없지 않나 생각했다.

그러나 정보를 무시하면 가끔 이렇게 어이없는 실수를 하기도 한다. 만약 미리 정보를 좀 더 꼼꼼하게 살폈더라면 지브리미술관을 보고 근처 책방에 들렀다가 우에노 시장에 가서 저녁을 먹겠다는 계획에 차질이 생기진 않았을 것이다. 혹시 방법이 없을까 스마트폰으로 찾아보니 인터넷으로 미리 예약하고 확인 메일을 받은 후 편의점 로손에서 표를 출력해 와야만 입장이 가능하단다. 이것으로 오전 시간을 전부 날려 버린 셈이었다. 지브리미술관에 와서 내가 한 것이라곤 중국인 관광객의 눈총을 받으며 어떻게 들어갈 방법이 없나 직원을 붙잡고 읍소한 일과 입구를 지키는 토토로 인형의 사진을 찍고 지붕 위에 있는 『천공의 성 라퓨타』의 거신병 동상을 바라보며 길게 한숨 쉰 것밖에 없다. 미야자키 하야오 감독과 지브리 스튜디오의 정수를 제대로 구경하나 했는데 말이다. 무엇보다 재현해 놓은 미야자키 하야오 감독의 작업실을 보고 싶었다. 작가의 작업실을 들여다보는 것을 좋아하는데 특히 그림을 그리거나 사진을 찍거나 영상을 만드는 작가의 작업실은 글만 쓰는 작가의 공간보다 훨씬 다채롭고 볼거리가 많다. 미술관 내에 있는 도서관도 궁금했다. 예약하고 다시 올까도 고민했지만 지브리미술관 때문에 또 하루를 쓸 수는 없었다.

이미 구입한 버스 왕복 승차권을 포기하고 미술관과 맞닿은 이노카시라 공원을 가로질러 미타카역 방향으로 걸었다. 중간에 잔디가 깔린 커다란 운동장이 있었다. 동네 할 일 없는 아저씨처럼 벤치에 누워 연 날리는 아이들을 보았다. 이렇게 넓은 공원 근처에 살면 좋겠구나 하고 다리를 까닥거리고 있는데 동네 어르신들이 내 앞을 지나는 순간 습관적으로 자세를 바로 했다. 결국 계속 운동장을 돌며 산책하는 어르신들 때문에 느긋하게 누워 있을 수가 없었다.

한국에 있는 정애 선배에게 주변에 갈 만한 책방이 없는지 물었다. 실시간으로 답이 왔다. 이럴 땐 인터넷 검색도 론리플래닛도 필요 없다. 역시 전문가에게 묻는 것이 가장 빠르다. 선배가 보내 준 지도를 보니 미타카역에서 두 정거장 거리였다. 니시오기쿠보역 근처에 있는 여행 전문 서점 노마드북스였다. 전철 노선을 따라 걸었다. 미타카-기치조지-니시오기쿠보 역 주변은 살기 좋은 동네인 듯했다. 곳곳에 학교와 공원이 많았고, 작고 특색 있는 가게가 골목골목 숨어 있었다. 역 주변이 아니라면 높은 건물도 거의 없어서 답답한 느낌이 없었다. 만약 지브리미술관을 찾은 여행객이라면 나의 이 경로대로 움직이는 것도 그리 나쁘지 않은 선택이라고 생각한다.

노마드북스35.705402, 139.596933 @ nomad-books.co.jp도 전혀 책방이 있을 것 같지 않은 골목길 안쪽에 있었다. 입구가 좁고 밖에 옷이 걸려 있어 처음에는 빈티지 의류를 파는 옷가게인 줄 알았다. 출입구에 '本'(본, 일본어로 책을 의미) 자를 보지 못했으면 그냥 지나칠 뻔했다. 책방 분위기가 밝고 젊다. 서가 앞에 서서 책을 고르는 손님들도 그랬다. 손님과 대화 중인 턱수염이 멋진 책방지기 가와타 마사카즈 씨에게 인사하고 사진 촬영을 허락받았다.

노마드북스에 오기 전엔 텐트도 치지 않고(비박용 텐트도 물론 있다) 침낭만 덮고 자는 비박bivouac에 관한 책이 이렇게 많은지 몰랐다. 『노주쿠야로』野宿野郎*라는 작은 잡지가 7호까지 나와 있었다. 여행에도 단계가 있다면 가벼운

* 이 잡지에 대한 정보는 weblog.nojukuyaro.net로 가면 알 수 있다. 7호 이후 더는 나오지 않은 듯.

여행 전문 서점 노마드북스.

노마드북스 내부.

짐만 가지고 걸으며 한뎃잠을 청하는 것이 가장 지극한 방식이고, 나처럼 기름을 태우고 오토바이를 타고 짐을 바리바리 챙겨 가는 여행은 하수의 방식이다. 국내에도 등산과 캠핑에 관한 실용서는 꽤 많이 나와 있는데 정작 여행의 기본이라 할 만한 비박에 대한 책은 찾아보기 힘들다. 2012년에 진선출판사에서 번역 출간한 쓰치야 도모요시**의 『울트라 라이트 하이킹』이 그나마 가장 여행의 기본에 충실한 책일 듯싶다. 이 책을 너무 재밌게 읽은 터라 오토바이보다 도보 여행에 대한 꿈을 잠깐 키우기도 했다(우리도 이렇게 가볍고 톡톡 튀는 여행 실용서가 나왔으면……). 하지만 한정된 시간과 예산을 가지고 먼 거리를 이동해야 하는 여행에선 오토바이 이외엔 딱히 방법이 없는 것 같다.

어느 분야든 시작할 때에는 실력을 키우기보다 장비를 '업그레이드'하는 데 더 힘을 쏟기 마련이다. 지금껏 내가 좋아했던 사진, 자전거만 보아도 그렇다. 오토바이도 마찬가지다. 어느 순간 한계(대부분은 속도에 대한 불만족이다)에 부딪히면 장비병에서 벗어날 수 없다. 이 병은 전염성도 매우 강하고 특효약도 딱히 없다. 약간의 수집벽이라도 더해지면 병세가 더 딱하게 될 가능성이 커진다. 안달복달하는 시기가 조용히 지나가기를 기다려야 한다. 처음에는 배기량

** 저자가 운영하는 여행용품점 홈페이지 hikersdepot.jp에 가면
울트라 라이트 하이킹에 대한 다양한 정보를 얻을 수 있다.

이 낮은 혼다 CRF250L 중고를 구해서 여행을 떠나야겠다고 마음먹었는데 약간 여윳돈이 생기자 금세 장비병이 도져 결국 BMW 650GS TWIN을 덜컥 구입해 버린 나도 중증 장비병 환자라는 사실을 고백해야겠다.* 즐거움으로 따지자면 50시시 스쿠터를 끌고 동네 마실 다닐 때가 더 즐거웠으며, 125시시 오토바이로 전국일주를 떠나던 때가 더 행복했던 듯하다. 아마 병세가 나아지면 처음처럼 조그만 스쿠터를 타고 유유자적 마실 다니는 동네 책방 아저씨로 복귀할지도.

노마드북스에는 전 세계를 지역별로 나눈 서가에 책이 단정하게 꽂혀 있고 여행과 관련된 요리, 종교, 문화에 대한 책도 함께 놓여 있었다. 여행은 모든 장르를 아우른다. 여행을 떠나기 전부터 미리 구입할까 심각하게 고민했던 『투어링 매플』TOURING MAPPLE를 발견하곤 손에 쥐었다 놓았다 반복했다. 이미 홋카이도까지 돌아 나온 터에 구입해 봐야 짐만 늘릴 뿐이라 규슈 지역만이라도 구입하려다 참았다. 비박 하는 도라에몽(고양이일지도)이 그려진 작은 배지만 내밀며 계산해 달라고 부탁했다. 가와타 씨에게 정말 멋진 책방이라고 이야길 건네고, 한국에서 작은 헌책방을 하고 있노라고 소개했다. 노마드북스가 오픈한 해는 2007년. 그는

---

*두 기종의 중고가 차이가 약 300만 원 정도 난다.

한국에도 여행 전문 서점이 있는지 물었다. 나는 10년 가까이 한 분야만 취급하며 버틸 수 있다는 사실이 부럽다고, 한국에서는 아직 여행 전문 서점을 본 적이 없다고 대답했다.** 가와타 씨는 한국에도 친구가 있고 서울과 부산을 여행한 적도 있었다. 우리 책방이 부산과 가까운 곳에 있다고 하니 고개를 끄덕였다. 가와타 씨와 잠깐 대화하는 사이에도 꾸준히 손님이 들고 났다. 책을 구입해 가는 손님보다 잠시 들렀다 가는 손님이 더 많았지만 유목민의 공기가 흐르는 책방이 아닌가. 가와타 씨도 게르의 주인장처럼 느긋하게 손님을 대했다. 노마드북스를 찾은 손님들은 떠나지는 않았어도 이미 여행자인지 모르겠다.

오랫동안 후지와라 신야의 글과 사진을 동경했다. 달콤한 사진과 에세이로 포장한 여행기가 아닌 길 위에서 자신의 젊음을 팔아 값을 치르고 내놓은 그의 작품은 1970년대 일본 젊은이에게 커다란 반향을 일으켰다. 그의 작품이 국내에 소개된 것은 1993년 『인도방랑』***이 처음이었다. 국내 독자는 거의 20년이나 뒤늦게 그의 여행기를 읽게 된 것이다. 배낭여행 붐도 그때쯤부터 시작되었던 듯싶다. 이제

** 최근 서울에 짐프리, 사이에 등 여행 전문 서점이 생겼다는 소식을 들었다.

*** 한양출판에서 『인도방랑』을 번역 출간했고, 한참 지난 2008년부터 청어람미디어에서 『동양기행』, 『황천의 개』 등 주요 작품을 내놓았으나 현재 대부분 절판되었다. 『인도방랑』은 이후 작가정신에서 다시 출간되었고, 다른 여러 출판사에서도 그의 작품을 소개하고 있다.

는 브루스 채트윈*이나 후지와라 신야처럼 여행가가 아닌
방랑자에 가까운 작가가 나오기 어려운 시대지만 또 누군가
는 미지의 세계에 서서 생의 밑바닥에서 끌어 올린 글을 쓰
지 않을까. 아마 그들은 과거 노마드북스 같은 작은 여행 책
방에서 방랑을 꿈꾸었다고 말할 것이다.

걸을 때마다
나 자신과
내가 배워 온 세계의
허위가 보였다.**

* 브루스 채트윈은 평생 『파타고니아』, 『송라인』 딱 두 권의 여행기
를 남겼다.
** 후지와라 신야의 『인도방랑』에서.

15.

동네 골목길을 지키는
따뜻한 헌책방

"정말 여기가 바로 거기란 말이야?"

2014년 정은문고에서 번역되어 나온 오카자키 다케시의 『장서의 괴로움』 가운데 '헌책방 주인은 장사에 서툴다'에 나오는 오토와칸이 여기 있을 줄이야. 노마드북스에서 추천한 책방이 오토와칸일 줄은 몰랐다. 그가 그려 준 약도를 보며 참 구석구석에 책방이 있구나 놀라워하는데 커피를 마시며 책을 읽는 귀여운 소녀가 그려진 오토와칸의 로고

오토와칸의 로고인 찻잔을 놓고 책을 읽는 소녀.

를 보고서는 "오옷~!" 하고 눈이 부엉이처럼 커졌다. 헌책방이라고 하면 왠지 고리타분한 아저씨만 찾을 것 같은 선입견을 가진 이가 많아서 이런 로고라면 누구나 좋아하겠구나 싶었다. 『장서의 괴로움』에 나오는 내용이다.

> 장서 처분에는 처분하는 사람 수만큼 갖가지 사연과 드라마와 괴로움이 있다. 아끼던 책을 경제적 이유로 어쩔 수 없이 떠나보내는 사람, 고향으로 돌아가기 위해 처분하는 사람, 이혼하면서 아내가 남긴 책을 파는 사람. "여행과 비슷하다고 생각해요. 흔히들 말하잖아요, 여행에는 언제나 말썽이 있기 마련이라 아무 일 없이 평온한 여행보다 뭔가 사건이 있는 여행이 훨씬 더 기억에 남는다고. 책을 매입할 때도 마찬가지죠. 남의 집에 불쑥 들어가서, 그것도 거의 딱 한 번 만났을 뿐인데 그분들 책을 책임지는 일이니 나름대로 보람찬 일이죠." 이야기를 들으며 히로세 씨는 정말 좋은 사람이구나 싶었다.

그의 말대로였다. 이제 3년차에 접어들었을 뿐이지만, 책을 매입하러 갈 때마다 '드라마와 괴로움'을 마주했다. 백

혈병에 걸린 아이의 그림책을 가지러 갔을 때, 현관문 너머 아이는 울고 있었고 슬픔에 잠긴 엄마는 마스크를 쓴 채 퀭한 눈으로 내놓은 책들을 가져가라 말했다. 면역력이 떨어진 아이에게 그림책은 소용없는 물건이었다. 최대한 집안을 깨끗하게 유지하려면 책부터 정리해야 했다. 구하기 힘든 그림책 원서가 많았다. 아이를 위해 사 두었던 책이 무용의 물건이 되어 헌책방으로 가게 될 줄 엄마는 짐작조차 하지 못했을 테다.

이사 때문에 책을 내놓는다 하여 가져온 낡은 사회과학서들을 펼치는 순간 눈에 익은 이름이 있었다. 친분은 없었으나 대학 시절 마주쳤던 선배의 책이었다. 학생운동에 열심이었고, 대학을 졸업하고서도 시민단체에서 활동하고 있다는 이야기를 들은 적이 있었다. 책을 내놓은 사람은 형수였다. 나중에야 선배가 생활고를 겪는다는 이야기를 다른 이에게 들었다. 젊은 시절에는 신념과 사상의 자양이 되었을 책이 궁핍한 중년의 가장에게 짐이 되어 버린 것이다.

어느 날 목발을 짚고 책을 가져온 그녀는 세계 여행을 꿈꾸던 라이더였다. 오토바이를 타고 교차로에 정차 중이던 그녀에게 신호를 무시한 차가 달려들었다. 2년 넘게 재활을 해야 할 만큼 크게 다쳤고 그녀는 혼다 CB400과 스쿠터를 정리하고 여행을 떠나겠다는 꿈을 접었다. 그리고 책을 모두 가져와 내 앞에 내놓았다. 그녀가 놓고 간 책 중에 강세환의 『오토바이 세계일주』(북하우스)가 있었다. 670일 동안 아메리카와 호주 대륙을 85,016킬로미터나 종횡무진 누빈 그의 경험은 나에게 큰 자극이 되었다. 누군가에겐 꿈을 접는 아쉬움 가득한 순간이 나에겐 그 반대인 상황이라니. 사람이나 책의 생엔 정답이 없다. 그저 흘러가는 대로 맡겨 둘 뿐.

오토와칸音羽館 35.704733, 139.597115 @ nishiogikubo.info/shop/1386

은 그리 규모가 크지 않은 헌책방이지만 살뜰하게 꾸리고 있다는 걸 한눈에 봐도 알 수 있는 책방이었다. 가장 안쪽에 위치한 계산대에서 직원 두 명이 열심히 책을 정리하고 있었다. 두 사람 모두 범상치 않은 분위기를 풍겼는데, 혹시 히로세 요이치 씨를 만날 수 있을까 물었지만 출타 중이라고 했다.

스무 평쯤 될 법한 책방에는 다종다양한 서가가 자리 잡고 있었다. 처음에는 아마 단정하게 시작했을 테다. 점점 책이 늘어나고 주체할 수 없을 때마다 서가를 들여왔을 것이다. 종류가 모두 다른 것은 그때그때 분명 중고로 구했기 때문이리라. 독하게 마음먹고 정리하지(버리지) 않는 이상 헌책방은 절대 책이 줄어들지 않는다. 줄여도 줄여도 늘어

도쿄 니시오기쿠보의 한적한 주택가 골목길에
자리 잡은 오토와칸.

나는 것이 책이다. 책이 들어온 만큼 팔리면 좋겠지만 그건 아마 해가 서쪽에서 뜨는 것과 마찬가지로 불가능한 일이 분명하다. 한정되어 있는 공간인 책방에서 책방지기가 할 수 있는 일은 우선 바닥에 책을 쌓는 일이다(이것도 꽤 요령이 필요하다). 그마저도 힘들면 적당한 서가를 이리저리 찾기 시작한다. 번듯한 새 서가를 들이고 싶어도 헌책방 처지에 그럴 수가 있나. 수소문해서 헌 서가를 구해 오거나 그게 어려우면 직접 톱과 망치를 들고 만들기도 한다. 입맛에 맞는 서가를 찾기가 얼마나 어려운 일인지. 세상에는 온갖 서가가 있지만 헌책방에 필요한 서가는 튼튼해서 책을 가장 많이 꽂을 수 있는 것이 제일이다. 오토와칸의 서가에는 책방지기의 고민이 그대로 묻어 있었다. 색도 모양도 높이도 폭도 다른 서가들이 안성맞춤으로 자리를 잡고 있었다. 헌책방 책방지기에겐 좁은 공간을 최대한 효율적으로 사용할 수 있는 공간감이 무엇보다 필요하다는 사실을 오토와칸에서 다시금 확인했다.

뭔가 찾을 책이 없을까 천천히 서가를 둘러보았다. 사진가 아라키 노부요시*의 책이 정말 많이 꽂혀 있었다. 히로세 씨가 그의 팬이 아닐까 싶을 만큼 종수가 많았고, 좋은 자리를 차지하고 있었다. 2014년 '서'라는 주제로 전시도

---

* www.arakinobuyoshi.com에서 그가 펴낸 책 정보를 확인할 수 있다. 1998년에 가장 많은 사진집과 책을 펴냈는데 도합 28권이었다. 1998년이 아니더라도 20권이 넘는 해가 수두룩하다.

했던 모양이다. 전시 포스터도 서가에 붙어 있다. 그는 사진과 글뿐 아니라 글씨까지 작업의 영역을 넓힌 걸까. 아라키 노부요시는 그가 찍은 사진과 쓴 원고를 거의 대부분 책으로 묶지 않나 싶을 정도로 많은 책을 펴냈다. 성과 속의 경계를 넘어 버린 사진가가 가장 좋아하는 일은 자신의 작업을 책으로 묶고 널리 알리는 일이었을까. 월급쟁이 편집자였던 시절 『천재 아라키의 괴짜 사진론』天才アラーキー 写真(포토넷)을 작업한 적 있다. 그 책이 번역 출간될 당시(2012년) 그의 필모그래피에 나와 있는 출간된 사진집과 책은 400권이 넘었다.

한창 사진에 빠져 있을 무렵 웬만한 포르노그래피보다 더 야한 그의 사진을 보며 '이걸 작품이라 할 수 있나?' 의문을 가졌던 적이 있다. 하지만 주머니를 탈탈 털어 10만 원을 주고 구입했던 그의 사진집 『ARAKI: Self, Life, Death』(Phaidon)를 보며 생각을 고쳐먹었다. 단편적인 정보만 가지고 작가의 모든 것을 쉽게 평가할 수는 없는 법이다. 벌거벗은 채 줄에 묶인 여성을 촬영한 '긴바쿠緊縛 시리즈'로 대표되는 그의 강렬하고 원초적인 사진은 바닥까지 맛본 감수성으로 빚어낸 작품이었다. 그는 어린 시절에는 유곽 근처에서 자랐고, 대학 졸업 후에는 10년 가까이 세계적인 광고 회사 덴쓰에 다니며 사람들의 물욕을 파고드는 사진을 찍었다. 그리고 사랑하는 아내를 암으로 떠나보냈다.* 그렇게 보낸 세월 때문에 보통 사람이라면 쭈뼛거릴 수밖에 없는 사진을 아무렇지 않게 보란 듯 찍을 수 있지 않았을까. 그의 작품 중 낡은 나룻배에 웅크리고 누워 있는 아내를 촬영한 사진을 가장 좋아하는데 인생도 사랑도 덧없다는 허무를 애써 억누르는 사내의 북받친 감정이 물밀듯 밀려온다. 이건 철든 남자만이 찍을 수 있는 사진이구나 생각했다.

오토와칸의 서가에는 인문과 예술 분야의 책이 많긴 하지만 딱히 앞세우는 것은 없다. 뭐든 그 자리에 자연스레 놓여 있는 분위기랄까. 이런저런 책을 마음껏 구경할 수 있는 편안한 헌책방이다. 새로이 생기는 책방은 대부분 책방지기의 개성과 취향을 드러내는 큐레이션에 집착하고 장점으로 삼는다. 새 책을 파는 서점도 헌책방도 마찬가지다. 책방지기가 정성껏 고른 책이 주력 상품이 되고 손님도 책방지기의 '선택과 편집'을 신뢰한다. 그래도 헌책방에는 헌책방다운 맛이 있어야 좋다. 헌책방에는 누구도(책방지기조차도) 발견하지 못한 보물 같은 책을 찾아내는 재미가 있어야 한다. 책방에 들어서는 순간 이미 좋은 책, 나쁜 책, 이상한 책이 빤히 보이는 헌책방이 무슨 매력이 있겠는가. 큐레이션

---

* 『도쿄비요리』東京日和는 그의 아내 아오키 요코와 함께 작업한 사진 에세이다. 아내에 대한 애정이 가득한 이 책이 바탕이 되어 1997년에 영화 『도쿄 맑음』으로 제작되기도 했다. 1993년에 책이 출간되기 전에 아오키 요코는 세상을 떠났다.

보다 장서를 늘리기에 더 힘을 쏟는 편이 낫다고 믿지만, 요즘 같은 시절엔 큐레이션을 하지 않으면 게으른 책방지기로 놀림을 받을 수도 있다(나는 어설프게 큐레이션하기보다 게으른 편이 훨씬 몸도 마음도 편하다 믿는다). 히로세 씨도 나와 비슷한 생각을 하고 있었다.

구태여 나서서 '서가 만드는 일'(큐레이션)은 하지 않습니다. 의식하지 않고 가게에 진열된 책을 취사선택합니다. 그래서 지금 서가에 있는 모든 책이 손님에게 무언가를 살며시 제안하고 있는 듯한 느낌을 주려고 합니다.
편집숍같이 내가 고른 상품이 최고라고 밀어붙이는 식이 아닙니다.
지금의 젊은 책방지기는 새로운 서점을 만들기 위해 노력합니다. 자신의 주장을 서가에 놓인 책을 통해 표현하려는 '기개'가 있기 때문에 책을 선택하려는 경향이 강합니다.
저도 마찬가지로 책방을 처음 열었던 시기에는 나의 주장을 내세웠지만 오토와칸을 경영하는 동안 없어졌다고 할까요.

오토와칸 내부.

(중략)

책을 고르고 서가를 채우는 것은 손님의 몫이라고 생각합니다. 헌책방은 손님이 과거에 골라서 산 책을 매입하는 것이기 때문입니다.

책방지기의 주장이나 개성을 드러내기보다 가끔 찾아오는 편집자나 출판사 관계자, 작가가 잡담이나 업무 이야기를 시작할 정도의 분위기면 족하다고 생각합니다. 책방은 교차로 같은 곳이죠. 사람의 왕래가 끊이지 않는 통풍이 잘 되는 공간이면 족하지 않을까요.*

결이 비슷한 그와 나의 생각은 실제 실행으로 옮기는 데에서 큰 온도 차(?)가 있다. 이건 25년 내공을 가진 고수와 이제 햇수로 3년차인 초보 사이의 메울 수 없는 격차 같은 것이다. 히로세 씨는 권을 지르지도 보를 내딛지도 않았는데 이미 상대의 기를 꺾는 수준이랄까.

책방 빈 벽면에 작게 히로세 씨의 책 『니시오기쿠보의 헌책방 아저씨』西荻窪の古本屋さん의 신문 서평이 붙어 있었다. 2013년에 출간된 책이다. 2000년에 문을 열어 10여 년 동안 헌책방을 꾸리고 마을에서 열리는 이런저런 일을 챙겼던 기록이다. 단순히 책방 일에만 매달리지 않고 자신이 사는

* 웹미디어 『도다이모토구라시』(motokurashi.com)에 실린 다쿠로 고마 씨와 나눈 대화 중에서(2016년 2월 21일 자).

지역에도 관심을 가지고 앞장서는 마음씨 좋은 아저씨 모습이 그려진다. 오토와칸이 집으로 돌아가는 길에 들러 마음에 드는 책 한 권 골라 가는 재미가 있는 공간이라는 사실은 내가 책방을 구경하는 동안 정말 남녀노소를 가리지 않고 손님이 드나드는 것을 보고 깨달았다. 무엇보다 책값이 많이 비싸지 않았다. 입구 양쪽으로 단정하게 놓인 '100엔 서가'가 벌써 마음 가볍게 책방으로 들어갈 수 있도록 만든다. 여기에 오토와칸의 가장 큰 장점은 밤늦게까지 문을 연다는 것. 밤 11시까지 골목길에서 불을 밝히고 있는 헌책방을 상상해 보라. 이런 헌책방이 있는 동네에 산다는 것만으로 행복할 듯싶다. 니시오기쿠보는 오토와칸을 포함해 하트랜드 등 헌책방이 10곳**이나 있고, 작고 맛있는 음식점이 많은 조용하고 살기 좋은 동네다. 오토와칸에 오기 전 골목길을 걸으니 도쿄에 와 있는 것이 아니라 게이분샤가 있던 교토 이치조지에 있는 듯한 느낌이었다.

책방지기 히로세 요이치 씨는 대학 재학 중에 다카하라 서점高原書店에 입사해 10년간 일하고 독립해 오토와칸을 열었다. 10년의 '긴 수련'을 거치는 동안 꿈을 놓지 않고 결국 자신의 책방을 만든 힘은 어디서 왔을까. 일본은 대형서점에서 일하다 독립해서 멋진 책방을 꾸리는 책방지기가 많아

** 2000년까지만 해도 헌책방이 15곳이나 영업하고 있었지만 15년 사이 5곳이 줄었다.

보였다. 그런데 (국내에서) 내가 아는 분 중에선 서점에서 일하다 독립하는 경우는 없는 듯하다. 출판과 관련된 일을 하거나 지독한 애서가가 책방을 여는 경우는 흔한데 서점원이 책방지기가 되는 경우를 찾아보기 힘든 이유는 뭘까. 서점에서 일하면 오히려 '책방에 대한 꿈'을 빼앗기는 것은 아닌지. 책방을 열기 전 선배 책방지기님들을 찾아다니며 인사를 드렸을 때 모든 분이 "힘들 텐데 왜 굳이 책방을 하려느냐"라고 하셨다. 17년 동안 창원에서 작은 서점을 꾸렸던 큰고모님도 처음에는 말리셨으니까. 단지 직업이나 돈벌이로만 책 파는 일을 생각한다면 답이 보이지 않는 것이 사실이다.

처음부터 답을 가지고 시작한 것은 아니었다. 지금 돌아보면 정말 꿈만 가지고 무턱대고 벌인 일이었다. 그래서 지금 이 고생을 하고 있는 것일 수도. 어쨌거나 오토와칸은 히로세 씨의 서점원 10년, 헌책방 책방지기 15년, 도합 25년의 내공이 두텁게 쌓인 곳이다. 책방에서 나와 잠시 앉았는데 오토와칸이라면 웬만한 어려움에는 꿈쩍도 하지 않고 니시오기쿠보의 한적한 골목길을 오랫동안 지킬 것 같다는 기분이 들었다. 그리고 오토와칸의 단단함을 본받고 싶다는 마음도 함께 일었다.

쓰타야 옆에 자리 잡은 동네 책방

16.

미네 후지코의 매력을 넘어서는 라이더를 보지 못했다. 물론 실존 인물이 아니다. 만화 『루팡3세』*에 나오는 캐릭터다. 그녀는 육중한 할리 데이비슨을 자유자재로 탄다. 할리를 제 몸 다루듯 부릴 수 있으려면 엄청난 괴력이 필요하

---

* 만화가 몽키 펀치가 1969년부터 연재한 작품. 그는 예쁜 여자를 좋아하는(그래서 미네 후지코에게 항상 당한다) 주인공 도둑 루팡 3세를 모리스 르블랑의 소설 『아르센 루팡』의 주인공의 손자로 설정했다. 1979년에 장편 만화영화로 제작된 『루팡 3세: 칼리오스트로의 성』은 미야자키 하야오 감독의 첫 장편 연출작이었다. 『루팡 3세: 칼리오스트로의 성』에서 미네 후지코는 할리 데이비슨이 아닌 트라이엄프 본네빌을 타고 등장한다. 2001년 『루팡 3세 Y』(창작미디어)가 국내에도 번역 출간되었으나 아쉽게도 마무리되지 못하고 절판되어 중고책으로만 구할 수 있다.

겠고 미네 후지코는 여성이 가진 모든 매력을 압축해 놓은 듯한 캐릭터다. 만화니까 물론 가능하겠지. 그녀는 『루팡3세』에서 오토바이로 연출할 수 있는 모든 장면을 보여 준다. 조금 더 현실에 가까운 캐릭터라면 『미션 임파서블: 로그 네이션』의 일사나 『배트맨 다크 나이트 라이즈』의 캣우먼 셀리나 카일 정도가 미네 후지코와 견줄 수 있을까. 라이딩 실력을 떠나 가장 아름다운 라이더를 꼽는다면 『로마의 휴일』에서 베스파 뒤에 조 브래들리를 태우고 로마 시내를 난장판으로 만든 앤 공주겠다.

일본에선 어렵지 않게 여성 라이더를 볼 수 있었다. 홋카이도로 넘어가는 페리에서 상처투성이 혼다 CRF250L에 간단한 야영 장비만 싣고 컵라면이 든 비닐봉지를 든 라이더를 만났다. 낡고 해진 그의 라이딩 기어*를 보는 순간 '엄청난 고수다!' 하고 감탄했다. 그는 바람처럼 내 앞을 지나쳐, 지정된 공간에 아주 부드럽고 능숙하게 자신의 오토바이를 세웠다. 처음에 키 작고 호리호리한 몸집에 날카로운 눈빛을 가진 남자일 거라 생각했는데 헬멧을 벗는 순간 엄청난 반전이. 긴 머리가 바닷바람에 흩어졌고 고운 얼굴에서 빛이 났다. 거짓말 보태지 않고 그녀는 미네 후지코만큼 매력 있고 오드리 헵번보다 아름다웠다! 홋카이도에 도착

---

* 오토바이를 타기 위해 갖춰야 할 보호구가 들어간 의류, 부츠, 장갑 등을 말한다.

한 그녀는 빗속을 뚫고 나보다 앞서 북쪽을 향해 떠났다.

숙소에서 우에노역 가는 길(쇼와 거리)에는 오토바이 매장이 많은 덕분에 실컷 눈요기했다. 오토바이는 물론이거니와 용품까지 매일 구경할 수 있었다. 그곳에 을지로처럼 오토바이 매장이 모여 있을 거라곤 상상도 못했다. 한국 같았으면 걸려서 벌금깨나 물었을 것 같은 커스텀 오토바이부터 최근 출시된 모델까지 골목길에 주차되어 있었고, 작은 빌딩 전체가 오토바이용품 매장인 곳도 있었다. 빅비트 35.714819, 139.779246 @ www.big-beat.co.jp나 라비 35.714817, 139.779660 @ rabee.co.jp 같은 대형 매장뿐 아니라 커스텀 바이크를 제작해서 판매하는 아스카모터스 35.715029, 139.779788도 구경할 만했다. 굳이 매장에 들어가지 않아도 온갖 종류의 오토바이가 길가에 서 있으니 '오', '아' 같은 감탄사를 나지막이 연발하며 걸을 수밖에 없었다.

가장 관심 있게 본 곳은 라비 2층에 있는 여성 라이더 전용 코너였다. 국내에선 오토바이를 즐기는 여성을 보기 힘들뿐더러 연인이나 남편이 오토바이 타는 것을 불편해하는 경우가 대부분이다. 오토바이를 '철없는 남자의 장난감'이고 '난폭하고 위험한 물건'이라고 믿는 까닭이다. 물론 일본에서도 그런 생각을 가진 사람들이 있겠지만, 여유롭게

쇼와 거리에는 오토바이용품 매장이 많다. 사진 속 오토바이는 혼다 골드윙을 커스터마이즈했다. 6기통 수평대향 엔진에 배기량이 무려 1800시시다.

라이딩을 즐기는 여성도 자주 보였으니 그런 여성 라이더를 위한 매장이 존재하는 것은 어쩌면 당연한 일인지도. 유튜브에서 보았던 야마하 SCR400 광고 영상의 주인공도 여성이었다. 광고에서 회사 일에 지친 여성이 SCR400을 타고 가볍게 숲길을 지나 어느 해변으로 달려간다. 누가 봐도 여성을 타깃으로 삼은 광고였다. 매장에는 붉은 할리 데이비슨를 타고 있는 미네 후지코 피규어가 당연한 듯 놓여 있었다.

쇼와 거리에서 아무 생각 없이 정신을 빼놓고 구경한 탓에 또 일정이 밀렸다. 숙소에서 나설 때 알차게 보고 와야지 하고 먹은 마음과 달리 오토바이 매장 앞에서 서성거리다 시간을 보내고 말았다. 도쿄에 머무는 동안 책방보다 이곳 쇼와 거리에서 허투루 보낸 시간이 더 많은 듯하다. 일찍 나섰음에도 반나절을 이곳에서 구경하는 데 허비했다.

하쿠넨百年 35.704562, 139.577406 @ www.100hyakunen.com은 주오선을 타고 기치조지역으로 가야 한다. 노마드북스와 오토와칸이 있는 니시오기쿠보역보다 두 정거장이 더 멀다. 이 근처에 둘러볼 책방이 많다는 사실은 노마드북스와 오토와칸을 다녀온 다음에야 알았다. 지브리미술관에 가겠다고 마음먹은 날, 처음부터 주변에 가 볼 만한 책방을 꼼꼼하게 조사했더라면 이런 일이 없었을 텐데. 기치조지역에 내려 약 150미터를 걸어 쓰타야 기치조지점을 지나 코너를 돌면 낡은 건물 2층에 자리 잡은 햐쿠넨이 보인다. 쓰타야를 지나며 설마 이렇게 가까운 거리에 동네 책방이 있을까 의심했었다. 쓰타야와 직선거리를 재면 20미터쯤이나 떨어져 있을까. 예를 들자면 교보문고 옆에 책방을 하는 것과 비슷한 일이다. 거기다 1층도 아니고 2층에 자리 잡은 불편한 책방이라니. 나도 처음 책방을 열었을 때 2층에 자리 잡았었다. 1층보다 세가 저렴한 대신 많은 불편을 감수할 수밖에 없었다. 책을 들고 오르내릴 때마다 2층에 책방 내는 것을 반대했던 분들의 목소리가 귓가에 다시 울렸다.

쓰타야 바로 옆도 모자라 2층에 자리 잡은 햐쿠넨의 패기(?)가 놀라웠지만 문을 열고 들어서자마자 햐쿠넨이 존재 가능한 이유를 깨달았다. 동네 사람을 위해 모든 것을 갖춘 책방이었다. 새 책과 헌책을 가리지 않았고 장르도 한쪽으로 쏠림이 없었다. 동화책부터 아기자기한 소품, 문구류까지 단정하게 놓여 있었다. 특히 예술서과 그림책이 많았다. 복잡하지만 굉장히 세심하게 신경 쓴 모양새였다. 이렇게 책방을 가꾸기란 하루 내내 움직이지 않으면 불가능한 일이다. 평일 오후였지만 끊임없이 손님이 방문했다.

운명의 책을 만날 수 있도록 어디에 어떤 책이 있는지 말하지 않습니다. 서가에서 눈에 띄는 책을 찾아도 좋고 오늘 저녁은 무얼 먹을까 근처 쇼핑센터에서 고민하듯 그런 분위기가 좋다고 생각합니다. '역사'에서 떨어져 나온 책이나 왠지 모르게 갖고 싶었던 책을 찾기 바랍니다. 만약 그런 책을 만났다면 기쁠 테고 만나지 못했다면 다음 기회가 있겠지요. 헌책방에서 이런 소소한 행운을 만나는 것이 중요하다고 생각합니다.

웹매거진 theworldelements.com의 인터뷰 기사에 실린 하쿠넨의 책방지기 다루모토 도모히로 씨의 책방 소개다. "운명의 책을 만날 수 있도록 어디에 어떤 책이 있는지 말하지 않는다"라는 그의 이야기에 크게 공감했다. 나 같은 경우엔 책이 어디 있는지 몰라서 알려 줄 수 없는 경우지만…… 어쨌거나 하쿠넨에는 나와 같은 여행자는 없고, 대부분 동네 주민이었다. 직원과 자유롭게 이야기를 나누었고 어떤 손님은 책을 팔러 왔다. 어떤 손님은 아이 손을 잡고 와서 익숙하게 동화책을 골랐다. 나도 함께 동화책 서가에서 토미 웅거러의 책을 들고 고민에 빠졌다. 『Kein Kuß für

대형서점 쓰타야 가까이에 자리 잡은 하루쿠네의 내부.
동화책부터 문구류까지 작은 동네 책방이 갖출 수 있는
모든 것을 구비하고 있다.

운영 시간, 주소, 연락처, 책 매입 정보를 담고 있는 햐쿠넨의 안내문.

햐쿠넨에서 고른 책, 세계적인 패션 디자이너 위르겐 렐의 『On the Beach 1』

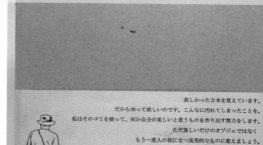

On the Beach 1

Jurgen Lehl

美しかった日本を覚えています。
だから知って欲しいのです。こんなに汚れてしまったことを。
私はそのゴミを使って、何か自分が美しいと思うものを作り出す努力をします。
ただ美しいだけのオブジェではなく
もう一度人の役に立つ実用的なものに変えましょう。

ヨーガン レール

Mutter』를 살까 말까 만지작거렸다. 국내에는 2003년에
『엄마 뽀뽀는 딱 한 번만!』(비룡소)이라는 제목으로 번역되어
나왔다. 『곰 인형 오토』(비룡소)를 읽고 작가를 좋아하게 되었
다. 전쟁이 얼마나 참혹하고 어리석은 일인지 알려 주는 작
품으로, 내가 읽은 거의 유일한 그림책이었다. 전쟁, 불평등,
인종차별 등 토미 웅거러가 꺼내는 주제는 무겁지만 유머와
익살을 잃지 않고 아이들의 눈높이에서도 벗어나지 않는다.
아이도 부모도 함께 보면 좋다고 추천하고 싶은 책이다. 옆
에서 책을 고르는 아이에게 『Kein Kuß Für Mutter』를 쥐
어 주고 싶었다. 만약 이 책을 읽으면 씩씩하고 자립심 강한
아이로 자랄 텐데.

　"책을 정성껏 다룰 수 없다는 사실이 점점 견디기 힘들
었어요."

　대량으로 입고되고 대량으로 반품되는 대형서점 일에
회의를 느낀 다루모토 씨가 햐쿠넨을 연 것은 2006년. 책
에 충실한 서점을 만들고 싶은 꿈을 실현했다. 그는 '커뮤니
케이션'이 서점의 가장 중요한 역할이라 믿고, 책을 판매하
는 동시에 토크 이벤트와 전시를 꾸준히 열어 서점을 지역
주민과 작가를 이어 주는 공간으로 자리매김시켰다. 토크
이벤트는 주로 다루모토 씨가 직접 사회를 보며 진행한다.

이벤트를 준비하는 것만으로도 굉장한 에너지를 써야 하는데 직접 행사를 진행하는 건 실력이 없으면 불가능한 일이다. 작가와 작품에 대한 사전 지식이 필요하니 공부는 필수고, 매끄러운 진행을 위해선 남다른 재능이 필요하다. 단지 의욕만 있다고 해서 가능한 일이 아니란 걸 책방을 연 지 딱 1년 만에 깨달았다. 이렇게 자주 꾸준히 할 수 있는 햐쿠넨의 저력은 다루모토 씨의 것이기도 하겠지만 햐쿠넨을 아끼고 이벤트가 있을 때마다 찾아 주는 손님에게서 나오는 것이기도 하다. 홈페이지에 있는 토크 이벤트를 살펴보다 '헌책방이 작동하는 방법─즐겁게 책을 팔아요'라는 제목을 발견하곤 클릭했다. 기치조지, 니시오기쿠보 등 근처 헌책방 책방지기 5명이 모여 헌책방에 대해 이야기를 나눈 행사였다(이때도 다루모토 씨가 사회를 봤다). 도쿄에도 문을 닫는 헌책방이 많지만 열정 가득한 젊은 책방지기가 꾸리는 헌책방도 계속 생겨나고 있는 모양이다. 새로운 참여자 중엔 오토와칸에서 일을 배우고 독립한 스이추서점水中書店 suichushoten.com의 곤노 마코토 씨도 있다. 헌책방에 대한 고민과 지식을 공유하는 이런 모임이 있다면 얼마나 좋을까.

햐쿠넨에서 고른 책은 위르겐 텔의 『On the Beach 1』이었다. 그가 세계적으로 유명한 패션 디자이너인 줄은 나중에 이 책을 선물한 이에게 들었다. 그는 오키나와에서 오랫동안 살면서 바닷가로 떠내려 온 플라스틱 쓰레기를 주워 작품을 만들었다. 이 책엔 그가 작업하는 과정과 작품이 소개되어 있다. 이 책을 고른 이유는 책 속의 '색감'을 감추는 심심하고 군더더기 없는 표지가 마음에 들었기 때문이다. 이 책을 쥐고 햐쿠넨의 민트색 서가 사이를 두리번거리고 있는 동안, 덕성 선배에게 페이스북 메시지가 왔다. 덕성 선배는 유학 생활을 하고 일본 회사에 들어가 도쿄에서 자리를 잡았다. 대학 졸업 이후 선배 얼굴을 본 적이 없으니 벌써 20년 가까운 세월이 지났다. 새파란 청년이 이제 마흔을 넘기고 쉰을 바라보는 나이가 되었다. 세월은 정말 쏜살처럼 지난다. 맛있는 초밥을 사 주겠다고 했다. 선배가 알려 준 장소로 발걸음을 옮겼다. 일본 여행에서 처음이자 마지막인 식사 약속이었다.

오래된 책마을 진보초를 거닐다
고미야마서점부터 도쿄도서점까지

17.

진보초 헌책방 거리*를 처음 찾았던 때는 2010년이
었다. 서울 생활이 더는 내 몸에 맞지 않다는 사실을 깨닫
고 회사를 그만두었다. 아내에게 "월급쟁이는 나랑 안 맞는
것 같아"라고 폭탄선언을 했지만 아내는 덤덤하게 내 결정
을 받아들였다. 이미 오래전부터 조직 생활이 몸에 맞지 않
는 사람이라는 걸 알고 포기하고 있었던 것인지 모르겠다.
서울 생활에 대한 피로와 월급쟁이 삶에 대한 회의가 10년

---

*jimbou.info에 가면 진보초 헌책방 거리에 대한 많은 정보를 얻을
수 있다.

동안 풀리지 않고 쌓였고 별 대책도 없이 사직서를 냈다. 서울을 떠나 고향으로 내려가기 전 무작정 도쿄 여행을 계획했다. 도쿄를 목적지로 삼았던 이유는 그해 열리는 도쿄 국제도서전에 관한 기사를 우연히 보았기 때문이다. 이왕 다녀오는 거 도서전도 보고, 항상 가 보고 싶었던 진보초 헌책방 거리도 둘러보자 계획을 세웠다. 고향에 내려가 (회사 생활을 빼고) 어떤 것이든 다시 시작해야 하는 처지였고, 당장 시작할 수는 없겠지만 언젠가는 열게 될 헌책방에 대한 정보를 수집하기에도 도쿄 진보초는 적당한 여행 장소였다.

한창 더위가 시작되는 7월 초에 도쿄행 비행기를 탔다. 다음 날 아침 일어나자마자 진보초를 찾았다. 간다역*에 내려 책방들이 있는 골목에 들어서자마자 보물섬에 내린 듯한 기분이었다. 특히 난요도南洋堂 35.695193, 139.761095 @ nanyodo.co.jp 와 고미야마서점小宮山書店 35.695817, 139.759548 @ book-komiyama.co.jp 에선 잠시 넋을 잃었다. 홍대 앞 온고당이나 신촌의 숨어있는 책에서 구하기 힘든 사진책을 발견하곤 좋아서 어쩔 줄 모르던 나의 행복했던 과거가 완전히 부정당하는 기분이었다. 돈만 있다면 국내에서 발간한 사진책이 아닌 이상 이 두 서점에서 모두 구할 수 있을 것 같았다. 세계 유명 사진집을 수집해 그에 대한 내용을 집대성한 『The Photobook: A

History』는 파이돈출판사에서 기획하고 사진가 마틴 파가 저자로 참여했다. 마틴 파가 이 책을 쓰기 위해 일본의 진보초를 여러 번 찾았는데, 그때마다 사진집을 대량으로 구입해 진보초의 사진책 값을 올렸다는 이야길 들은 적이 있다. 두 서점이 아니더라도 세계에서 진보초만큼 사진책이 많은 곳이 있을까.

만약 이런 서점이 서울에 한 곳이라도 있었다면 사진책에 대한 괜한 소유욕도 버렸으리라. 굳이 소유하지 않아도 언제든 찾아와 좋은 사진책을 볼 수 있을 테니 말이다. 이사할 때마다 그 무거운 사진책을 이고 지고 다닐 필요도, 사진책을 구하러 어디로 갈까 고민할 필요도 없었을 테다. 아쉬운 마음도 컸다. 청계천이나 신촌쯤에 이렇게 예술서로 가득 찬 헌책방이 하나쯤 있는 것도 나쁘지 않을 텐데. 그게 그렇게 힘든 일인가, 잠시 시샘 어린 마음으로 두 서점의 서가를 훑었다. 당시 마음은 그랬다. 다니던 사진 잡지사가 더는 견디지 못하고 휴간하고 단행본을 출간하는 출판사로 새롭게 출발했었다. 사진을 즐기는 인구가 수백만이라고 하지만 정작 사진 잡지는 생명을 부지하기 힘든 시대라는 사실을 한동안 믿기 힘들었다. 사진 잘 찍는 법에 대한 가이드북만 팔릴 뿐 정작 좋은 작품을 담은 사진집은 초판조차 팔기 어려운 상황도 이해하기 힘들었다. 시간이 흐르면 가치를 더할 책은 사람들이 찾지 않고, 당장 가려운 곳을 긁어 주는 책만 만들어지고 팔리는 현실이 책을 만드는 처지에서도 독자의 처지에서도 안타깝긴 마찬가지였다. 어쨌거나 당시 난요도와 고미야마서점에서 단 한 권의 책도 사지 않고 참을 수 있었던 건 무시무시한 환율* 덕분이었다. 좋아하는 작가의 사진집을 앞에 두고서도 쉽사리 계산대에 가져갈 수 없었다.

이번 도쿄 일정에서는 일어나자마자 오토바이를 세워 둔 곳에 가서 오토바이가 무사하게 있는지 확인하는 것이 첫 일과였다. 출근 시간이고 우에노 공원까지 1킬로미터 정도 떨어진 도쿄의 중심가와 그리 멀지 않은 곳인데도 거리는 의외로 항상 한산했다. 땅값 비싼 도쿄에도 허물어져 가는 낡은 빈집과 빈 가게가 곳곳에 있었다. 워낙 크기가 작은 자투리 건물이라 부동산 업자도 수지 타산을 맞출 수 없으리라. 오토바이를 세워 둔 곳이 대로변인데도 오랫동안 움직이지 않았을 법한 오토바이 몇 대가 세워져 있었고 그 덕분인지 내 오토바이도 원래 그곳에 있었던 것처럼 보였다. 발로 툭툭 타이어를 차며 공기압이 그대로인지 확인하고 오일이 흘러내린 흔적은 없는지 살펴보았다. 5,000킬로미터

✱ 100엔당 1,500원에 가까웠던 걸로 기억한다.

넘게 달렸지만 지금까지 한 번도 말썽을 일으킨 적이 없었다. 엔진오일이며 연료 필터며 교체할 시기가 넘었지만 혹시나 주차해 둔 자리를 다른 사람에게 내어 줄까 봐 도쿄를 떠날 때까지 움직이지 않기로 했다. 모든 소모품 교체는 집으로 돌아가서 하는 걸로.

증명할 수는 없지만 물건도 그걸 사용하는 사람과 교감할 수 있는 영혼이 있다는 생각이 들 때가 있다. 만약 이 이야기를 진지한 철학자이자 라이더였던 로버트 M. 피어시그 앞에서 했다면 그는 피식 웃었을 것이다. 낡은 BMW R60를 타고 아들과 함께 여행을 떠났던 그는 유령이 있다고 믿느냐는 아들의 질문에 "비-과-학-적-이-기 때문에"라며 이렇게 덧붙인다.

> "유령들은 질량과 에너지를 지니고 있지 않아. 따라서 과학의 법칙에 따르면 그건 실제로 존재하는 것이 아니라 사람들의 마음속에만 존재하는 셈이지."—『선과 모터사이클 관리술』

한번 정을 붙이면 쉽게 떼지 못하는 성격인 탓에 마음에 드는 물건은 하찮은 것이라도 기능이 다할 때까지 가지고 있거나 새로 사는 값이 더 저렴해도 어떻게든 고쳐 쓰길 좋아한다. 지난 5년 동안 두 명의 주인을 거쳐 내게 온 오토바이는 내가 가진 애정 때문이었는지 알 수 없지만 이전 주인이 마음에 들지 않는다고 타박하느라 끝까지 찾지 못한 결점의 원인까지 내게 보여 주었다. 기어를 2단으로 바꿀 때쯤 귀에 거슬리는 쇳소리가 나는 이유를 전 주인은 찾지 못했고 나는 그 결점 때문에 시세보다 훨씬 저렴한 값을 치르고 이 오토바이를 데려왔다. 나는 엔진 쪽에서 소리가 나는 것이 아니라면 큰 문제가 아니라고 봤다. 얼마 지나지 않아 차체를 보호하는 철제 프레임 연결 부위의 작은 고무 부싱이 낡아 쇳소리가 들린다는 사실을 발견했고 손쉬운 방법으로 문제를 해결했다. 그 순간 나는 '비과학적이지만' 마음속에만 존재하는 나의 애정과 오토바이의 영혼이 서로 교감했다고 믿었다.

5년 만에 다시 찾은 진보초는 그때나 지금이나 그리 크게 변하지 않은 듯했다. 역시나 가장 먼저 찾은 곳은 고미야마서점이었다. 건축 분야가 메인인 난요도보다 사진이나 미술에 더 비중을 두고 있기도 하고 연중무휴에다 진보초역에서 더 가깝다. 서점 앞에 내놓은 파란색 플라스틱 상자에 윌리엄 웨그먼www.williamwegman.com의 사진집들이 싼값에 나와 있었다. 2007년 성곡미술관에서 그의 전시를 보았을 때 사진집이 비싸서 구입하지 못했는데 이건 폭탄 세일이나 마찬가지였다. 대부분 1,000엔이었고 500엔짜리도 있었다. 일본에서도 그의 전시가 있었던 모양이다. 그렇지 않고서야 이렇게 한꺼번에 한 작가의 사진집에 쏟아져 나오는 경우는 드물다. 모델이었던 개들의 우아한 포즈와 슬픈 눈망울을 잊을 수가 없다. 개도 표정이 있는데, 그가 키우고 모델로 삼은 호박색 눈빛이 아름다운 바이마라너종은 성견이 될수록 슬픈 얼굴로 변한다. 전시를 보며 사람과 참 많이 닮았다고 생각했었다.

처음 찾았던 때처럼 이번에도 고미야마서점에서 오랜 시간 사진집을 구경하며 시간을 보냈다. 좋아하지만 국내에선 쉽게 구하기 힘든 사진가의 사진집을 발견할 때마다 쉽게 돌아설 수가 없었다. 특히 『William Eggleston, 2 ¼』은 정말 소장하고픈 사진집이다. 윌리엄 이글스턴의 작품을 좋아한다. 그의 사진은 겉으로 보기엔 이야기를 걷어 낸 것처럼 무미건조하지만 수많은 이야기의 잔상을 치밀하게 숨겨놓은 듯한 데가 있다. 굳이 예를 들자면 배우는 떠났지만 감동은 그대로 남아 있는 빈 무대를 보는 느낌이랄까. 에드워드 호퍼의 그림과도 묘하게 맞닿아 있다. 색과 조형미를 그

고미야마서점 입구. 왼쪽 전광판 아래 윌리엄 웨그먼
사진집이 가득 있었다.

주차장을 개조한 '500엔 서점'. 합판과 각목을 덧대 만든 매대에 주목.

처럼 자유자재로 쓰는 사진가는 쉽게 찾아보기 힘들다. 하지만 값을 보고 살며시 내려놓았다. 아껴도 부족한 터에 마음에 드는 책이 있다고 막 구입했다간 집으로 돌아갈 기름 값을 걱정해야 할 처지다. 이제 더는 책을 넣을 곳도 없다.

　　고미야마서점에서 나와 오른쪽 골목으로 꺾으면 주차장을 개조한 '500엔 서점'(사실 따로 간판이 없다)이 나온다. 여기서 파는 책은 모두 500엔인데 5년 전과 마찬가지로 성업 중이었다. 그때도 책을 고르는 손님이 많았다. 책의 대부분은 그저 그런 실용서나 자기계발서나 소설이었지만 책이란 그걸 읽는 독자의 쓰임에 따라 가치가 달라지는 법이니 그 사이에서 좋은 책을 골라내는 눈 밝은 손님이 있으리라. 이 서점의 간단하고 효율적인 매대에 눈길이 갔다. 적당한 두께의 판자 양쪽 가장자리에 각목만 댔을 뿐인데 손님이 보기 편한 매대로 훌륭하게 변신했다. 책상 위나 플라스틱 상자 위에 올려놓고 책을 진열하기에 편해 보였다. 오랫동안 책을 팔아 온 사람의 노하우겠지. 어디론가 책을 옮길 때도 정리하기 쉽고 장사가 끝난 후에도 벽에 세워 두면 자리도 크게 차지하지 않을 테니 유용한 아이디어였다. 혹여 야외에서 책을 팔아야 할 일이 있다면 저 방식 그대로 만들면 되겠다.

야스쿠니 거리에서 한 블록 더 들어가면 오래된 잡지를 주로 파는 마그니프magnif 35.695241, 139.759741 @ magnif.jp가 있다. 여전히 자리를 지키고 있는 것이 반가웠다. 이곳에서 태평양전쟁 시절 일본군의 활약상을 홍보하기 위해 만든『사진주보』寫眞週報를 구입했었다. 일본이 점령했던 모든 지역에 배포했던 잡지였는데 배포처에는 조선총독부도 포함되어 있었다. 가미카제 특공대원이 출격 전 마지막 술잔을 담담히 들이키는 표지가 강렬하게 다가왔다. 죄 없는 젊은이들을 천황과 국가를 앞세워 죽음으로 내몬 광기는 찾아볼 수 없었다. 이런 사진은 언제나 진실을 이면에 감추고 드러내고 싶은 이야기만 포장해 내놓는다.『사진주보』는 더 찾을 수 없었다. 일제강점기 시절을 연구한다면 자료로 쓸 만한 잡지일 텐데. 처음 찾았을 당시에는 밖에 내놓은 매대에『사진주보』가 가득했었다.

이번에는 상자 속에 잡지『라이프』time.com/photography/life가 정리되어 있었다. 2007년에 폐간된『라이프』는『타임』을 창간했던 헨리 루스가 글보다 사진을 전면에 앞세워 기획한 잡지였다. 1936년 첫 호가 나온 이래 쟁쟁한 사진가가『라이프』와 작업하고 명성을 쌓았다. 무엇보다 창간 시기가 절묘했다. 3년 후 터진 제2차 세계대전은 비극이었

마그니프. 오래된 잡지와 포스터, 아기자기한 소품을 주로 판다.

마그니프에서 구입한 『라이프』 1969년 8월 4일 자.

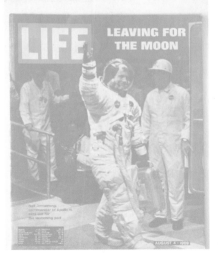

지만 헨리 루스에게 절호의 기회를 주었다. 방송이 아직 역할을 할 수 없었던 시절에 『라이프』는 사진으로 현장을 생생하게 전달했다. 하지만 영원할 것 같았던 『라이프』도 변화에는 결국 버티지 못했다. 나는 영화 『월터의 상상은 현실이 된다』에서 『라이프』의 사진 편집자였던 주인공 월터 미티가 마지막 호에 넣을 표지 사진을 위해 숀 오코넬을 찾아다니는 모습을 보며 감정이입했었다. 잡지의 시대는 저물었고 『라이프』는 잡지의 영광과 상처를 대표하는 존재다.

혹시나 하고 태평양전쟁이나 한국전쟁 관련 화보가 실린 것을 찾았으나 대부분 1970-1980년대에 발간된 것이었다. 그러다 그중에서 닐 암스트롱이 아폴로 11호 발사대에 오르기 직전의 모습이 표지 사진인 호를 발견했다. 1969년 8월 4일 자였다. 아폴로 11호가 달 표면에 발을 디딘 것은 1969년 7월 20일이다. 아폴로 11호와 달 착륙에 대한 화보를 보는데 사진 배치가 시원시원했다. 지금 보아도 촌스럽지 않은 파격적인 구성이다. 내가 고른 『라이프』는 일본에서 발매된 영문판이다. 일본의 '우주에 대한 동경'은 꽤 유난스러울 정도니 당시 많은 부수가 팔리지 않았을까. 미국이 아폴로 11호를 달에 착륙시키는 데 성공하자 전 세계가 열광했고, 일본도 예외는 아니었다. 일본은 그다음 해에 우주발사체 L-4S-5에 23킬로그램짜리 소형 인공위성 '오스미'를 실어 우주로 보낸 이후 지금까지 어마어마한 투자를 하고 있다.

일본의 동경이 가장 강하게 드러나는 곳이 애니메이션이다. 우주를 배경으로, 특히 달을 소재로 만든 작품 중에 내게 인상적인 작품은 바로 2006년 시리즈물로 제작된 모리타 슈헤이 감독의 애니메이션 『프리덤』이었다. 식품회사 닛신이 제작비를 댄 이 작품에서 주인공들이 월면도시에서 지구로 탈출해 오는 데 사용한 로켓이 바로 아폴로 11호를 쏘아올린 새턴V였다. 그리고 다시 지구에서 월면도시로 출발하는 곳은 폐허가 된 플로리다의 케네디 우주센터였다. 얼마나 꼼꼼하게 고증해서 그렸는지, 보면서 무척 놀라웠다. 이 작품뿐 아니라 오타가키 야스오의 『문라이트 마일』(서울문화사)*도 빼놓을 수 없다. 이 모든 작품의 뿌리가 아폴로 11호의 달 착륙에서 시작되었다는 건 부정하긴 힘들다.

진보초에서는 눈만 돌리면 책방이 보이기 때문에 마음 내키는 대로 어디든 들어가서 구경했고, 다음에 다시 찾아올 것을 염두에 두며 구글맵에 위치를 저장했다. 도쿄의 진보초가 교토 헌책방 거리보다 그나마 활기 있게 느껴지는 건 간혹 젊은 책방지기를 만날 수 있기 때문이다. 주변에 대

*2017년 2월에 22권까지 출간되었고, 아직 연재가 끝나지 않았다. 애니메이션으로도 나왔다. 달의 자원을 차지하기 위한 세계 각국의 갈등을 그리고 있다. 『프리덤』과 마찬가지로 우주 생활에 대한 고증을 거친 현실적인 묘사로 SF마니아에게 인기가 높았다.

학과 출판사가 많으니 아무래도 책에 관심 있는 젊은이가 자연스레 찾고 또 그들이 새로운 문화를 만들어 가는 원동력이 되겠지. 교토의 헌책방은 세월과 함께 그대로 스러지는 노년의 모습이라면, 딱 꼬집어 이야기할 수 없지만 진보초는 그 역사에 비해 아직 장년의 에너지를 가진 듯하다.

종일 진보초를 돌다 숙소로 돌아가기 전 북카페로 변신한 도쿄도서점東京堂書店 35.695273, 139.769956 @ www.tokyodo-web.co.jp에서 커피 한 잔을 놓고 쉬었다. 기억이 맞다면 5년 전에 도쿄도서점은 북카페가 아닌 일반 서점이었다. 진보초에서도 오롯이 책만 팔아선 버티기 힘들다는 것을 인정한 것일까. 책 한 권 사지 않고 나온 책방이 너무나 많은데 마지막에 내가 지갑을 연 곳이 커피를 파는 북카페니 생존을 위한 책방의 변화는 어쩌면 필연일지도 모르겠다. 이시바시 다케후미의 『서점은 죽지 않는다』(시대의창)에 나오는 글이 생각났다.

서점은 어디로 가는가? 앞으로의 서점의 모습은 어떤 것일까? 막연한 나의 질문에 하라다 마유미(히구라시 문고)는 "알고 있다면 할 필요가 없겠죠. 대개는 답을 모르기 때문에 하는 것이 아닌가요?"라고 대답한다.

습관처럼 주머니와 가방에 있는 물건을 탁자에 쏟아 놓고 정리하는 사이 거리가 어둑어둑해졌다. 다시 진보초에 책 구경을 하러 오려면 또 몇 년을 기다려야 할까.

+

덧붙임.

한국 문학 번역 소개부터 판매까지, 진보초의 한국 책방 책거리

진보초에 한국 책방 '책거리'35.695770, 139.758963 @ www.chek-ccori.tokyo가 있다는 사실을 여행 중에는 알지 못했다. 2016년 8월에 부산에서 열린 『시바타 신의 마지막 수업』(남해의 봄날)의 저자인 이시바시 다케후미 씨의 강연회에 참석하고서 당시 통역을 맡은 김승복 대표가 책거리를 꾸리고 있다는 이야길 들었다. 1903년 문을 연 진보초의 터줏대감 잇세이도서점一誠堂書店 35.695818, 139.758839 @ isseido-books.co.jp 바로 옆 건물(책방을 마주 본 상태에서 왼쪽 소바 전문점이 있는) 3층에 있는 줄 진작 알았다면 진보초뿐 아니라 도쿄의 가볼 만한 책방에 대해 여쭤볼 수도 있었을 텐데 아쉽다. 잇세이도서점을 그날 몇 번이나 지나쳤는지 모른다. 진보초를 여행한다면 한국 책방 책거리는 이제 필수 코스일 듯.

『시바타 신의 마지막 수업』의 주인공 시바타 신은 진보초에 있는 유서 깊은 인문서점 '이와나미 북센터'의 책방지기로 50년 동안 일했고 지난 2016년 작고했다. 일본 서점업계의 스승이라 불리는 시바타 신을 이시바시 다케후미 씨가 3년 동안 밀착 취재해서 원고를 썼다. 진보초의 책방 이야기와 함께 일본 서점업계의 현실을 가까이서 들여다볼 수 있다.

|사| **집으로**
|잇| **책을**
|글| **부치다**

도쿄 동네 우체국 체험기

●

책은 무겁다. 여행자에게 책은 쓸모없는 '무거운' 물건일
뿐이다. 여행의 심심함(또는 고독)을 달래 줄 책 한 권쯤은
꼭 챙겨야 한다고 고집하는 사람도 있지만 내 기준으로 책은
여행길에 두고 가야 할 물건 중 첫 번째다.
욕심을 버렸음에도 더는 싣고 갈 수 없을 만큼 책이 늘어나
버렸다. 오토바이 뒤쪽에 달린 3개의 가방은 도쿄에 오기
전부터 책 때문에 포화 상태였다. 양 옆의 가방에는 각각
캠핑용 장비와 정비 공구가 들었고 위쪽 가방에는 옷가지와
세면도구, 일본에 와서 구입한 책이 자리를 차지했다.
나름대로 꼼꼼한 조사와 옛 경험에 비추어 필요 없는 물건을
과감하게 제외하고 여유롭게 떠났음에도 짐이 늘어나는 걸
막을 수 없었다. 늘어난 짐의 9할이 책과 각종 팸플릿과
종이류였다. 정확한 기록을 위해 영수증조차 버리지 않았던
탓이 컸다. 도쿄에 있는 동안 모은 '종이류'가 비집고 들어갈
공간이 더는 없었다.

도쿄를 떠나기 전날 모든 가방을 펼쳐 놓고 다시 짐을 쌌다. 책과 자료를 따로 분리해서 숙소에서 가장 가까운 동네 우체국35.720540, 139.784914(다이토이리야 우편국)으로 향했다. 우체국 규모는 그리 크지 않았다. 책을 보낼 때마다 찾는 우리 동네 '칠암 우체국'보다 작았다. 입구에서 어떻게 해야 하나 우물쭈물하고 있는데 기다리고 있었던 것처럼 밝은 미소가 매력적인 직원이 택배 상자를 꺼내고 소포 우편 서류를 내 앞에 내밀었다. 이마에 '한국으로 소포 보내러 왔어요'라고 써 붙여 놓기라도 했단 말인가. 단지 나는 종이 가방만 들고 있었을 뿐인데. 포장하고 서류를 작성하는 동안 그녀는 가만히 옆에 서서 내가 하는 모양새를 지켜보았다. 보내는 곳 주소란 위에서 한참 볼펜을 들고 시간을 끌고 있었다. 여행자인 내가 도쿄에 주소가 있을 턱이 있나. 어떻게 하나 잠시 고민하고 있자 그녀가 "호테루 어드레스"(숙소 주소)라고 예의 그 밝은 미소를 보내며 말했다. "아! 아리가토 고자이마스~"(아, 고맙습니다) 하고 인사했다. 그녀와 눈이 마주쳤다. 난감해하는 손님을 적시적재적소에서 돕는 능력은 훈련된 것일까, 아니면 타고난 것일까 궁금했다. 가끔 이런 탁월한 능력을 가진 사람을 만나면 숨어 있는 스승을 만난 기분이다. 10권의 책을 읽는 것보다 이런 이의 행동을 관찰하거나 대화를 하는 편이 훨씬 배움이 크다. 만약 그녀가 책방에서 일한다면 어떤 책을 살지 머뭇거리는 손님을 보고 가만히 있지 않으리라.

일본에서 보낸 소포 상자. 도쿄의 특색을 살려 디자인했다.

책방지기이면서도 나는 자주 내 업종이 '서비스업'이라는
사실을 잊는다. 손님과 담을 쌓기에 바쁘고, 가능하면
노출되지 않는 구석진 곳을 찾는다. 핑계를 만들어 책방을
비우기 일쑤고. 책을 추천해 달라고 하면 헌책방엔 스스로
찾는 재미로 오는 거라며 슬그머니 옆으로 샌다. 처음 책방을
열었을 무렵에 찾았던 한 손님은 "손님에게 전혀 신경을
쓰지 않는 책방이라 좋아요"라고 칭찬(?)했었다. 그 말을
순수하게 칭찬으로 받아들였다. 헌책방이 배경인 영국
드라마『블랙북스』*의 주인공 책방지기 버나드 블랙까지는
아니더라도 꽤나 불성실하고 불량한 책방지기였음을 그녀
덕분에 다시금 깨달았다. 하지만 어쩌랴 다시 태어나도

---

* 2000년 9월부터 2004년 4월까지 영국 Channel4에서 방영한 시
트콤. 시즌3까지 제작되었다. 책방을 운영하는 분이 보면 묘한 카타
르시스를 느낄 수 있을 듯.

친절한 책방지기가 될 순 없으리라.

상자에 포장해서 저울로 잰 무게는 딱 4킬로그램. 선편으로
보내는 비용은 2,250엔에 배송 기간은 약 2주 정도 걸린다.
EMS나 항공편이라면 요금이 두 배 가까이 비싸지만
빠르면 3일, 늦어도 일주일 안에 닿는다. 급한 경우가
아니라면 굳이 이렇게까지 비싼 돈을 들여 소포를 보낼
필요가 없다. 여기저기 이동하지 않고 편하게 비행기를
타고 다녀올 여행이라면 여행용 가방 가득 책을 구입해
올 수 있다. 다만 짐을 쉽게 늘릴 수 없는 상황이라면 이렇게
소포로 부치는 것도 방법이다. 단지 4킬로그램을 줄였을
뿐인데도 엄청난 짐을 내려놓은 기분이었다. 이제 더는 책을
사지 않겠다고 굳게 다짐하고 우체국 문을 나섰다. 뒤를
돌아보자 여전히 그녀는 나를 보며 밝게 웃고 있었다. 그녀의
혼네ほんね(속마음)와 다테마에たてまえ(겉모습) 사이의
거리는 얼마나 될까, 속 좁게도 잠시 머릿속으로 계산했다.

18.

사케 마시고
나라의 책방 골목을 걷다

"스물둘."

도쿄를 떠나기 전 미리 지도를 보고 180도 코너를 돌아야 하는 헤어핀 코스의 숫자를 셌다. 후지산 2,305미터 고지의 고고메 휴게소까지 올라가는 152번 도로를 꼭 달려보고 싶었다. 이왕이면 후지산 정상까지 걸어갔다 내려오면 좋겠지만 그건 다음 기회로 미뤘다. 도쿄에서 후지산 동쪽에 있는 고텐바까지 가서 152번 도로를 달려 고고메 휴게소까지 올랐다가 나고야를 거쳐 나라까지 가기로 계획을 세웠다. 그러나 들어올 때처럼 나갈 때도 도쿄는 호락호락하지 않았다. 시내에서 엄청나게 헤매다 결국 도메이 고속도로를 타고서야 겨우 '탈출'할 수 있었다. 오전 9시에 출발해, 도쿄를 벗어나 후지산에 도착한 시간은 오후 1시가 가까워서였다. 약 100킬로미터 거리를 달리는 데 4시간 가까이 걸린 셈이다. 도쿄에 들어올 때 했던 실수를 반복하지 않기 위해서 전날 밤 미리 지도를 보며 꼼꼼하게 최단 시간에 도쿄를 빠져나갈 계획을 세웠음에도 도심의 러시아워를 당해 낼 수는 없었다.

그럴 일은 없겠지만 다시 오토바이를 타고 도쿄를 갈 일이 있다면 한적한 시외에 숙소를 잡고 전철을 이용하는 편이 좋겠다. 무거운 짐을 싣고 엔진에서 올라오는 열과 앞차가 내뿜는 매연에 고통스러워하며 도심을 벗어나는 일은 굉장한 인내심과 체력이 필요하다. 더구나 무더운 여름이거나 비가 내리는 날이면……. 상상만 해도 멀미와 현기증이 난다. 이도 저도 아니면 아예 차가 많이 다니지 않는 새벽에 움직이는 편이 나으리라.

고텐바에서 23번을 따라 152번 도로로 이어지는 지역에는 일본 자위대 군사훈련장이 있다. 보기만 해도 위압적

해발 약 2,300미터에서 바라본 후지산 정상부. 오토바이로
오를 수 있는 가장 높은 지점이다.

인 군용 트럭과 장비가 도로를 끊임없이 오고 갔다. 후지산의 동쪽 기슭은 대부분 훈련장이라고 해도 좋을 정도로 넓은 면적을 차지하고 있다. 아베 정권은 호시탐탐 평화헌법 개정을 노리고 있다. 전쟁과 무력행사를 포기하고, 육해공군 전력을 보유하지 않으며, 국가 교전권을 인정하지 않는 헌법 제9조 1항과 2항에 대한 일본 보수 세력의 불만을 이용해, 헌법 개정으로 어떻게든 자위대를 군으로 승격시키고 일본에 자위권을 부여하려 한다. 미국은 동북아시아에서 군사 부담을 덜고 중국과 러시아를 견제하기 위해, 태평양전쟁에서 승리한 후 자신들이 기초했던 평화헌법을 개정하려는 일본의 행동을 눈감아 주고 있다. 문제는 국민 여론이지만 끊임없는 북한의 미사일과 핵 실험은 헌법 개정 쪽으로 여론을 몰아가려는 아베 정권의 좋은 도구가 되고 있다. 홋카이도 왓카나이와 이곳 후지산 기슭에서 보았던 자위대 차량과 장비를 보며(낡은 장비가 없었다) 단편적이나마 일본이 얼마나 많은 예산을 자위대에 쏟아붓고 있는지 짐작할 수 있었다. 자위대 병력은 23만 명으로 동북아 국가 중에서 가장 규모가 적지만, 예산은 우리 돈으로 50조 원이나 된다. 병력이 아닌 장비 면에서 본다면 일본은 동북아에서 가장 강력한 군사력을 가진 셈이다. 평화헌법 개정과는 상관없이 과거 침략을 당했던 주변국으로선 일본의 군사력 확장에 경계를 늦출 수 없다. 훈련장 사잇길을 달리며 자연환경을 보존하지 않고 굳이 후지산 기슭에 이렇게 대규모 군사훈련장을 만든 이유가 궁금했다. 혹시 군국주의 시대의 향수를 느끼며 자위대의 애국심을 고취하기 위한 수단으로 그들은 후지산을 이용하고 있는 것이 아닐까.

군사훈련장을 벗어나 152번 도로 헤어핀 코스가 시작되는 지점에서 이어폰을 끼고 레드 제플린의 「블랙독」을 틀었다. 가끔 배경음악이 필요할 때가 있다. 존 보넘의 드럼 연주는 정말 기가 막히다(콧수염도 멋있고). 오토바이 엔진 고동과 드럼 연주가 묘하게 어울린다. 부드럽게 액셀러레이터를 감았다. 하지만 이 멋진 길 위를 달리는 라이더는 나밖에 없구나 감격스러워하는 것도 잠시였다. 짙은 초록색 가와사키 닌자 ZX를 타고 급경사의 헤어핀 코스를 동네 밤 마실 가듯 달리는 친구들을 만났다. 엄청난 실력을 가진 라이더들이었다. 내가 도착하기도 전에 그들은 이미 고고메 휴게소를 찍고 내려갔다.

고고메 휴게소35.336608, 138.733758에 올라 후지산 정상을 보았다. 사진이나 그림으로 항상 눈 덮인 모습만 보았는데 수풀도 없이 황량했다. 안개에 휩싸였다, 안개비가 내렸다,

햇빛이 나길 반복했다. 잠시 벤치에 앉아 산 아래 풍경을 바라보았다. 나라까지 남은 거리 약 410킬로미터. 현재 시각 오후 1시. 고속도로가 아닌 국도로 시즈오카와 하마마쓰 시내를 통과해 달리려면 최소 8시간은 잡아야 한다. 결국 나라로 바로 들어가는 것은 포기하고 나고야에서 하룻밤 묵고 일찍 나라에 가는 걸로 계획을 수정했다.

　　나고야에서 쉬고 이튿날 오후 나라에 도착했지만 대학 후배 L에게 답장은 없었다. 후배 L은 한국에서 만난 일본 사람과 결혼해 나라에서 살고 있었다. 나라대학에서 유물 복원 분야를 공부하고 남편과 함께 박물관에서 일했다. 2009년 일본에 왔을 때 후배의 도움으로 오사카와 나라에 있는 책방을 둘러볼 수 있었다. 후배가 아니었으면 많이 헤맸을 테다. 후배의 안내로 짧은 시간 동안 많은 책방을 방문했다. 다시 만날 수 있을까 싶어 예전 주소로 메일을 보냈는데 답이 없었다. 혹시 연락이 닿을까 하고 L과 친했던 후배에게 기별을 넣었지만 그 후배도 서로 소식을 전한 지 오래되었다고 했다. 쉽게 연락을 주고받을 수 있는 시절인데도 무심하게 지내다 이렇게 무슨 일이 생겨서야 메일을 보낸 나의 잘못이 크다. 다시 만났으면 그때 진 빚을 갚았을 텐데.

　　나고야에서도 나라에서도 더는 욕심내서 책방을 찾아

다니지 않으려 했다. 돌아가는 길에 히로시마의 아카데미서점만 찾아보고 어디서 묵든 여유롭게 동네 골목길 산책이나 하자고 마음먹었는데 예약한 숙소 'ML 인터내셔널 호스텔'34.685493, 135.812168 @ www9.plala.or.jp/ml-hostel에 도착하자 숙소 바로 앞이 게이린도서점啓林堂書店 34.685034, 135.811767 @ books-kei-rindo.co.jp이다. 책방을 피해서 다니려고 했더니 이제 굳이 찾아다니지 않아도 자연스레 눈앞에 나타난다.

게이린도서점은 신오미야역 바로 옆에 있지만 서점 앞으로 많은 사람이 오가진 않았다. 출퇴근 시간이 아니라면 한적할 듯싶다. 게이린도서점은 나라 시내만이 아니라 인근 지역까지 모두 6곳의 분점이 있는 큰 서점이다. 오전 9시에 문을 열어 오후 9시까지 영업한다. 게이린도서점에 대한 정보를 찾아보니 서다이지 지점이 있었는데 문을 닫았다. 그곳도 신오미야 지점과 마찬가지로 전철역과 아주 가까운 곳에 있었다. 사람이 많이 다니는 길목에 자리 잡고 있었지만 문을 닫을 수밖에 없었던 이유가 뭘까. 예전보다 매출이 떨어지고 더는 임대료와 관리비, 인건비를 감당할 수 없었기 때문이 아니었을까. 그 이유가 아니라면 서점이 문을 닫는 상황을 달리 설명할 방법이 없다. 나머지 서점은 어떨까. 나라의 인구는 약 36만 명, 진주와 거의 비슷하다. 일본도 중

늦은 밤 불을 밝게 켜 놓은 게이린도서점.

소도시에서 점점 문을 닫는 중형서점이 늘고 있다. 출판사도 서점도 1999년에 최고에 이르렀다 문을 닫는 곳이 가파르게 늘었다. 15년 사이에 출판사는 4,612곳에서 3,000여 곳으로 줄었고, 서점도 22,096곳에서 14,241곳으로 줄었다. 아마 게이린도서점 서다이지점도 사라진 8,000곳 가운데 하나일 것이다.

출판사나 서점 모두 힘들어하는 상황 속에서도 쓰타야만 홀로 성장했다. 쓰타야가 만년 1위 기노쿠니야의 아성을 누를 수 있었던 가장 큰 이유는 다이칸야마 쓰타야의 존재였다. 서점이 단순히 책을 파는 곳에 머물지 않고 라이프스타일을 파는 곳으로 진화하고 있다는, 그리고 그 선두에 다이칸야마 쓰타야가 있다는 사실에 독자는 열광적으로 반응했다. 그러나 대부분의 서점, 특히 지역에 기반을 둔 중소형서점은 쓰타야처럼 진화하는 데 실패했거나 시도조차 하지 못하고 문을 닫았다. 바뀌어야 생존할 수 있다는 사실을 피부로 느꼈을 테지만 '냄비 속의 개구리'처럼 속수무책이었던 곳이 대부분이었으리라.

오토바이를 세워 둘 곳이 마땅치 않아 결국 유료 주차장에 세웠다. 하루 900엔. 오토바이 주차장이 근처에 있으면 훨씬 저렴할 텐데 주차를 단속하는 경찰에게 물었지만 이 근처에는 오토바이 주차장이 없단다. 도쿄와 달리 나라는 거리가 말끔하다. 아무 곳에나 세웠다간 금방 주차 위반 단속에 걸릴 듯하다. 체크인 시간이 한참 남아 짐만 숙소에 맡긴 다음, 후배와 함께 다녔던 기억을 되살렸다. 그때 찾아 다녔던 책방 대부분이 긴테쓰나라역 근처에 있었다. 하지만 책방이 아닌 술집부터 먼저 찾기로 했다. 1884년에 문을 연 양조장 하루시카春鹿 34.677125, 135.834287 @ harushika.com에서 술을 마셨던 기억이 되살아났다. 긴테쓰나라역에서 내려 고후쿠지와 나라 공원을 지나 물어 물어 골목길 안쪽에 숨어 있는 양조장을 찾아냈다. 500엔을 내면 다섯 잔의 술을 시음할 수 있고 기념으로 예쁜 잔(마시던 잔)을 가지고 올 수 있다. 이틀 내리 열심히 달려서 몸이 노곤했는지 사케를 마시자마자 순식간에 취기가 올랐다. 다섯 잔을 내리 마시고 서비스로 한 잔 더해서 양조장 문을 나설 때는 제법 기분 좋게 취할 정도였다.

먼저 주가쓰쇼린十月書林 34.678897, 135.829162 @ www.ne.jp/asahi/gc/f-13th/oct.html부터 찾았다. 주가쓰쇼린만 찾으면 모치이도노초 골목을 따라 북쪽으로 계속 걸어가기만 하면 된다. 주가쓰쇼린에서 바구니에 담긴 운젠산 기념 책갈피를 찾았다. 가격은 100엔. 운젠산은 나가사키에 있는데 이곳 나라에서

책갈피를 찾다니. 삼각형 봉투에 모두 4장의 책갈피가 들어 있었다. 100엔을 내기엔 너무 싼 듯했다. 아사쿠라분코朝倉文庫 34.679869, 135.828966, 지린도서점智林堂書店 34.680673, 135.828919 @chirindote.exblog.jp, 후지케이도フジケイ堂 34.681056, 135.829187, 게이린도서점 나라점 34.683783, 135.827769을 차례로 만날 수 있다. 그리고 긴테쓰나라역에서 1번 출입구와 북쪽으로 이어진 골목길을 따라가면 다이가쿠도大学堂 34.684998, 135.828663, 도요즈미서점豊住書店 34.685199, 135.829012, 베니야서점ベニヤ書店 34.686634, 135.829128이 나온다. 가장 책이 많은 곳은 후지케이도, 가장 마음에 드는 공간은 역시나 '좁고 긴' 다이가쿠도, 가장 사진집이 많은 곳은 아사쿠라분코다. 만약 시간이 남는다면 나라시립중앙도서관 34.679918, 135.831405도 근처에 있으니 가 볼 만하다. 고즈넉하게 골목길을 산책하며 책방 구경하기 딱 좋은 거리다. 남쪽 끝 주가쓰쇼린부터 북쪽 끝 베니야서점까지 1킬로미터를 넘지 않는다.

아사쿠라분코에서 도몬 겐의 『고찰순례』古寺巡礼 사진집을 여러 권 보았다. 리얼리즘 사진의 거장으로 일본을 대표하는 사진가이지만 불교를 주제로 촬영한 사진집도 많이 남겼다. 나라에는 일본 화엄종의 대본산인 도다이지뿐 아니라 수많은 사찰과 신사가 있는 도시답게 불교 관련 서적이 많

같은 골목에 있는 베니야서점과 도요즈미서점.

주가쓰쇼린에서 구입한 국립공원 운젠산 기념 책갈피. 100엔이었다.

다. 교토와 마찬가지로 나라도 예전부터 경전을 다루는 책방이 많았으리라. 하지만 지금은 그 흔적을 찾기 어렵다. 평일 오후라서 그런지 골목길도 한산했고 헌책방엔 더더욱 사람이 없었다. 그나마 가장 규모가 큰 후지케이도에만 나이 지긋한 손님들이 있을 뿐이었다.

후지케이도에서 『인간실격』의 작가 다자이 오사무에 관한 책이 따로 쌓여 있는 것을 보았다. 네 번이나 자살을 시도하고 결국 연인 야마자키 도미에와 함께 다마가와강에 투신해 스스로 목숨을 끊은 그의 '자괴'를 나는 이해할 수 없다. 연인인 야마자키 도미에, 그의 무덤 앞에서 자살했던 제자 다나카 히데미쓰, 그의 작품을 읽고 허무에 빠졌던 수많은 독자는 무엇을 보았던 것일까. 그걸 밝히기 위해 수많은 연구자가 다자이 오사무를 파고드는 것일 테다. 단순하게 보면 그는 어린 시절에 부모에게 사랑받지 못하고 자라 억압과 폭력의 전쟁 시대를 견디지 못한 감수성 예민한 불행한 작가일 뿐이다. 그러나 그의 작품은 그의 죽음과 함께 묘한 매력을 풍긴다. 그의 작품과 삶이 따로 분리되어 있지 않기 때문이 아닐까. 만약 그가 스스로 목숨을 끊지 않았으면 그의 작품은 어떻게 해석되었을까. 모르겠다.

책방을 나와 터벅터벅 숙소까지 걸었다. 여행 내내 비

에 젖었다 말랐다 반복했던 부츠의 가죽이 갈라지고 터졌
다. 걸을 때마다 삐걱삐걱 소리가 났다. 발까지 온통 상처투
성이에 엉망이다. 술기운이 가시니 통증이 더 심해졌다. 벤
치에 앉아 끙끙대며 부츠에 양말까지 벗고 퉁퉁 불은 발가
락을 꼼지락거렸다. 잠시 『고도를 기다리며』의 에스트라공
과 처지가 비슷하다고 생각했다. 책을 사지 말고 싸구려 운
동화라도 사서 신을 걸 잘못했다. 집으로 돌아갈 날이 가까
이 다가오니 그제야 참았던 불편에 몸이 반응하기 시작한
다. 몸도 마음도 모두 간사하다. 해가 뉘엿 넘어가는데 하늘
엔 새 떼가 어지럽게 난다. 이제 마지막 목적지 히로시마 아
카데미서점만 남았다.

19.

뿌리내린 곳을
소중히 여기는 마음

히로시마 아카데미서점

나라를 떠나 마지막 목적지를 향해 달렸다. 마지막이라 생각하니 아쉬운 마음도 컸다. 무엇보다 더 깊게 들여다보지 못하고, 그야말로 주마간산으로 스쳐간 것 아닌가, 달리는 데 너무 많은 에너지를 쓰다 보니 정작 여유를 가지지 못하고 중요한 것을 놓치지 않았나 계속 여정을 뒤돌아본다. 그렇지만 어쩌랴, 이미 지나 버린 길을 다시 되돌아갈 수는 없으니. 아쉬운 마음 한편으로 드디어 긴 여행의 마침표를 찍는다는 안도감도 함께 밀려왔다. 언제 떠날 수 있을지는 알 수 없지만 시베리아 횡단에 대한 계획도 이번 여행을 통해 어느 정도 감을 잡을 수 있었다. 훨씬 가벼운 짐으로도 충분히 떠날 수 있겠다는 자신감이 생겼다.

히로시마의 아카데미서점アカデミイ書店 34.392975, 132.461895 @ www.academysyoten.jp은 오래전에 이미 두 번 다녀온 적이 있었다. 처음 갔던 해는 2012년이었다. 사진 촬영 출장 가는 친구들 사이에 얹혀, 나는 책방도 둘러볼 겸 비행기 표 값만 내고 겸사겸사 따라갔었다. 친구들이 일을 보는 사이 나는 히로시마 시내를 돌아다녔다. 원폭 돔을 보고, 평화박물관, 시립미술관 등 이곳저곳 쏘다니다 관광안내소에 들러 히로시마에서 가장 가 볼 만한 헌책방을 추천받았다. 문의를 받은 직원은 헌책방을 추천해 달라는 외국인 관광객은 처음이라며 주변 직원에게 묻고 인터넷으로 검색해서 약도를 그려 주었다. 두 곳이었는데, 두 곳 모두 '아카데미서점'이었다. 한 도시에 같은 이름을 가진 서점이 두 곳이라니 약도를 받아들면서 고개를 갸웃거렸는데 그중 한 곳이 분점이었다. 처음 찾아갔던 곳이 아카데미서점 분점인 가미야초점 34.394081, 132.459644이었다. 안내소 직원이 그려 준 약도에는 북오프와 분점이 가까이 있었다(알라딘이나 예스24가 운영

아카데미서점 본점.

하고 있는 중고서점 옆에서 동네 헌책방을 열고 있는 것과 마찬가지).

밖에서 보기엔 일반 서점과 특별히 다른 점은 없었지만 안에 들어서니 이곳이 왜 북오프 옆에서도 영업할 수 있는지 바로 알 수 있었다. 한쪽 유리 진열장에는 지역 연고 프로야구단인 히로시마 도요 카프와 관련된 물건이 진열되어 있었다. 선수 사인이 든 유니폼과 공, 배트, 각종 기념품에 상세한 설명과 함께 가격표가 붙어 있었다. 1950년대 야구장 입장권에 오래된 캐릭터 상품까지 다양했다. 그냥 일반적인 헌책방이 아니라 '야구 전문 헌책방'이라 불러도 좋을 만큼 야구에 집중하고 있었다. 자신만의 콘텐츠에 집중하는 것이 북오프 가까이에서 버틸 수 있는 힘이구나 생각했다. 지역 프로야구단에 대한 애정이 각별한 부산이나 광주에서 책방을 연다면 이 아카데미서점 가미야초점의 장단점을 따져 봐도 좋겠지만, 책방지기가 프로야구 열혈 팬이 아니라면 어려운 일일 테다. 팬이 간직할 만한 콘텐츠를 만드는 데 아직 많이 부족한 한국 프로야구단에 집중해서 책방을 운영하려면 오랜 준비 기간이 필요할 듯하고, 무엇보다 책방지기가 수집벽과 야구에 대해 전문 지식을 갖춰야만 가능할 듯싶다.

옛 기억을 떠올리며 나라에서 히로시마까지 열심히 왔건만 아카데미서점 본점에 도착하니 셔터 문이 반쯤 내려져 있었다. 시계를 보니 딱 저녁 8시 5분. 중간에 쉬는 시간까지 줄여, 나라에서 히로시마까지 약 400킬로미터를 10시간 동안 달려오는 동안 점심 먹는 시간을 빼면 거의 한눈을 팔지 않았다. 고속도로가 아닌 국도는 대부분 시속 50킬로미터가 제한속도이고 신호까지 지키려면 가까운 거리도 예상보다 시간을 많이 잡아야 한다. 고속도로로 가고 싶은 마음이 굴뚝같았으나 일본 고속도로 통행료는 정말 비싸다.

히로시마 아카데미서점에 시간 맞춰 도착하기 위해 재일교포 곽일출 선생님이 운영하는 오사카 히노데쇼보日之出書房 34.662349, 135.549922 @ hinode.koshoten.net에 들르려는 계획조차 포기했다. 오사카는 예전에 한 번 꼼꼼히 책방을 살펴보기도 했고(히노데쇼보는 아쉽게도 가 보지 못했다), 오사카도 워낙 큰 도시니 도쿄를 들고 날 때처럼 된통 고생하겠다 싶어 건너뛰었다. 오사카에 간다고 하면 적어도 이틀은 머무를 수밖에 없고, 오사카는 언제라도 마음만 먹으면 올 수 있을 거라 생각한 것도 곧바로 히로시마로 향한 이유였다.

중간에 어떤 일이 있을지 모르니 부산으로 떠나는 3일 전에는 히로시마에 도착하는 게 계획이었다. 혹시 문제가 있더라도 시모노세키 가까운 곳에 있는 편이 나았다. 경험상 여행에서 문제가 가장 많이 생기는 경우는 떠나는 날과 돌아오는 날이었다. 떠날 때는 마음이 설레 뭔가 빼먹는 경우가 많았고, 돌아오는 날은 긴장이 풀어져서 실수하는 때가 종종 있었다. 오토바이가 미끄러져 크게 다쳤던 때도 여행을 떠나는 날이었고, 오토바이가 고장 나 꼼짝 못하고 하루를 더 머물러야 했던 때도 여행에서 돌아오는 날이었다. 돌아오는 날이 가까울수록 긴장을 늦출 수가 없었다. 그래서 어떻게든 저녁 7시에는 도착할 줄 알았는데 그 예상이 빗나가 버렸다.

다시 오토바이 시동을 걸고 아카데미서점을 떠나 숙소에 들어가기 전 '한국인 원폭 피해자 위령비'를 찾았다. 위령비가 있는 평화 공원은 캄캄했고, 원폭 돔만 화려하게 조명을 받고 있었다. 예전에 히로시마 원폭 체험이 그대로 담긴 나카자와 케이지의 만화 『맨발의 겐』(아름드리미디어)*의 번역자 김송이 선생님을 뵙고 나카자와 케이지 선생을 인터뷰한 적이 있었다. 당시 나카자와 케이지 씨는 일본 정부가 이 작품의 해외 번역을 많이 지원했다고 들었다는 이야기에 "이 책은 전쟁 책임과 관련해 천황을 비판하는 내용을 담고 있

* 1973년부터 『주간 소년 점프』에 연재되어 반전반핵을 다룬 만화로 널리 알려졌다. 저자는 원폭 투하 당시 아버지와 동생들을 잃었다. 전쟁에 반대했던 자신의 가족이 태평양전쟁 말기 군국주의 일본사회에서 겪었던 불행한 경험과 그 시절의 일본에 거주했던 조선인에 대한 따뜻한 시선이 담겨 있어 국내 출간(2000년) 당시 주목받았다.

히로시마 원폭 돔.

히로시마 한국인 희생자 위령비 앞에서 묵념하는 아이들(2012년).

다. 실제로 일본 내 우익의 협박을 이겨 내고 신변을 조심하면서 진행한 작업이었다. 이를 일본 정부가 지원해 줄 리 만무하다"라며 "60년이란 세월이 흐른 오늘도 늘 (가족을 잃은) 그 원한에 얽매여 살고 있다. 죽어서도 이 원한을 가져갈 것"이라고 고백했다.

『맨발의 겐』에는 어려운 처지에 있던 자신에게 도움을 주었던 동갑내기 조선인 친구에 대한 이야기도 나온다. 1946년 8월 6일, 히로시마에 원자폭탄이 떨어졌을 때 숨진 조선인은 2만 명이 넘었고, 그 후유증은 여전히 계속되고 있다. 예전에 이곳을 찾았을 때 묵념하던 아이들이 생각났다. 나는 참배를 마치고 위령비가 빤히 보이는 벤치에 앉아 있었다. 이곳으로 수학여행 온 아이들이 많았는데 그중세 아이가 지도와 수첩을 꺼내더니 위령비 앞에서 손뼉을 마주치고 정성스레 명복을 빌었다. 그 모습에 나도 모르게 뭉클해졌다. 그 앞을 지나간 수많은 사람 중 위령비에 관심을 보이는 사람은 없었다. 내가 벤치에서 일어선 후에도. 평화기념관에도 조선인 희생자에 대한 자료는 거의 찾아볼 수없었다. 일제강점기에 일본으로 끌려와 모진 고생을 하고, 미국의 원폭 투하로 목숨을 잃고 피폭당해 오랜 세월 고통받아야 했던 조선인에 대한 쓸쓸한 증거였다. 손을 모은 아이들을 보면서, 종전 이후 끊임없이 대립했던 한국과 일본의 전쟁 세대, 그 그늘에서 벗어나지 못하고 있는 전후 세대가 진실한 화해를 하기는 현실적으로 힘들겠지만, 적어도 다음 세대를 위한 건강한 새싹이라도 남길 수 있도록 서로 노력해야 하지 않을까 생각했다.

　숙소인 하나 호스텔34.395097, 132.478765 @ hiroshima.hanahostel. com까지 겨우 와서 짐을 풀었다. 혼성 6인실을 배정받고 들어서니 연인이 한 침대에 누워 있다. 문을 열자마자 "쏘리, 스미마센"이 반사적으로 튀어나왔다. 헛기침을 한 번 하고 다시 문을 닫고 자정에 돌아오겠노라고 말했다. 눈치 없이 한 방에 있을 수는 없었다. 1층 로비로 내려오니 그사이에 데스크를 지키는 직원이 바뀌었다. 지도를 보며 로비에서 어슬렁거리고 있자 데스크에서 나를 물끄러미 쳐다보던 도모미 씨가 한국에서 왔느냐 유창한 한국말로 물었다(잠시 그녀가 한국인인가 착각했다). 2년 전 이화여대 어학당에서 공부하고 돌아왔단다. 히로시마에는 한국인 관광객이 많지 않아 한국말로 대화할 기회가 별로 없어 아쉽다고 했다. 배에서 꼬르륵 소리가 나서 도모미 씨에게 맛있는 라멘 가게가 근처에 있는지 물으니 꼼꼼한 설명과 함께 약도까지 그려 주었다. 도모미 씨가 추천한 라멘 집은 줄을 서서 먹어야 할 정도로 인기가 많은 집이었다. 라면을 먹고도 자정이 되려면 한참이나 남아 골목길을 어슬렁대며 시간을 보냈다. 번화가까지 다녀오려 했지만 숙소 가까운 편의점에서 캔맥주를 하나 사서 자정이 될 때까지 버텼다. 가난한 청춘을 위해 이 정도쯤은 아무것도 아니었다. 숙소로 돌아가서 조심스레 노크하는데 아무런 기척이 없었다. 문을 열고 들어가니 휑하다. 짐이 잔뜩 있었는데 깨끗하게 치워져 있고 내 짐만 한쪽에 놓여 있었다. 그사이 떠났나 보다 했는데 다음 날 아침에 그들을 부스스한 모습으로 다시 만났다. 사정을 해서 토모미 씨가 다른 빈방으로 안내했다고.

짐을 챙겨 아카데미서점으로 향했다. 마지막 행선지다. 고풍스러운 노면전차가 다니는 도시 풍경은 꽤 이색적이다. 나가사키, 구마모토, 교토, 삿포로, 하코다테 등 꽤 많은 도시에서 노면전차가 운행된다. 히로시마의 노면전차는 1호선부터 9호선까지(4호선은 없다) 시내 구석구석을 연결하고 있어 지하철처럼 이용하면 된다. 오토바이로 오지 않았으면 예전처럼 노면전차를 타고 이곳저곳 다녔을 테다. 아카데미서점에서 가까운 오토바이 주차장을 찾아 주차하고 가벼운 차림으로 아카데미서점을 찾았다. 3년 전과 달라진 건 없었다. 좁고 긴 빌딩 3층 전체가 서점이다. 당시 아카데미서점을 보고서 좁고 긴 공간에 대한 애정이 불타올라 내 책방을 열 때도 그런 공간을 찾으려고 무던히 노력했지만 결국 실패했다. 일본뿐 아니라 싱가포르, 태국, 베트남 등 동남아시아 여러 나라에 이렇게 좁고 안쪽으로 긴 건물이 많은 이유는 옛 시절에는 도로에 접한 면적이 넓을수록 세금을 많이 내야 했기 때문이라고. 좁고 긴 공간은 책방을 하기에 적합하다. 무엇보다 면적에 비해 많은 책을 효율적으로 꽂아 둘 수 있고, 구석진 곳 어딘가 숨어 있기 좋아하는 성격을 가진 책방지기라면 동굴 보금자리에서 쉬는 미어캣처럼 가장 안쪽에다 책상을 놓고 가만히 웅크리고 있을 수 있다. 아카데미서점 같은 빈 공간이 내게 주어진다면 참고 기다릴 수도 있었을 텐데 아무리 찾아도 없으니 아쉬울 수밖에.

1층 서가에는 히로시마 관련 책이 빼곡했다. 1층 입구에서 가장 가까운 서가에 배치된 지역사와 태평양전쟁, 원폭 관련 서적은 아카데미서점에서 가장 소중하게 생각하는 것이 무엇인지 보여 준다. 나는 한국과 일본에서 활동했던 다큐멘터리 사진가 데이비드 더글러스 던컨*의 『Photo Nomad』 일본어판을 이곳에서 구했었다.

아카데미서점은 여느 헌책방과 다르게 직원(4명이나 된다)이 모두 유니폼처럼 앞치마를 입고 손님을 대한다. 처

---

* 제2차 세계대전, 한국전쟁, 베트남전쟁까지 격전지를 누비며 취재한 '금세기 최후의 종군 사진가'로 2016년에 향년 101세로 사망했다. 2016년 대전 국제 포토저널리즘 사진전에서 '데이비드 더글러스 던컨 100주년 기념 사진전'이 열렸다.

음 아카데미서점에 왔을 때 가장 놀라웠던 게 바로 책방 규모에 비해 직원이 많았던 점이었다. 국내에선 아무리 규모가 큰 헌책방이라도 직원이 4명이나 있는 경우를 본 적이 한 번도 없었다. 매장이 커도, 대부분 온라인 판매를 위해 데이터를 입력하고 택배 발송을 하는 직원 정도를 따로 쓰지, 매장 손님의 편의를 위해 이렇게 직원을 두는 경우는 없었다. 책을 포장하고, 쿠폰에 도장을 찍어 주는 그 사소한 모습에도 정성이 느껴졌다. 1930년에 문을 열어 80년이 넘는 역사를 가진 서점만이 가질 수 있는 오라다. 오래되었다고 모두 그런 오라를 가질 수는 없을 테다. 본점과 함께 특색 있는 분점까지 운영하고, 본점 직원만 4명, 하루에 팔리는 책이 최소 300권(최대 2,000권)이 넘는 헌책방이 버티고 운영이 가능한 것은 그런 사소한 것이 쌓여 바탕이 되었기 때문이리라. 전에는 아카데미서점이 있는 혼도리 거리 주변에 여러 헌책방이 있었지만 지금은 아카데미서점 이외에 다른 헌책방을 볼 수 없었다. 예전에 할머니께서 지키던 작은 헌책방(이름을 기억할 수 없다)을 찾아 헤맸는데 아무리 기억을 더듬어도 어디에 있는지 알 수 없어 결국 돌아서야 했다. 분명 헤매는 여기 어디쯤이 분명했다. 그사이 문을 닫은 것일까.

일본 책방 여행을 도와준(줄) 책들

일본으로 책방 여행을 떠나기 위해서 책을 사서 읽을 필요는 없다. 모든 정보를 인터넷으로 찾을 수 있지 않나. 그럼에도 나의 이번 여행은 몇몇 책에서 시작되었다. 가장 첫 번째는 미셸 옹프레의 『철학자의 여행법』(세상의모든길들)이다. 그는 여행에 대해 이렇게 정의했다.

여행이란 소크라테스의 다이모니아가 이끄는 대로 니체의 원근법으로 세상을 보고 바슐라르의 상상력으로 세상을 해석하며 사이entre-deux의 시공간을 꿈처럼 떠다니다가 현실 속 이타카로 귀환하는 것!

이 글을 읽고 바로 "젠장~, 도대체 무슨 말을 하는 거야"라고 씁쓸하게 내뱉었다. 나름대로 이 문장을 다시 '해석'해야 했다.

여행이란 진실을 속삭이는 내면의 목소리(다이모니아)를 따라 자신의 관점(니체의 원근법주의)으로 세상을 보고 존재의 이면을 꿰뚫는 상상력(바슐라르의 상상력)을 바탕으로 세상을 해석하며 공간과 시간과 문화와 사회의 경계(사이)에서 꿈처럼 떠다니다 오디세우스처럼 마지막 목적지(이타카)인 현실로 돌아오는 것.

사실 여행이 이렇게 거창한 거라면 집을 떠나 한 걸음 내디딜 때마다 의미를 찾아야 할 판이 아닌가. 진지한 것은 제쳐 두자. 다만 인생의 진리(?) 같은 것이 있다고 믿고 그것을 찾아 떠나는 수행자의 여행이라면 이 책은 영감을 줄 것이다. 너무나 진지해 단단한 콘크리트 위에서도 가라앉을 것 같은 문장들 속에서 반짝이는 여행의 단초(단추가 아니다)를 발견했다. 미셸 옹프레는 어떤 여행이든 "책방과 도서관에 시작된다"라고 말했다. 나의 일본 책방 여행은 이 문장에서 시작되었다.

2013년 배낭여행을 떠나기 전 가장 애타게 찾았던 책이 바로 가와나리 요가 편집한 『세계의 고서점』이었다. 정말 오랜 세월 동안 이 책을 찾아 헤맸다. 2001년에 박노인 선생님의 번역으로 나온 이 책은 유명한 영국의 헌책방 마을 헤이온 와이부터 일본 후쿠시마의 다모카부 고서점까지

세 권에 나눠 전 세계의 책방을 소개한다. 2권에는 한국에
유학했던 이와야 미치오, 마쓰오 이사무, 노자키 미쓰히코
세 사람이 다닌 호산방, 보문서점, 통문당, 문고당, 승문각
등 서울의 헌책방에 대한 이야기도 담겨 있다. 이 책의 원서
가 일본에서 발간된 것은 1994년이고(이후 1996년까지
모두 3권 발간), 저자들의 옛 추억을 담고 있는지라 내가 여
행을 떠날 무렵과는 사정이 많이 달랐다. 그래도 어떻게든
이 책을 손에 넣어 일독하고 여행을 떠나고픈 마음이 컸다.
이 책의 존재를 알고 오랫동안 헌책방을 들락거리며 찾았으
나 항상 한 발 늦어 인연이 없구나 포기하고 있었다. 그러다
여행을 떠나기 1년 전 부산 연산동 헌책방 서가에서 이 책
을 발견했는데 팔지 않는 책이었다(책방이라고 모든 책을
판매하는 것은 아니다. 나 역시 마찬가지). 할 수 없이 도서
관에 수소문해 빌려 읽었다. 이 책은 여행을 다녀오고서야
결국 이웃인 동훈서점에서 구했다. 헤어졌던 연인을 만난
기분이었다.

　　앞에서 말한 『세계의 고서점』뿐 아니라 애서가나 헌책
방 마니아 사이에 입소문이 난 『일본 고서점 그라피티』, 『일
본의 고서점 찾아가는 길』 등 사라진 신한미디어의 책은 구
하기가 어려웠다. 신한미디어에서는 일본 출판, 서점과 관

련된 책이 여러 권 나왔는데 2002년 이후 출판사가 문을 닫아 모든 책이 희귀본이 되었다.

　하지만 지성이면 감천이라 했던가 결국 대부분의 책을 손에 넣을 수 있었고 선배의 도움으로 원서도 구했다. 특히 일본고서통신사에서 60년 가까이 편집을 맡았던 야기 후쿠지로의 『일본의 고서점 찾아가는 길』은 일본의 책방 여행을 위해 반드시 손에 넣어야할 책이다. 사실 일본의 고서점 홈페이지 www.kosho.or.jp 나 진보초 북타운 홈페이지 jimbou.info 에 가면 책방 주소 등 대부분의 정보를 얻을 수 있지만 중요한 것은 '누군가의 추천'이다. 모든 책방을 가 볼 수가 없으니 가장 신뢰할 수 있는 것은 책이었고, 국내에 번역된 일본 책방과 관련된 소수의 책 가운데 『일본의 고서점 찾아가는 길』은 거의 독보적인 존재였다. 약 2,500곳의 고서점 주소록이 실려 있고, 문학 기념관과 고서 목록 발행점, 고서 판매 행사 일정까지 방대한 자료를 포함하고 있다. 일본의 고서점을 소개한 이 책은 번역자인 박노인 선생님의 용기가 없었다면 국내 출간이 불가능했을 것이다. 「번역자의 말」을 옮긴다.

　몇몇 출판 종사자의 고견을 들어 본 바에 의하면, 국내

출판업계의 현실은 상업성이 없는 책을 국내에 소개할 만큼 금전적, 정신적 여유가 없다기에, 나아가 자기도취적인 출판기획은 패가망신의 첩경이라는 충정 어린 충고에 대한 반발심의 발동이었습니다.

출판 종사자의 '고견'대로 이 책은 상업적으로 성공하지 못했다. 신한미디어도 문을 닫은 지 오래다. 박노인 선생님은 어떻게 지내는지 알 길이 없다. 역자의 약력을 보면 1997년까지 효성기계공업주식회사(지금의 KR모터스)에서 근무한 걸로 나온다. 회사를 다니며 번역과 출판 일을 함께 하셨던 듯한데 신한미디어가 문을 닫은 이후 선생님의 행적은 찾을 수가 없다. 박노인 선생님의 오기는 『일본의 고서점 찾아가는 길』부터 『일본 고서점 그라피티』 등 신한미디어에서 나온 일본의 출판과 서점에 관한 책 대부분을 번역하는 것으로 이어졌다.

일본에서도 이 책은 2001년판이 나오고 더는 출간되지 않는다. 1977년에 초판이 나온 이래 20년 넘게 개정판이 나왔으나 이후에는 일본고서점통신사와 도쿄고서적상업협동조합에서 함께 펴낸 『고서점 명부』古本屋名簿만 존재한다. 돈이 되지 않는 일에는 우리나 일본이나 마찬가지 사정인 모양이다.* 어쨌거나 박노인 선생님은 이 책을 펴내며 "젊은 세대 중 누군가 앞장서서 이 책 내용을 참조하여, 더욱 발전된 모습의 한국 고서점 데이터베이스를 작성해 주실 것을 간절히 바라오며"라고 당부했다. 최종규 작가의 『모든 책은 헌책이다』와 『헌책방에서 보낸 1년』은 박노인 선생님의 바람에 어울리는 책이다. 그물코출판사에서 각각 2004년과 2006년에 나왔지만 아쉽게도 두 권 모두 현재 절판되었다. 그사이 사라진 헌책방이 얼마나 될까. 만약 최종규 작가가 기록하지 않았다면 그 흔적조차 알 수 없을 책방도 많다. 나는 이 책보다 더 자세하고 방대하게 헌책방에 애정을 가지고 기록한 책을 아직 보지 못했다.

요즘 서점에 대한 책이 심심치 않게 출간되고 있다. 동네 책방이 몇 년 사이 많이 문을 열면서, 다양한 형태로 책방을 소개하는 책이 늘고 있다. 『일본의 고서점 찾아가는 길』이 나올 무렵과 비교해 책방에 대한 책이 '상업성'이 있는지는 알 수 없다. 오히려 당시보다 서점 수는 어마어마하게 줄었다. 최근 조사 결과를 보면 2015년을 기준으로 전국 서점 수는 2,116곳이다(순수하게 책만 파는 서점은 1,559곳). 10년 전의 3,429곳과 비교하면 약 38퍼센트

---

* 만약 일본의 헌책방을 찾아보고 싶다면 고야마 리키야의 『일본의 헌책방 투어, 그리고……』古本屋ツアー・イン・ジャパン それから를 구입하는 편이 가장 좋을 듯하다. 국내에는 번역되어 나오지 않았다. 이 책의 뒤편에는 2008년부터 2015년까지 조사한 일본 헌책방 주소가 실려 있다. 문을 닫은 곳까지 꼼꼼하게 알려 준다. 페이지마다 7년 사이 문을 닫은 곳이 부지기수로 기록돼 있다.

『일본의 고서점 찾아가는 길』(신한미디어)부터
『도쿄 고서점 그라피티』까지.

가 사라졌다. 특화된 작은 서점이 늘고 있지만 1996년의 5,478곳을 정점으로 20년 동안 가파르게 줄어들었다. 일본도 마찬가지다. 생존에 몸부림치고 있다. 새롭게 무언가를 시도하는 서점이 늘고 있지만 전체적으로 책을 소비하는 인구가 줄어, 갈수록 작은 책방 운영이 힘들어지고 있는 것이 사실이다.

불황 속에서 쓰타야나 게이분샤, 카우북스COWBOOKS 35.647716, 139.695979 @ www.cowbooks.jp처럼 트렌드를 이끄는 서점이 우리보다 앞서 나타나기 시작했다. 배낭여행을 떠났을 때 국내에도 번역 출간된 『도쿄의 서점』(나무수)을 말레이시아 쿠알라룸푸르 쌍둥이 빌딩에 있는 기노쿠니야에서 발견해 구입하고는, 여행을 끝내면 언젠가 일본을 둘러보겠노라고 마음속으로 다짐했었다. 이렇게 사진이 많이 들어가고 가벼워 들고 다니며 책방을 찾아 여행을 떠날 수 있는 책이 국내에도 나오면 좋겠다고 생각했고, 『작은 책방, 우리 책 좀 팝니다』(남해의봄날), 『여행자의 동네서점』(퍼니플랜), 『탐방서점』(프로파간다), 『어서오세요, 오늘의 동네서점』(알마) 같은 책이 연이어 나오는 걸 봤다. 원고를 정리하는 중에 양미석 작가가 도쿄의 책방을 소개한 『도쿄를 만나는 가장 멋진 방법: 책방 탐사』(남해의봄날), 옛 직장 동료들이 작업한 『동경 책방기』(글자와기록사이)도 출간되었다(내가 여행 떠나기 전에 나왔더라면 얼마나 좋았을까!).

책방 여행자에게 여행의 불씨를 물고 오는 것은 책이다. 누군가 먼저 떠나 기록으로 남겼던 여행기가 다음으로 이어진다. 나의 여행도 먼저 떠났던 책방 여행자의 책에서 시작되었다. 앞에서 언급했던 책들이 가장 큰 영향을 주었다. 어쨌거나 내가 책을 읽는 한 책방 여행이 끝나진 않으리라. 오래전 배낭여행에서 우연히 만났던 캄보디아 프놈펜의 디스북스D's Books 천장에 걸린 아우구스티누스의 글을 기억한다.

길 떠나지 않는 이에게 세상은 한 페이지 읽다만 책일 뿐.
The world is a book. The people who don't travel only get to read one page.

오토바이로, 일본 책방
: 어느 헌책방 라이더의 고난극복 서점순례 버라이어티

2017년 8월 4일 초판 1쇄 발행

지은이
조경국

펴낸이	**펴낸곳**	**등록**
조성웅	도서출판 유유	제406-2010-000032호(2010년 4월 2일)

주소
경기도 파주시 책향기로 337, 308-403 (우편번호 10884)

전화	**팩스**	**홈페이지**	**전자우편**
070-8701-4800	0303-3444-4645	uupress.co.kr	uupress@gmail.com

페이스북	**트위터**	**인스타그램**
www.facebook .com/uupress	www.twitter .com/uu_press	www.instagram .com/uupress

편집	**영업**	**디자인**
이경민	이은정	이기준

제작	**인쇄**	**제책**
제이오	(주)민언프린텍	(주)정문바인텍

ISBN 979-11-85152-67-7 03810

이 도서의 국립중앙도서관 출판예정도서목록(CIP)은 서지정보유통지원시스템
홈페이지(seoji.nl.go.kr)와 국가자료공동목록시스템(www.nl.go.kr/kolisnet)에서
이용하실 수 있습니다.(CIP제어번호: CIP2017015822)

우리말 공부 시리즈

번역자를 위한 우리말 공부
한국어를 잘 이해하고 제대로 표현하는 법
이강룡 지음

외국어 실력을 키우는 번역 교재가
아니라 좋은 글을 판별하고 훌륭한
한국어 표현을 구사하는 태도를 길러
주는 문장 교재. 기술 문서만 다루다
보니 한국어 어휘 선택이나 문장
감각이 무뎌진 것 같다고 느끼는 현직
번역자, 외국어 구사 능력에 비해
한국어 표현력이 부족하다 여기는
통역사, 이제 막 번역이라는 세계에
발을 디딘 초보 번역자 그리고 수많은
번역서를 검토하고 원고의 질을
판단해야 하는 외서 편집자가 이 책의
독자다.

동사의 맛
교정의 숙수가 알뜰살뜰 차려 낸 우리말 움직씨 밥상
김정선 지음

20년 넘도록 문장을 만져 온 전문
교정자의 우리말 동사 설명서.
헷갈리는 동사를 짝지어 고운 말과
깊은 사고로 풀어내고 거기에 다시
이야기를 더해 재미있게 읽을 수
있도록 했다. 일반 독자라면 책 속
이야기를 통해 즐겁게 동사를 익힐
수 있을 것이고, 우리말을 다루는
사람이라면 사전처럼 요긴하게 쓸 수
있을 것이다.

내 문장이 그렇게 이상한가요?
내가 쓴 글, 내가 다듬는 법
김정선 지음

어색한 문장을 살짝만 다듬어도 글이
훨씬 보기 좋고 우리말다운 문장이
되는 비결이 있다. 20년 넘도록 단행본
교정 교열 작업을 해 온 저자 김정선이
그 비결을 공개한다. 저자는 자신이
오래도록 작업해 온 숱한 원고들에서
공통으로 발견되는 어색한 문장의
전형을 추려서 뽑고, 문장을 이상하게
만드는 요소들을 간추린 후 어떻게
문장을 다듬어야 유려한 문장이 되는지
요령 있게 정리해 냈다.

후 불어 꿀떡 먹고 꺽!
처음 맛보는 의성의태어 이야기
장세이 지음

한국어 품사 교양서 시리즈 2권.
의성의태어를 좀 더 깊이 들여다볼 수
있도록, 상황에 따라 나누고 뜻에
따라 갈래지은 책이다. 저자는
우리가 일상에서 생활하면서
느끼는 것들을 표현한 다종다양한
의성의태어를 새롭고 발랄한 언어
감각으로 선보인다. 생동감 넘치는
의성의태어 설명과 더불어 재미난
이야기를 통해 실제 용례를 확인할 수
있다. 의성의태어 활용 사전으로도
유익하다.

만화 동사의 맛
이야기그림으로 배우고 익히는
우리말 움직씨
김영화 지음, 김정선 원작

교정의 숙수가 알뜰살뜰 차려 낸
우리말 움직씨 밥상 『동사의 맛』이
만화로 재탄생했다. 헷갈리는 동사와
각 동사의 뜻풀이, 활용법 그리고
이야기로 짠 예문으로 구성된 원작을
만화라는 형식으로 가져오면서
남자와 여자의 이야기, 동사의
활용법을 네모난 칸과 말풍선 안에
펼쳐 보였다. 이 책은 그림 사전의
역할도 한다. 동사의 뜻풀이에 그림이
곁들여지면 좀 더 확실하게 개념이
파악되고 생생하게 기억에 남는다.
그림과 이야기를 따라 책장을 술술
넘기다 보면 다양한 동사의 기본과
활용 지식이 머릿속에 차곡차곡
쌓이게 될 것이다.

일본 1인 출판사가 일하는 방식
다양하고 지속 가능한 출판을 위하여
니시야마 마사코 지음, 김연한 옮김

일본에서 나 홀로 출판사를 차린
대표 10명의 이야기를 편집자
출신의 저자가 취재하여 쓴 책.
어떻게 출판사를 차리게 되었는지,
1인 출판사를 운영하면서 느낀
점, 자기 출판사의 방향과 철학
등이 인터뷰를 통해 담담하게 적혀
있다. 기술 발전과 시대 변화로 1인
기업이 가능해진 시대, 출판사로 1인
기업을 자신만의 방식으로 꾸려 가는
사람들의 솔직담백한 고백이 담겼다.

읽는 삶, 만드는 삶
책은 나를, 나는 책을
이현주 지음

책을 읽고, 책으로 삶과 세상을 읽고
그리고 책을 만드는 사람의 책과 삶
이야기. 저자는 외로운 어린 시절부터
줄곧 친구처럼 곁에 있던 책과 독서
인생을 회상하며 자신의 인생을 함께
읽는다. 인생의 걸음마다 책은 저자가
스스로 생각하며 앞으로 나아가도록,
잠시 숨을 돌리도록 용기를 북돋고
조언을 하며 삶의 징검다리가 되어
주었다. 책에 대한 그런 사랑의
마음을 담아, 낙관적이면서도 따뜻한
눈을 지닌 저자는 자신의 인생에서
가장 소중한 친구인 책과 사람,
그들과 엮은 이야기를 차곡차곡 모아
이 책에 담았다.

책의 책

고양이의 서재
어느 중국 책벌레의 읽는 삶, 쓰는 삶,
만드는 삶
장샤오위안 지음, 이경민 옮김

중국 고전과 인문서를 꾸준히 읽어
착실한 인문 소양을 갖춘 중국의
과학사학자이자 천문학자의 독서
편력기. 학문, 독서, 번역, 편집, 서재,
서평 등을 아우르는 책 생태계에서
살아온 그의 삶에는 책을 좋아하는
사람의 모든 것이 담겨 있다. 과학과
인문학을 오가는 그의 문제의식과
중국 현대사 속에서 살아가는 개인의
관점 역시 놓칠 수 없는 대목이다.

글쓰기

논픽션 쓰기
퓰리처상 심사위원이 말하는 탄탄한 구조를 갖춘 글 쓰는 법

책 하트 지음, 정세라 옮김

세상에서 가장 힘 있는 글쓰기, 논픽션 쓰는 법. 저자는 허구가 아닌 사실에 기반을 둔, 예술 창작물보다는 삶의 미학화를 지향하는 글쓰기를 어떻게 하면 좋을지를 자신의 오랜 경험을 바탕으로 구체적인 사례와 모범적인 글을 통해 차분히 정리했다. 저자 책 하트는 미국 북서부 최대의 유력 일간지 『오레고니언』에서 25년간 편집장으로 일하며 퓰리처상 수상자를 다수 길러 낸 글쓰기 코치다. 구조 잡는 법부터 윤리 문제까지, 논픽션 쓰기의 구체적 노하우를 총망라했다. 저자는 단순히 육하원칙에 따른 사건의 기록이 아니라 인물이 있고, 갈등이 있고, 장면이 있는 이야기, 이 모든 것이 없더라도 독자의 마음을 훔칠 만한 주제가 있는 이야기를 어떻게 써야 하는지, 신문·잡지·책에 실린 글을 예로 들어 독자가 이해하기 쉽게 설명한다. 이 밖에도 신문 기사, 르포, 수필 등 논픽션의 모든 장르를 아우르며 글쓰기 실전 기술을 전수한다.

공부가 되는 글쓰기
쓰기는 배움의 도구다

윌리엄 진서 지음, 서태경 옮김

글쓰기 교수법의 대가 윌리엄 진서가 안내하는 글쓰기와 배움이 하나 되는 길. 저자는 글쓰기를 사유의 한 형태로 보고, 글쓰기가 배움의 도구가 될 수 있다고 말한다. 글쓰기를 통해 사고를 분명하게 정리하고 조직함으로써 자신이 공부하고자 하는 주제를 자기 나름의 방식으로 이해할 수 있다는 것이다. 이에 대한 증거로 인용된 각 학문 분야 석학들의 뛰어난 글은 명료한 사고가 명료한 글을 이끌어 내며, 이 둘은 서로 다르지 않다는 사실을 보여 준다. 글쓰기야말로 최상의 공부 수단이라 말하는 책으로, 바른 배움과 글쓰기를 바라는 모든 이의 필독서라 할 만하다.

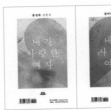

사람

내가 사랑한 여자

공선옥 김미월 지음

소설가 공선옥과 김미월이 그들이
사랑하고, 사랑하기에 모든 이들과
함께 이야기를 나누고 싶은 여자들에
대해 쓴 산문 모음. 시대를 앞서
나갔던 김추자나 허난설헌 같은
이부터 자신의 시대에서 눈을 돌리지
않았던 케테 콜비츠나 한나 아렌트에
이르기까지, 세상 그 누구보다
인간답게 여자답게 살았던 이들을
사랑하는 마음을 담아 찬사했다.
더불어 여자가, 삶이, 시대가 무엇인지
돌아보게 하는 아름다운 책이다.

위로하는 정신
체념과 물러섬의 대가 몽테뉴

슈테판 츠바이크 지음, 안인희 옮김

세계적 전기 작가 슈테판 츠바이크가
쓴 몽테뉴 평전. 츠바이크의 마지막
작품이기도 하다. 츠바이크는 세계
대전과 프랑스 내전이라는 광란의
시대를 공유한 몽테뉴를 통해 자신의
이야기를 한다. 자기 자신이 되고자
끝없이 물러나며 노력했던 몽테뉴.
전쟁을 피해 다른 나라로 갔지만 결국
안식을 얻지 못한 츠바이크. 두 사람의
모습에서 혼란한 시대를 살아가는
사람의 자세를 사색하게 된다.

찰리 브라운과 함께한 내 인생

찰스 슐츠 지음, 이솔 옮김

『피너츠』의 창조자 찰스 슐츠가
직접 쓴 기고문, 책의 서문, 잡지에
실린 글, 강연문 등을 묶은 책.
『피너츠』는 75개국 21개의 언어로
3억 5,500만 명 이상의 독자가
즐긴 코믹 스트립이다. 오랜 세월
동안 독자들은 언제나 실패와
좌절을 거듭하지만 포기하지 않는
찰리 브라운과 그의 친구들의
다채롭고 개성 있는 성격에 공감했고,
냉소적이고 건조한 듯하면서도
부드럽고 따뜻한 느낌의 이야기에
울고 웃었다. 이 사랑스러운
캐릭터와 이야기의 뒤에는 50년간
17,897편의 그림과 글을 직접
그리고 썼던 작가 찰스 슐츠가 있다.
스스로 세속의 인문주의자라고
평하기도 했던 슐츠는 깊이 있고
명료한 글을 쓸 줄 아는 작가였다.
슐츠 개인의 역사는 물론 코믹
스트립을 포함한 만화라는 분야에
대한 그의 관점과 애정, 그의
인생에서 가장 큰 자리를 차지한
『피너츠』에 대한 갖가지 소회,
이 작품에 등장하는 여러 캐릭터를
만들게 된 창작의 과정과 그 비밀을
오롯이 드러내 보인다.

내 방 여행하는 법
세상에서 가장 값싸고 알찬 여행을 위하여

그자비에 드 메스트르 지음, 장석훈 옮김

저자는 금지된 결투를 벌였다가
42일간 가택 연금형을 받았고,
무료를 달래기 위해 자기만의 집 안
여행을 시작한다. 그리고 그 여행을
적은 기록은 출간 후 베스트셀러가
되었다. 여행 개념을 재정의한 여행
문학의 고전으로, 18세기 서양
문학사에서 여러모로 선구적인 작품
가운데 하나로 꼽힌다. 적은 분량에도
불구하고 형식과 주제가 분방하고,
경쾌하면서도 깊은 여운을 남기는
문체를 지녀 훗날 수많은 위대한
작가들에게 영향을 주었다.
이 책은 여행에 대한 우리의
고정관념을 뒤집는다. 몇 평 안 되는
좁고 별것 없는 내 방 안에서도 여행은
가능하다고. 진정한 여행이야말로
새롭고 낯선 것을 '구경'하는 일이
아니라 '발견'함으로써 익숙하고
편안한 것을 새롭고 낯설게 보게 하는
일이라고. 물론 작가가 이런 이야기를
구구절절 늘어놓지는 않는다. 다만
자신이 직접 이 '여행'을 어떤 방식으로
해냈는지를 섬세하게 묘사함으로써
이 임무를 상징적으로 수행한다. 숱한
작가들에 의해 되풀이해서 읽히고
영향을 미친 이 작품은 여행의 개념을
재정의하는 고전이 되었고, 지금도
여전히 수많은 독자에게 읽히고 있다.

우정, 나의 종교
세기말, 츠바이크가 사랑한 벗들의 기록
슈테판 츠바이크 지음, 오지원 옮김

츠바이크는 평전과 소설 외에도
수많은 글들을 썼다. 이 책에 모은
글들은 츠바이크가 장례식장에
가서 발표했던 연설문도 있고,
영감이 떠올라 적어 두었다가 따로
단행본으로 묶어내지 못한 짧은
약전 식의 글도 있다. 츠바이크가
남긴 글 중 인물에 관한 글에서도
츠바이크의 우정이 듬뿍 담긴 글들을
골라 추렸다. 슈테판 츠바이크는
자신과 같은 시대를 살면서 글이나
음악으로 자신과 시대를 표현했던
이들을 둘도 없는 친구로 여겼다.
작가 로맹 롤랑은 이러한 츠바이크를
"그에게 우정은 종교와 같다"라고
평하기도 하였다.
츠바이크는 얕은 지적 욕구를 잠시
충족하기 위해서가 아니라 저물어
가는 유럽 세기말의 역사와 인물에
대한 깊은 성찰과 우정을 담아
글을 썼다. 프루스트, 프로이트,
베를렌, 롤랑, 레프 톨스토이,
호프만, 슈바이처, 바이런, 말러,
발터, 토스카니니, 릴케 등을 다룬
글 속에서 역사에 대한 츠바이크의
믿음과 인물에 대한 우정을
확인할 수 있다.

방귀의 예술
변비증을 앓는 사람, 근엄하고 심각한 인간,
우울증에 걸린 마나님
그리고 편견의 노예로 사는 모든 이를 위한
체계적인 이론생리학적 시론
피에르 토마 니콜라 위르토 지음, 성귀수 옮김

프랑스 코믹 메디컬 문학의 고전.
근엄하고 심각한 데다 겉치레와
편견에 빠진 어른을 위한 '웃음의 책.'
인간은 마음껏 방귀를 뀌어야 하는
존재이며 방귀 또한 정신을 매료하는
예술이 될 수 있다는 해학적인 주장을
펼치며 인간성의 본질을 옹호하는
이 책은 '톨레랑스'와 '휴머니즘'의
메시지를 담고 있다. 시대를 초월하여
인간 보편의 정서에 호소하는 이 책은
독자의 배꼽을 쥐게 하면서도 인간의
위선과 편견을 꼬집는다.

한밤중, 내 방 여행하는 법
세상에서 가장 값싸고 알찬 밤여행을 위하여
그자비에 드 메스트르 지음, 장석훈 옮김

『내 방 여행하는 법』의 저자 그자비에
드 메스트르가 돌아왔다. 낙천적인
듯 다감한 그의 감성은 여전하지만
주변 상황은 제법 다르다. 내일이면
러시아로 떠나는 처지인 저자는 홀로
방에 앉아 8년 전과는 달리 4시간짜리
짧지만 농밀한 밤여행을 나선다.
전작과 비슷하지만 이별을 앞둔 사람이
밤의 감성으로 쓴 여행기는 또 다른
그의 모습과 사색을 보여 준다.

문장들

시의 문장들
굳은 마음을 말랑하게 하는 시인의 말들
김이경 지음

어떻게 시를 읽을까, 혹은 시로
다가드는 마음이 어떤 것일까 궁금한
독자에게 저자는 (시의) "그 문장이
있어 삶은 잠시 빛난다. 반딧불 같은
그 빛이, 스포트라이트 한 번
받은 적 없는 어둑한 인생을 살 만하게
만든다"라고 고즈넉이 읊조린다.
저자는 자신이 시를 읽은 이야기를
들려주면서 자신이 전한 시 한 줄이
독자들에게 "하나의 큰 세계로 이르는
길목이 되기를 바랄 뿐"이라고 말한다.

쓰기의 말들
안 쓰는 사람이 쓰는 사람이 되는
기적을 위하여
은유 지음

소소한 일상에서 의미를 발굴하는
안목과 낮고 작은 사람들과 공감하는
능력으로 자기만의 글쓰기를 선보인
저자가 니체, 조지 오웰부터 신영복,
김훈까지 쓰기에 관한 문장을
간추려 뽑아 안 쓰는 사람이 쓰는
사람이 되도록 이끄는 마중물 같은
글을 써냈다.

소설의 첫 문장
다시 사는 삶을 위하여
김정선 지음

소설의 첫 문장을 삶에 비춘 글.
소설을 시작하는 문장 242개가
모여 보여 주는 밀도감과 그 문장을
통과해 써 나간 글의 사색이 촘촘한 듯
느슨한 듯 엮여 있다. 이전 책들에서
감성 넘치는 글쓰기를 선보였던
저자는 이 책에서 사람의 삶과 가장
닮은 소설, 그 첫 문장 그리고 자신의
삶을 누에처럼 찬찬히 먹어 치우고
자기를 엮은 글을 뽑아냈다.